I0641872

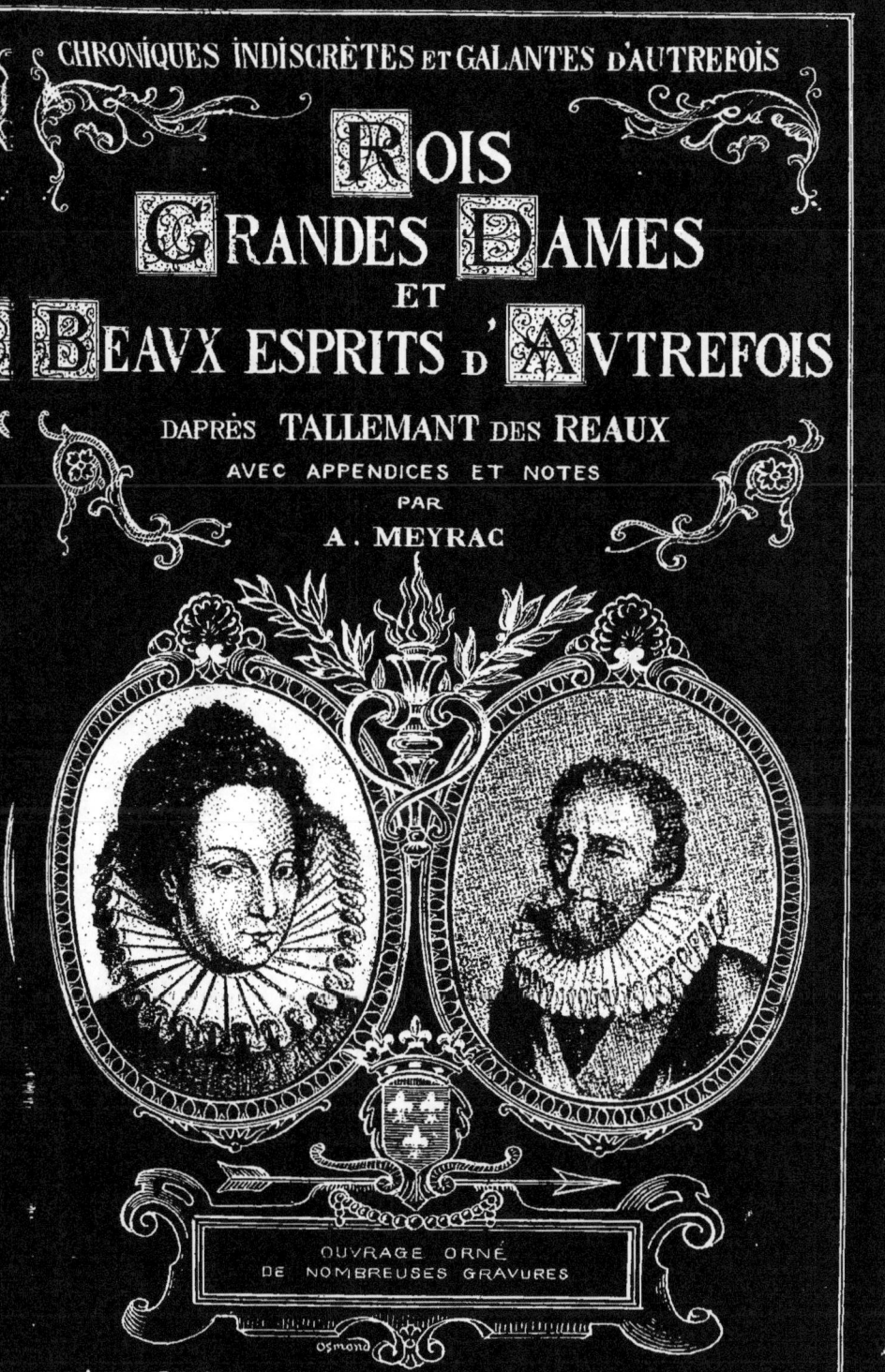

CHRONIQUES INDISCRÈTES ET GALANTES D'AUTREFOIS

ROIS
GRANDES DAMES
ET
BEAVX ESPRITS D'AVTREFOIS

D'APRÈS TALLEMANT DES REAUX

AVEC APPENDICES ET NOTES

PAR

A. MEYRAC

OUVRAGE ORNÉ
DE NOMBREUSES GRAVURES

ALBIN MICHEL ÉDITEUR, 22, RUE HUYGHENS 22 PARIS

Rois
Grandes Dames

OUVRAGES DE M. A. MEYRAC

A la Librairie Populaire

Histoire de France, à l'usage des Écoles primaires. 2 vol. (*épuisé*).

Cours d'instruction civique. 1 vol. (*épuisé*).

Librairie d'éducation de la Jeunesse

Histoire de la Guerre de cent ans: Médaille d'or, adopté par la Ville de Paris, pour ses écoles et ses bibliothèques. 1 vol. (*épuisé*).

Histoire anecdotique de Napoléon III. 1 vol. (*épuisé*).

Librairie Gedalge

Les grands jours de la Révolution française, d'après les Mémoires contemporains. Adopté par la Ville de Paris pour ses écoles et ses bibliothèques.

Librairie Picard et Kaan

Les Contes de nos Aïeux. Médaille d'or de la Société d'encouragement au bien. Adopté par la Ville de Paris pour ses écoles et ses bibliothèques.

Les Romans de nos Aïeux, d'après les chansons de geste.

Pour paraître prochainement à la même Librairie :

Le Théâtre de nos Aïeux.

La France d'avant 1789.

Librairie Albin Michel

Rois, Grandes Dames et Beaux Esprits d'autrefois, d'après TALLEMANT DES RÉAUX. 2 vol. illustrés. Chacun . . . . 5 fr.

Pour paraître prochainement à la même Librairie :

Louis XIV, sa Cour et ses Courtisanes, d'après SAINT-SIMON et l'*Histoire Amoureuse des Gaules.* 2 vol. illustrés. Chacun . . . . . 5 fr.

Le Régent, ses Filles et les Dames galantes de la Régence, d'après SAINT-SIMON, la *Correspondance de Madame* et les *Chansons du temps.* 2 vol. illustrés. Prix . . . . 5 fr.

Louis XV, ses Maîtresses et le Parc au Cerf, d'après le *Journal de d'Argenson*, les *Mémoires de Richelieu* et les *Chansons du temps.* 2 vol. illustrés. Prix . . . . 5 fr.

Chroniques de l'Œil-de-Bœuf. Anecdotes choisies et extraites de l'ouvrage célèbre de TOUCHARD-LAFOSSE, avec commentaires historiques. 2 vol. illustrés. Chacun . . . . 5 fr.

OUVRAGES RELATIFS AUX ARDENNES

Tradition, légendes et contes des Ardennes. 1 vol. de 700 pages (*épuisé*).

La Forêt des Ardennes. 1 vol. de 48 pages (*épuisé*).

Villes et Villages des Ardennes. Études sur les légendes et lieux-dits des Ardennes. 1 gros volume de 630 pages (*épuisé*).

Légende dorée des Ardennes, chez Michaud, éditeur à Reims.

Géographie illustrée des Ardennes. 1 fort volume de 850 pages, 250 illustrations. Grand prix Boutroue décerné par la Société de Géographie de Paris (*épuisé*).

CHRONIQUES INDISCRÈTES ET GALANTES D'AUTREFOIS

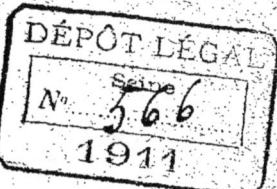
Rois
Grandes Dames

ET

BEAUX ESPRITS D'AUTREFOIS

D'APRÈS

TALLEMANT DES RÉAUX

Avec Appendices et Notes

PAR

A. MEYRAC

Rédacteur en chef du *Petit Ardennais*

PARIS

ALBIN MICHEL, ÉDITEUR

22, RUE HUYGENS, 22

UN SIMPLE MOT

Entre Brantôme et Saint-Simon a pris place Tallemant des Réaux qui, sur les personnages principaux de son époque, — environ de 1600 à 1660, — les uns encore illustres et les autres notoirement oubliés aujourd'hui, nous laissa des *Historiettes* où la société d'alors est curieusement prise sur le vif. *Historiettes* malicieuses, alertement et gauloisement contées, à l'emporte-pièce, et qui n'ont, après deux grands siècles et demi, rien perdu de leur saveur. Tant pis pour ceux que Tallemant n'aime point. Mais comme en quelques traits de pince-sans-rire, il vous campe ou vous déshabille un bonhomme! Comme en quel-

ques lignes incisives, il vous burine un tableau-
tin de mœurs... pas toujours édifiantes !

De ces *Historiettes* fort nombreuses nous en
avons choisi dix que nous offrons au lecteur après
les avoir « situées » dans leur véritable et vivant
milieu, par des notes biographiques, par des appendices historiques et anecdotiques qui com-
mentent, élucident et précisent le récit de Tallemant, le plus agréablement possible : si toutefois
nous avons atteint notre but.

Henri IV et Sully, le Roi populaire bon enfant, et le ministre grognon ; Louis XIII que
l'Histoire contemporaine, plus impartiale parce
que mieux avisée, a dégagé victorieusement de
la tutelle jusques alors faussement légendaire de
Richelieu ; Conrart, que l'on peut appeler le fondateur de l'Académie française ; le petit Père
André, le prédicateur populaire d'alors, un Menot
ou un Maillard d'envergure moindre, mais par
cela même plus proche du peuple ; Malherbe,
« Enfin ! Malherbe vint !... » Voiture le bel esprit
du temps ; Ménage, le type d'un érudit au xviiᵉ
siècle ; Mᵐᵉ de Rambouillet, cette étoile qui scin-
tilla si brillante dans le ciel des précieuses : pourquoi, en passant, ne parlerions-nous pas comme

elles? Madame Pilou, cette expressive figure de
« bourgeoise » d'autrefois, une Madame Jourdain
plus affinée, mais du même robuste bon sens et
non moins « forte en gueule » ; ayant le « franc
parler » de nos aïeules qui toujours « appelèrent
un chat un chat et Rollet un fripon ».

Nous n'avons pas cru devoir conserver l'orthographe démodée de Tallemant, pas plus que celle
de tous ceux de la même époque appelés en
témoignage dans nos appendices. Était-il en effet
nécessaire d'écrire avoit pour avait, plutost pour
plutôt... ? D'ailleurs cette orthographe du XVIIe siècle, que chaque écrivain forgeait à sa guise,
n'est conservée dans aucun texte moderne et
l'on serait fort surpris, par exemple, en com-
parant ce que fut l'orthographe véritable de
Mme de Sévigné avec celle que nous donnent
toutes les éditions, même les plus savantes, de ses
« Lettres ».

Mais nous avons respecté scrupuleusement la
phrase archaïque, les mots désuets, le tour original de la langue de Tallemant ou de ses contemporains, dans nos citations, parce qu'ils sont
le charme, ou mieux encore la chair et le sang
de nos vieux conteurs.

Et si, ce que je désire, ces *Historiettes* venaient à plaire, Tallemant nous en pourrait dire encore beaucoup d'autres; d'autant plus volontiers qu'il est inépuisable, ce Saint-Simon bourgeois[1].

ALBERT MEYRAC.

1. C'est la deuxième série actuellement sous presse de Rois, Grandes Dames et Beaux Esprits d'autrefois, qui contiendra les Historiettes de Malherbe, Ménage, Voiture, M⁰⁰ de Rambouillet et Mme Pilou.

A propos de Saint-Simon, disons que trois volumes — à publier à la même librairie, prochainement — sont en préparation.

1° Louis XIV, sa Cour et ses Courtisanes, d'après SAINT-SIMON, et l'Histoire amoureuse des Gaules.

2° Le Régent, ses filles et les Dames galantes de la Régence, d'après SAINT-SIMON, la Correspondance de Madame, les Mémoires et les Chansons du temps.

Et aussi : Louis XV, ses Maîtresses et le Parc aux Cerfs, d'après le *Journal de d'Argenson*, les Mémoires de Richelieu et les Chansons du temps, etc.

L'épigraphe de ces volumes pourrait être alors ce couplet d'une des chansons bien connues de cette époque, et encore d'aujourd'hui.

Les yeux de mon Iris
Sont des portes cochères,
Où l'on voit en écrit :
Appartement à faire,
A faire l'amour,
La nuit comme le jour.

En outre, pour compléter ces Chroniques indiscrètes et galantes d'autrefois : Chronique de l'Œil-de-Bœuf, anecdotes choisies et extraites de l'ouvrage célèbre de Touchard-Lafosse, avec commentaires historiques.

HENRI IV

Si ce prince fût né roi de France (**1**), et roi paisible, probablement, ce n'eût pas été un grand personnage; il se fût noyé dans les voluptés puisque, malgré toutes ses traverses, il ne laissait pas, pour suivre ses plaisirs, d'abandonner les plus importantes affaires. Après la bataille de Coutras (**2**), au lieu de poursuivre ses avantages il s'en va badiner avec la comtesse de Guiches [1] (**3**) et lui porte les drapeaux qu'il avait gagnés. Durant le siège d'Amiens il court après Mme de Beaufort [2] (**4**) sans se tourmenter du cardinal d'Autriche, depuis l'archiduc Albert, qui s'approchait pour

1. C'est la Belle Corisandre, de l'Histoire.
2. C'est Gabrielle d'Estrées pour laquelle Henri IV érigeait en duché-pairie le comté de Beaufort.

Les petits chiffres renvoient aux notes se trouvant au bas de la page. — Les chiffres en caractères gras renvoient à l'appendice placé à la fin de chaque chapitre.

tenter le secours de la place. Il n'était ni trop libéral [5], ni trop reconnaissant, il ne louait jamais les autres et se vantait comme un Gascon. En récompense, on n'a jamais vu un prince plus humain ni qui aimât plus son peuple [6]; d'ailleurs il ne refusait point de veiller pour le bien de son état. Il a fait voir en plusieurs rencontres qu'il avait l'esprit vif et qu'il entendait raillerie.

Pour reprendre donc ses amours, si Sébastien Zamet [7] [2] comme quelques-uns l'ont prétendu, donna du poison à Mme de Beaufort, on peut dire qu'il rendit un grand service à Henri IV, car ce bon prince allait faire la plus grande folie qu'on pouvait faire ; cependant il y était résolu. On devait déclarer feu M. le Prince bâtard [3]. M. le comte de Soissons se faisait cardinal et on lui donnait trois cent mille écus de rente en bénéfices. M. le prince de Conti était marié alors avec une vieille qui ne pouvait avoir d'enfants [4]. M. le

1. Voir sur cette libéralité : *Historiette de Malherbe* à propos de sa pension (*Rois, grandes dames et beaux esprits d'autrefois*, 2e série).

2. Il était de Lucques, fils d'un cordonnier et fut naturalisé Français. Plaisant et enjoué, il s'était fait aimer de Henri IV qui avait choisi sa maison pour ses parties de plaisir.

3. Henri de Bourbon, prince de Condé.

4. François de Bourbon, prince de Conti, avait épousé Jeanne de Coëme, comtesse de Montafié, mère de la comtesse de Soissons.

maréchal de Biron devait épouser la fille de
Mᵐᵉ d'Estrées, qui depuis a été Mᵐᵉ de Sanzay.
M. d'Estrées la devait avouer : elle était née durant le mariage, mais il y avait cinq ou six ans
que M. d'Estrées n'avait couché avec sa femme,
qui s'en était allée avec le marquis d'Allègre et
qui fut tuée avec lui à Issoire par les habitants
qui se soulevèrent et prirent le parti de la Ligue
(31 décembre 1593). Le marquis et sa galante
tenaient pour le roi. Ils furent tous deux poi-
gnardés et jetés par la fenêtre.

Cette Mᵐᵉ d'Estrées était de la Bourdaisière, la
race la plus fertile en femmes galantes qui ait
jamais été en France. On en compte jusqu'à vingt-
cinq ou vingt-six, soit religieuses, soit mariées,
qui ont fait l'amour hautement, de là vient que
l'on dit que les armes de la Bourdaisière, c'est
une poignée de vesces¹, car il se trouve, par une
plaisante rencontre, que dans leurs armes il y a
une main qui sème de la vesce. On fit sur leurs
armes ce quatrain :

> Nous devons bénir cette main
> Qui sème avec tant de largesses,
> Pour le plaisir du genre humain,
> Quantité de si belles vesces.

1. Le mot « vesce » signifiait, alors, femme débauchée.

Voici ce que j'ai ouï conter à des gens qui le
savaient bien ou croyaient bien le savoir : une
veuve à Bourges, première femme d'un procureur ou d'un notaire, acheta un méchant pourpoint à la Pourpointerie[1], dans la basque duquel
elle trouva un papier où il y avait : « Dans la
cave d'une telle maison, six pieds sous terre, de
tel en tel endroit (qui était bien désigné), il y a
tant d'or en des pots, etc. » La somme était
trop grande pour le temps (il y a bien cent cinquante ans). Cette veuve croyant que le lieutenant de la ville était veuf et sans enfants lui dit
la chose sans lui désigner la maison, et offrit,
s'il voulait l'épouser, de lui dire le secret. Il y
consent. On découvre le trésor ; il lui tient parole
et l'épouse. Il s'appelait Babou. Il acheta la Bourdaisière. C'est, je pense, le grand-père de la mère
du maréchal d'Estrées...

Henri IV a eu une quantité étrange de maîtresses ; il n'était pourtant pas grand abatteur de
bois, aussi était-il toujours cocu. On disait, en
riant, que son second avait été tué. Mme de Verneuil[2], un jour, l'appela *le capitaine bon vou-*

1. Le lieu de Paris où l'on vendait les vieux habits.
2. La sœur de Mme de Verneuil eut, « parmi ses plus
illustres amourettes » le maréchal de Bassompierre ; et, à ce
propos, Tallemant nous raconte une anecdote, plutôt gauloise

loir (8) et une autre fois, car elle grondait cruel-
lement, elle lui dit que bien lui prenait d'être roi,
que sans cela on ne le pourrait souffrir, et qu'il
puait comme une charogne. Elle disait vrai. Il
avait les pieds et le gousset fins et quand la feue
Reine-mère coucha avec lui la première fois,
quelque bien garnie qu'elle fût d'essences de son
pays, elle ne laissa pas que d'en être terriblement
parfumée. Le feu roi (Louis XIII), pensant faire
le bon compagnon, disait : « Je tiens de mon
père, moi, je sens le gousset! » Quand on lui pré-

Bassompierre aurait eu pour rival Henri IV lui-même, qui fit
« l'essai loyal » sur les deux sœurs. Son « homme de confiance » était alors Testu. Mais laissons causer Tallemant. « Un
jour, comme cet homme venait lui parler, elle fit cacher Bassompierre derrière une tapisserie, et disait à Testu qui lui reprochait qu'elle n'était pas si cruelle à Bassompierre qu'au roi,
qu'elle ne se souciait non plus de Bassompierre que de cela, et,
en même temps elle frappait d'une houssine la tapisserie à
l'endroit où était Bassompierre. Je crois pourtant que le roi
en passa son envie, car un jour le roi la baisa je ne sais où,
et Mlle de Rohan, sur l'heure, écrivit ce quatrain à Bassompierre :

> Bassompierre, on vous avertit,
> Aussi bien l'affaire vous touche,
> Qu'on vient de baiser une bouche
> Dans la ruelle de ce lit.

Il répondit aussitôt :

> Bassompierre dit qu'il s'en rit
> Et que l'affaire ne le touche ;
> Celle à qui on baise la bouche
> A mille fois baisé...

« Je mettrai, quand vous voudrez, la *rime* entre vos belles
mains. »

senta la Fanuche[1], qu'on lui faisait passer pour pucelle, il trouva le chemin assez frayé et il se mit à siffler : « Que veut dire cela ? lui dit-elle. — C'est, répondit-il, que j'appelle ceux qui ont passé par ici. »

Je pense que personne n'a approuvé la conduite d'Henri IV avec la feue Reine-mère (9), sa femme, sur le fait de ses maîtresses, car que Mᵐᵉ de Verneuil fût logée si près du Louvre et qu'il souffrît que la Cour se partageât, en quelque sorte pour elle, en vérité, il n'y avait en cela ni politique, ni bienséance. Cette Mᵐᵉ de Verneuil était fille de M. d'Entragues qui épousa Marie Touchet, fille d'un boulanger d'Orléans et qui avait été maîtresse de Charles IX. Elle avait de l'esprit, mais elle était fière et ne portait guère de respect ni à la reine, ni au roi, elle l'appelait quelquefois *votre grosse banquière* (10) et le roi lui ayant demandé ce qu'elle eût fait si elle avait été au

1. A cette belle courtisane, que fut la Fanuche, le poète, bien oublié, Neufgermain, adressait ce « badinage » :

A MADAME FANUCHE
(*La syllabe du nom finissant les vers*)

Dans le conseil des Lieux un jouvon s'échauffa
D'un désir de savoir si Vénus, le corps *nu*
Sans chemise, non plus que porte une quenuche,
Est reine des beautés, ou bien si c'est *Fanuche*

port de Neuilly quand la reine s'y pensa noyer :
« J'eusse crié, lui dit-elle, la reine boit ! » (11)
— Enfin, le roi rompit avec Mme de Verneuil ; elle
se mit à faire une vie de Sardanapale ou de Vitel-
lius[1] : elle ne songeait qu'à sa mangeaille, à ses
ragoûts et voulait même avoir son pot dans sa
chambre ; elle devint si grasse qu'elle en était
monstrueuse, mais elle avait toujours bien de
l'esprit. Peu de gens la visitaient. On lui ôta ses
enfants (12) ; sa fille fut nourrie auprès des filles
de France. La feue Reine-mère, de son côté, ne
vivait pas très bien avec le roi, elle le chicanait
en toutes choses. Un jour qu'il fit donner le fouet
à M. le Dauphin : « Ah ! lui dit-elle, vous ne trai-
teriez pas ainsi vos bâtards. — Pour mes bâtards,
répondit-il, il les pourra fouetter s'ils font les sots,
mais lui il n'aura personne qui le fouette. » (13).
J'ai ouï dire qu'il lui avait donné le fouet lui-
même deux fois : la première fois pour avoir eu
tant d'aversion pour un gentilhomme, que, pour
le contenter, il fallut tirer à ce gentilhomme un
coup de pistolet sans balle pour faire semblant de

1. Est-ce bien exact ? La médisance habituelle de Tallemant
paraît être prise ici sur le fait. A cause des enfants, nous
apprend Malherbe, dans une de ses lettres, Henri IV jusqu'à sa
mort vit Mme de Verneuil et Louis XIII payait une pension à
celle qui fut la maîtresse de son père.

le tuer; l'autre pour avoir écrasé la tête à un moineau, et que, comme la reine grondait, la reine-mère lui dit : « Madame, priez Dieu que je vive, car il vous maltraitera (14) si je ne suis plus! »

Il y en a qui ont soupçonné la [Reine-mère d'avoir trempé à sa mort (15) et que pour cela on n'a jamais vu la déposition de Ravaillac. Il est bien certain que le roi dit un jour que Conchine, depuis maréchal d'Ancre, l'était allé saluer à Monceaux : « Si j'étais mort, cet homme-là ruinerait mon royaume! » Ceux qui ont voulu raffiner sur la mort de Henri IV disent que l'interrogatoire de Ravaillac fut fait par le président Jeannin et que la reine l'avait choisi comme un instrument à elle [1]. On a seulement dit que Ravaillac avait déclaré que, voyant que le roi allait entreprendre [une grande guerre et que son État en pâtirait, il avait cru rendre un grand service à sa patrie que de la délivrer d'un prince qui ne la voulait pas maintenir en paix et qui n'était pas bon catholique. Ce Ravaillac avait la barbe

1. Inexact. Jeannin interrogea Ravaillac le 14 mai ; puis Ravaillac subissait ensuite deux autres interrogatoires devant le premier président Achille de Harlay et d'autres magistrats. Il soutint même, dans la « question », que personne ne l'avai poussé à cet assassinat.

rousse et les cheveux tant soit peu dorés. C'était une espèce de fainéant qu'on remarquait à cause qu'il était habillé à la Flamande plutôt qu'à la Française. Il traînait toujours une épée : il était mélancolique, mais d'assez douce conversation.

Henri IV avait l'esprit vif; il était humain (**16**) comme je l'ai déjà dit. J'en rapporterai quelques exemples.

A La Rochelle, le bruit était parmi la populace qu'un certain chandelier avait une *main de gorre*, c'est-à-dire une mandragore ; or, communément on dit cela de ceux qui font bien leurs affaires. Le roi, qui n'était encore que roi de Navarre, envoya quelqu'un à minuit, chez cet homme, demander à acheter une chandelle. Le chandelier se lève et la donne : « Voilà, dit le lendemain le roi, voilà la *main de gorre;* cet homme ne perd point l'occasion de gagner et c'est le moyen de s'enrichir. »

Un monsieur de Vienne qui s'appelait Jean était bien empêché de faire sa propre anagramme; le roi le trouva par hasard en cette occupation : « Hé, lui dit-il, il n'y a rien de plus aisé que : Jean de Vienne *devienne Jean!* »

Quelqu'un du Tiers-État se mettant à genoux (**17**) pour le haranguer, trouva une pierre pointue qui lui fit si grand mal qu'il s'écria en disant : « F...! »

Le roi lui dit en riant : « Bon! voilà la meilleure chose que vous puissiez dire, je ne veux point de harangue, vous gâteriez ce que vous venez de dire. »

Une fois, un gentilhomme servant, au lieu de boire l'essai[1] que l'on met dans le couvercle du verre, but en rêvant ce qui était dans le verre même ; le roi ne dit autre chose sinon : « Un tel, au moins deviez-vous boire à ma santé, je vous eusse fait raison! »

On lui dit que feu M. de Guise était amoureux de Mme de Verneuil; il ne s'en tourmenta pas autrement et dit : « Encore faut-il leur laisser le pain et les putains, on leur a ôté tant d'autres choses! »

Il était amateur de bons mots. Un jour, passant par un village où il fut obligé de s'arrêter pour y dîner, il donna ordre qu'on lui fît venir celui du lieu qui avait le plus d'esprit afin de l'entretenir pendant le repas. On lui dit que c'était

1. L'usage de faire l'*essai* des viandes, du pain, de la boisson se conservait à la table du roi jusqu'à la fin de l'ancienne monarchie. L'écuyer tranchant, le serveur présentait les mets au maître d'hôtel avant de les servir devant le roi, et le maître d'hôtel les goûtait pour constater qu'ils n'étaient pas empoisonnés.

un nommé Gaillard. « Eh bien, dit-il, qu'on l'aille
quérir. » Ce paysan étant venu, le roi lui commanda de s'asseoir vis-à-vis de lui, de l'autre
côté de la table où il mangeait. « Comment t'ap-
pelles-tu? dit le roi. — Sire, répondit le manant,
je m'appelle Gaillard. — Quelle différence y a-t-il
entre Gaillard et Paillard? — Sire, répond le
paysan, il n'y a que la table entre deux. — Ventre-
saint-gris![1] j'en tiens, dit le roi en riant. Je ne
croyais pas trouver un si grand esprit dans un si
petit village. »

Quand il vint à donner le collier à M. de La
Vieuville..., et que La Vieuville lui dit, comme
on a accoutumé : « *Domine, non sum dignus* —
Je le sais bien, lui dit le roi, mais mon neveu
m'en a prié. » Ce neveu était M. de Nevers, duc de
Mantoue[2], dont La Vieuville, simple gentilhomme,
avait été le maître d'hôtel. La Vieuville en faisait
le conte lui-même, peut-être de peur qu'un autre
ne le fît, car il n'était pas bête et passait pour un
diseur de bons mots.

1. Ironie contre les saints (?) carmes dont la soutane grise
s'étendait sur un ventre rondelet.

2. Fut le père de Charles de Gonzague, duc de Nevers, qui
fondait en 1606 Charleville, actuellement la ville la plus importante, la plus commerçante, la plus peuplée des Ardennes
(22 000 hab.) bien que simple chef-lieu de canton.

Il faisait des banquets (voir l'appendice n° 7) avec M. de Bellegarde, le maréchal de Roquelaure[1] et autres, chez Zamet et autres. Quand ce vint au maréchal, il dit au roi qu'il ne savait où les traiter, si ce n'était *aux trois Mores*. Le roi y alla, ils menèrent un page à deux et le roi un pour lui tout seul : « Car, dit-il, un page de ma chambre ne voudra servir que moi. » Ce page fut M. de Racan dont nous avons de si belles poésies.

Un jour, il alla chez Mme la princesse de Condé, veuve du prince de Condé, le bossu[2] : il y trouva un luth sur le dos duquel il y avait ces deux vers :

> Absent de ma divinité,
> Je ne vois rien qui me contente.

Il ajouta : (18)

> C'est fort mal connaître ma tante,
> Elle aime trop l'humanité.

Avant la réduction de Paris, une nuit qu'il ne dormait pas bien et qu'il ne pouvait se résoudre

---

1. Prit part aux batailles de Montcontour, d'Arques, d'Ivry. Un des plus fidèles amis de Henri IV, un de ceux qui le poussèrent le plus à sa conversion. A l'origine Jeanne d'Albret l'avait attaché à la personne de son fils comme lieutenant de la compagnie des gendarmes du roi de Navarre.

2. Louis de Bourbon tué en 1569 par Montesquiou à la suite du combat de Jarnac. Sa femme fut Françoise d'Orléans, de la maison de Longueville.

à quitter sa religion, Crillon lui dit : « Pardieu,
Sire ! vous vous moquez (19) de faire difficulté
de prendre une religion qui vous donne une couronne ! » Crillon était pourtant bon chrétien, car
un jour priant Dieu devant un crucifix, tout d'un
coup, il se mit à crier : « Ah ! Seigneur, si j'eusse
été, on ne vous eût jamais crucifié ! » Je pense
même qu'il mit l'épée à la main comme Clovis
et sa noblesse au sermon de saint Rémi. Ce Crillon, comme on lui montrait à danser et qu'on lui
dit : « Pliez ! Reculez ! — Je n'en ferai rien, dit-il,
Crillon ne plia ni ne recula jamais. » Se peut-il
rien de plus gascon ? Il refusa, étant mestre de
camp du régiment des gardes, de tuer M. de
Guise ; et quand M. de Guise, le fils, étant gouverneur de Provence, s'avisa, à Marseille, de faire
donner une fausse alarme et de lui venir dire :
« Les ennemis ont repris la ville », Crillon ne
s'ébranla point, et dit : » Marchons, il faut mourir
en gens de cœur. » M. de Guise lui avoua qu'il
avait fait cette malice pour voir si c'était vrai
que Crillon n'eut jamais peur. Crillon lui répondit fortement : « Jeune homme, s'il me fût arrivé de témoigner la moindre faiblesse, je vous
eusse poignardé ! »

Quand M. du Perron, alors évêque d'Évreux,

en introduisant le roi, voulut lui parler du Purgatoire : « Ne touchez point à cela, c'est le pain
des moines. »

Cela me fait souvenir d'un médecin de M. de
Créqui[1] qui, à l'ambassade de son maître, à
Rome, comme quelqu'un du Vatican demandait
où était la cuisine du pape, dit, en riant, que
c'était le Purgatoire. On le voulut mener à l'Inqui-
sition, mais on n'osa pas quand on sut à qui il était.

Arlequin[2] et sa troupe vinrent à Paris en ce
temps-là, et quand il alla saluer le roi, il prit si
bien son temps, car il était fort dispos, que Sa
Majesté s'étant levée de son siège, il s'en empara ;
et, comme si le roi eût été Arlequin : « Eh bien !
Arlequin, lui dit-il, vous êtes venu avec votre
troupe pour me divertir, j'en suis bien aise, je
vous promets de vous protéger et de vous donner
tant de pension. » Le roi ne l'osa dédire de rien,
mais il lui dit : « Holà ! il y a assez longtemps
que vous faites mon personnage, laissez-le-moi
faire à cette heure. »

1. On se souvient qu'au cours de son ambassade, la garde
corse papale insulta les Français : d'où cette émeute dans
laquelle Créqui faillit périr et que Louis XIV réprima durement.
2. Tristan Martinelli que Marie de Médicis fit, non sans
peine, venir en France, avec sa troupe. L'Italienne ne se plaît
qu'aux spectacles que donne Arlequin ; c'est pour elle, spécialement, que la troupe passe les Alpes.

A ce propos, un comte d'Angleterre, mylord Montaigu, était mal satisfait du roi Jacques, et un jour qu'un gentilhomme écossais, que le roi avait plusieurs fois évité, venait pour lui demander récompense, il lui dit : « Sire, vous ne sauriez plus fuir, cet homme-là ne vous connaît point, j'ai votre ordre, je ferai semblant que je suis le roi, mettez-vous derrière. » L'Écossais fait sa harangue, Montaigu lui répond : « Il ne faut pas que vous vous étonniez que je n'aie encore rien fait pour vous, puisque je n'ai rien fait pour Montaigu qui m'a rendu tant de services. » Le roi Jacques entendit raillerie et lui dit : « Otez-vous de là, vous avez assez joué! »

Henri IV conçut fort bien que détruire Paris, c'était, comme l'on dit, se couper le nez pour faire dépit à son visage ; en cela plus sage que son prédécesseur qui disait que Paris avait la tête trop grosse et qu'il la fallait casser, Henri IV voulut pourtant, à telle fin que de raison, avoir une issue pour sortir de Paris sans être vu, et, pour cela, il fit faire la galerie du Louvre qui n'est point du dessin de l'édifice, afin de gagner par là les Tuileries, qui ne sont dans l'enceinte des murs que depuis vingt ou vingt-cinq ans. M. de Nevers, en ce temps-là, faisait bâtir l'hôtel de Nevers, Henri IV le trouvait un peu trop magnifique pour être à l'opposite du Louvre et, un jour, causant avec M. de Nevers, et lui montrant son bâtiment : « Mon neveu, lui dit-il, j'irai loger chez vous, quand votre maison sera achevée. » Cette parole du roi, peut-être aussi le manque d'argent, firent arrêter l'ouvrage.

Un jour qu'il se trouva beaucoup de cheveux blancs (20) : « En vérité, dit-il, ce sont les harangues que l'on m'a faites depuis mon avènement à la couronne qui m'ont fait blanchir comme vous voyez! »

Mme de Bar[1], sœur de Henri IV, avait permission de faire prêcher au Louvre, mais non de faire chanter des psaumes. Un jour qu'on l'avait attendue fort longtemps, d'Aubigny[2], qui savait qu'elle était avec le roi, entra dans la chambre : « Qu'y a-t-il? dit Sa Majesté. — Sire, il y a longtemps qu'on attend Madame! — Eh bien! dit le roi, que l'on chante pour se désennuyer. » D'Aubigny, ravi d'avoir fait un tour au roi, l'alla dire

---

1. Catherine de Bourbon, princesse de Navarre, épousait Henri de Lorraine, duc de Bar.

2. Le célèbre Agrippa d'Aubigné, grand-père de Mme de Maintenon. On a, de lui, de curieux mémoires, une *Histoire universelle* ; et, surtout, *le baron de Fœneste, les Tragiques, la Confession de Sancy.*

GÉDÉON TALLEMANT des RÉAUX
Auteur des *Historiettes*

à l'assemblée qui était nombreuse et fit un grand bruit en chantant. « Qu'est-ce? » dit le roi. On le lui expliqua : « Mon Dieu, dit-il à sa sœur, allez vite et qu'on ne chante plus ! »

Il dit à Mme de Bar, la voyant rêveuse : « Ma sœur, de quoi vous avisez-vous d'être triste? Nous avons tous sujet de louer Dieu, nos affaires sont au meilleur état du monde. — Oui, pour vous, lui dit-elle, qui avez votre *compte*, mais pour moi. je n'ai pas le mien[1]. »

Elle fit une fois danser un ballet dont toutes les figures faisaient les lettres du nom du roi : « Eh bien! Sire, lui dit-elle après, n'avez-vous pas remarqué comme cette figure composait bien toutes les lettres du nom de Votre Majesté? — Ah! ma sœur, lui dit-il, ou vous n'écrivez guère bien, ou nous ne savons guère bien lire; personne ne s'est aperçu de ce que vous dites. »

A propos du comte de Soissons, j'ai ouï dire que comme il se sauvait de Nantes[2], conduit par un blanchisseur dont il faisait le garçon, il alla,

---

1. Le comte de Soissons que la sœur du roi voulut épouser ; mais à ce mariage ne consentit point Henri IV. Dans *les amours du grand Alcandre*, la sœur du roi est *Grassinde* et le comte de Soissons *Palamède*.

2. Après que fait prisonnier à Châteaugiron (1559), et conduit à Nantes, il put s'échapper grâce au dévouement de ses domestiques.

car il marchait fort mal à pied, choquer M. de
Mercœur qui, par hasard, passait dans la rue. Le
blanchisseur lui donna un coup de poing, en disant :
« Lourdaud, prenez garde à ce que vous faites ! »

Le jour que Henri IV entra dans Paris, il fut
voir sa tante de Montpensier[1] et lui demanda des
confitures : « Je crois, lui dit-elle, que vous faites
cela pour vous moquer de moi. Vous pensez que
nous n'en avons plus. — Non, répondit-il, c'est
que j'ai faim. » Elle fit apporter un pot d'abricots,
et, en prenant, elle en voulut faire l'essai : « Ma
tante, vous n'y pensez pas. — Comment, reprit-
elle, n'en ai-je pas fait assez pour vous être suspecte? — Vous ne l'êtes point, ma tante! — Ah!
répliqua-t-elle, il faut être votre servante! » Et
effectivement, elle servit depuis, avec beaucoup
d'affection.

Quelque brave qu'il fût (21), on dit que quand on
lui venait dire : « Voilà les ennemis! » il lui pre-

1. Catherine-Marie de Lorraine, fille de François de Guise,
assassiné devant Orléans, sœur de François de Guise, assassiné
aux Etats de Blois et de Charles, duc de Mayenne, le célèbre chef des Ligueurs et de l'opposition contre Henri IV.
Mariée à Louis de Bourbon, duc de Montpensier. Après la reddi-
tion de Paris, Mayenne, dont le rôle, ainsi que celui de sa
sœur, était terminé, fit sa soumission loyale. Autant par
estime pour leur beau caractère, que par sage prudence, peut-
être, Henri IV fut toujours très bienveillant et pour Mayenne
et pour la duchesse de Montpensier.

nait toujours une espèce de dévoiement et que,
tournant cela en raillerie, il disait : « Je m'en
vais faire bon pour eux ! »

Il était larron, naturellement ; il ne pouvait
s'empêcher de prendre ce qu'il trouvait. Il disait
que s'il n'eût été roi, il eût été pendu. Pour sa
personne, il n'avait pas une mine fort avantageuse. Mme de Simier[1] (22) qui était accoutumée
à voir Henri III, dit, quand elle vit Henri IV :
» J'ai vu le roi, mais je n'ai pas vu Sa Majesté. »

Il y a à Fontainebleau une grande marque de
la bonté de ce prince. On voit dans un des jar-
dins une maison qui avance dedans et y fait un
coude. C'est qu'un particulier ne voulut jamais la
lui vendre, quoiqu'il en voulût donner beaucoup
plus qu'elle ne valait. Il ne voulut point lui faire
de violence[2]. Lorsqu'il voyait une maison déla-
brée, il disait : « Ceci est à moi ou à l'Église ! »

1. Louise de l'Hospital, demoiselle de Vitry, mariée à Jean de
Seymer (on prononçait Simier), maître de la garde-robe du
duc d'Alençon.
2. Respecter le droit de propriété, ne pas s'emparer d'une
maison par violence, était, sous la monarchie, un beau trait de
générosité royale, digne d'arriver à la Postérité !

APPENDICE

(1) « *Si ce prince fût né roi de France...* » Il ne naquit pas roi de France et ne dut même qu'à l'imprudence d'une nourrice d'être roi de Navarre, d'abord, puis ensuite roi de France. Avant lui, Jeanne d'Albret avait eu deux fils : le duc de Beaumont et le comte de Merle qui, tous deux, moururent en bas âge. « Le comte de Merle estoit aussi souvent entre les mains des gentilshommes du roy son aïeul qu'en celles de sa nourrice. Une après-disnée, que le roy et ses enfans estoient allez à la chasse, un gentilhomme et la nourrice estans à la fenestre de la chambre ou il estoit nourry, par un maigre passe-temps se le donnoient entre les bras l'un à l'aultre hors de la croisée d'une fenestre, de sorte que ce gentil homme feignant de le prendre des mains de la nourrice et ne le prenant pas et la nourrice l'ayant lasché mal à propos, ce petit prince tomba de la fenestre en bas sur le perron où il se rompit les costes... » ANDRÉ FAVYN : *Histoire Navarre*, p. 806.

(2) « *Pour suivre ses plaisirs d'abandonner les plus importantes affaires...* » Affirmation inexacte; à preuve

cette anecdote... « La duchesse de Beaufort (Gabrielle d'Estrées) fut, de toutes ses maîtresses, celle qu'il préféra. Cependant, elle ne l'avoit pas dominé assez pour l'indisposer contre les ministres qu'elle n'aimoit point... Elle lui disoit un jour, au sujet de Sully dont elle étoit mécontente : « J'aime mieux mourir que de vivre avec cette vergogne, de voir soutenir un valet contre moi, qui porte le titre de maîtresse. — Pardieu, madame, c'est trop et je vois bien qu'on vous dressoit ce badinage, pour essayer de me faire chasser un serviteur, duquel je ne puis me passer. Mais je n'en ferai rien, et afin que vous en teniez votre cœur en repos et ne fassiez plus l'accariâtre contre ma volonté, je vous déclare que si j'en étois réduit à cette nécessité de perdre l'un ou l'autre je me passerois mieux de dix maîtresses comme vous que d'un serviteur comme lui... » Pendant une de ces fêtes que Henri donnait quelquefois à Gabrielle on vint l'avertir que les Espagnols s'étaient emparés d'Amiens. « Ce coup est du ciel ! dit-il, c'est assez faire le roi de France, il est temps de se montrer roi de Navarre »; et, se tournant du côté de d'Estrées qui comme lui portoit les habits de la fête et qui fondoit en larmes, il lui dit : « Ma maîtresse, il faut quitter nos armes pour monter à cheval et faire une autre guerre. » Le jour même, il rassembla quelques troupes et, oubliant l'amour, il marchait en héros vers Amiens... » — *Nouveau Dictionnaire Historique*. Paris, 1789, t. III, p. 491.

En tout cas il eut toujours une volonté très ferme et tenace. « En 1596 il convoquait à Rouen une espèce

d'États-Généraux sous le nom d'*Assemblée de Notables*.
Ce fut dans cette assemblée qu'il prononçoit ce discours célèbre : « Je viens demander vos conseils, les
« croire et les suivre. C'est une envie qui ne prend
« guère aux rois, aux barbes grises et aux victorieux;
« mais mon amour pour mes sujets me fait trouver
« tout possible et honorable. » La duchesse de Beaufort avait entendu son discours, cachée derrière une
tapisserie. Il lui demanda ce qu'elle en pensait : « Je
n'ai jamais, dit-elle, ouï mieux parler; j'ai seulement
été surprise que Votre Majesté ait parlé de se mettre
en tutelle. — Ventre-saint-gris, lui répondit le roi, il est
vrai, mais je l'entends avec mon espée au coté. » —
Dictionnaire Historique. Paris, 1789, t. IV, p. 420.

(8) « *Il s'en va badiner avec la comtesse de Guiche...* »
Diane (dite Corisandre) d'Andouins, veuve de Phili-
bert, comte de Grammont, originaire de Bidache — où
l'on voit encore les ruines magnifiques du château de
Grammont, dans les Basses-Pyrénées. Gouverneur de
Bayonne, il mourut en 1580 au siège de la Ferée.
Diane, alors âgée de 26, ans était dans tout l'éclat de sa
beauté. Sully, dans ses *Economies d'Etat*, écrit, à la date
de 1583 : « Le roi de Navarre étoit alors au plus chaud
de ses passions amoureuses vers la comtesse de Gui-
chen... » D'Aubigné ferait remonter cet amour à l'an
1581. *Histoire universelle*, t. II, liv. v, ch. II, p. 410;
mais en 1581 le roi paraissait être absorbé par la
Fosseuse : voir les *Mémoires de Marguerite de Valois*.
Il faut dire au grand avantage de la comtesse de Grammont que la médisance ne s'exerça jamais sur elle,

que les éloges, au contraire, lui ont été prodigués ; honneur que peu de maîtresses royales méritèrent de partager avec elle. Ici le cœur seul fut le mobile. On a même dit qu'elle allait jusqu'à lever pour son bienaimé des troupes à ses frais. Il est, du moins, certain qu'elle seconda souvent Catherine de Bourbon, préposée par son frère au gouvernement de ses États souverains et que ces deux femmes, quoique de religion différente. la comtesse était catholique, s'employèrent énergiquement pour faciliter au roi de Navarre la résistance et souvent le succès. Aussi n'est-il guère de lettres du roi à cette maîtresse où, aux propos d'amour, ne soient mêlés des récits de combats. Racontant une jolie charge qui se fit près de Moneurt et « qui méritait d'être sue », il termine : « Je fais à nuit force dépêches. Demain à midi elles partiront, et moi avec, pour vous aller manger les mains... » Vers l'année 1587 il commence à neiger sur ces amours. « Plus je vais en avant, écrit le roi, plus il semble que vous tachiez à me faire sentir combien peu je suis non seulement en votre bonne grâce, mais encore en votre mémoire... » Et pourtant, en 1588, voici des renouveaux de passion. Le roi écrit de Nérac, le 8 mars, à minuit : « Dieu sait quel regret ce m'est de partir d'ici sans vous aller baiser les mains... Je suis à plaindre et c'est merveille que je ne succombe sous les faix... Ha ! les violentes épreuves par où l'on sonde ma cervelle !... Plaignez-moi, mon âme,... mon tout, aimez-moi ; votre bonne grâce est l'appui de mon esprit au choc des afflictions... Bonsoir, mon âme, je te baise les pieds un million de fois... »

Reproduisons enfin cette dernière lettre à la belle Corisandre, — ou plutôt un extrait de cette lettre, — non pour parler encore de ces amours mais pour montrer quelle était l'orthographe du roi.

De Blois le 18 *mai* 1589

Mon âme je vous escrys de Blois ou yl y a cync moys que l'on me condamnoyt eretyque et yndygne de succéder à la courone et jan suys asteure le pryncipal · pylier, voyes lès euures de Dieu, auers seus quy ce sont tourjours fies enluy, car arroytyl ryen quy eut tant daparance de force quun arrest des Estats, cepandant jan apeloys deuant celuy quy peut tout quy a reueu le procès a cassé les arrest des hommes, ma remys an mon droyt et croys que ce cera au depans de mes ennemys... Bon jour mon cœur, je te bese un mylion de foys. Celui quy est lyé avec vous dun lyen yndysoluble.

Mon âme, je vous écris de Blois où il y a cinq mois que l'on me condamnait hérétique et indigne de succéder à la couronne, et j'en suis, à cette heure, le principal pilier. Voyez les œuvres de Dieu envers ceux qui se sont toujours fiés en lui. Car y avait-il rien qui eût tant apparence de force qu'un arrêt des Etats. Cependant, j'en appelais devant celui qui peut tout, qui a revu le procès, a cassé les arrêts des hommes, m'a remis en mon droit, et je crois que ce sera aux dépens de mes ennemis... Bonjour, mon cœur, je te baise un million de fois. Celui qui est lié avec vous d'un lien indissoluble.

Henri IV n'aurait pas été, paraît-il, éloigné d'épouser la comtesse de Guiche. Il s'en ouvrit à d'Aubigné, lui parlant de ces époques lointaines où « les rois se mariaient avec des bergères ». D'Aubigné, un des intransigeants de cette époque, un protestant qui ne pardonna jamais au roi sa conversion, lui dit : « Sire, le duc d'Alen-

çon est mort, vous n'avez plus qu'un pas pour monter
sur le trône. Si vous devenez l'époux de votre maîtresse vous vous le fermez pour toujours. Vous devez
aux Français de grandes vertus et de belles actions. Ce
n'est qu'après avoir subjugué leur cœur et gagné leur
estime que vous pourrez former un hymen qui, aujourd'hui, ne ferait que vous avilir à leurs yeux... » —
Cf. *Henri IV; son œuvre, sa vie, ses écrits*, par J. GUA-
DET. Paris, A. Picard, 1882.

(4) « *Il court après Madame de Beaufort.* » C'est pour
Gabrielle d'Estrées duchesse de Beaufort, que Henri IV
faisait cette chanson dont on connaît si bien les deux
premiers vers, presque devenus proverbe :

> Charmante Gabrielle,
> Percé de mille dards,
> Quand la gloire m'appelle
> A la suite de Mars,
> Cruelle départie
> Malheureux jour !
> Que ne suis-je sans vie
> Ou sans amour !
>
> L'amour sans nulle peine
> M'a par vos doux regards,
> Comme un grand capitaine
> Mis sous ses étendards.
> Cruelle départie...
>
> Si votre nom célèbre
> Sur mes drapeaux brillait,
> Jusqu'au delà de l'Ebre
> L'Espagne me craindrait.
> Cruelle départie....

Je n'ai pu, dans la guerre
Qu'un royaume gagner
Mais sur toute la terre
Vos yeux doivent régner.
Cruelle départie...

Partagez ma couronne
Le prix de ma valeur.
Je la tiens de Bellone
Tenez-la de mon cœur.
Cruelle départie...

Cruelle départie
Malheureux jour
C'est trop peu d'une vie
Pour tant d'amour.

Bel astre que je quitte,
Ah ! cruel souvenir,
Ma douleur s'en irrite,
Vous revoir ou mourir.
Cruelle départie...

Je veux que mes trompettes,
Mes fifres, les échos
A tous moments répètent
Ces doux et tristes mots.
Cruelle départie...

C'est en novembre 1590, — Henri IV était alors âgé de trente-sept ans, — que le monarque rencontrait Gabrielle, chez son père, Antoine d'Estrées, marquis de Cœuvres, lieutenant général de Picardie. En février suivant, on retrouve Gabrielle, accompagnée de sa

tante, Mme de Sourdis, devant Chartres qu'assiégeait le roi. C'est en cette année 1591, que, pour la
soustraire à l'autorité paternelle, on lui fit épouser —
mais seulement sur contrat — Nicolas d'Amerval, seigneur de Liancourt, mariage cassé en 1594, sous prétexte d'impuissance maritale, bien qu'une première
femme eût donné onze enfants au sire d'Amerval.
Aussitôt rompu ce mariage Gabrielle, devenue duchesse de Beaufort, fut installée à la cour comme
« favorite en titre ». Le caustique d'Aubigné avoue
dans son *Histoire universelle*, t. III, liv. v, ch. III, qu'elle
usa très modérément du grand pouvoir qu'elle eut
sur son bon seigneur et maître. « C'est une merveille,
écrit-il, comment cette femme de laquelle l'extrême
beauté ne sentait rien de lascif a pu vivre plutôt en
reine qu'en concubine, tant d'années et avec si peu
d'ennemis. » Henri IV l'appelait son *bel ange*, et ce nom,
semble-t-il, lui convenait absolument : « Mon bel ange,
lui mandait-il, si à toutes heures m'était permis de
vous importuner, je crois que la fin de chaque lettre
serait le commencement d'une autre. » Évidemment
quelques nuages traversèrent le ciel bleu de ces amours
d'autant plus que Mlle d'Estrées, avant de frapper
Henri IV au cœur, avait sensuellement accepté les
hommages du duc de Bellegarde. — Voir SULLY,
Economies royales, t. II, p. 355; et aussi, notamment :
Les Amours de Henri IV, Amsterdam, 1763. Or, il est
rare qu'une première passion véritable ne tienne pas
la femme tout entière. « Il n'y a rien, lui écrivait un
jour le roi, qui me continue plus mes soupçons, ni qui

me les puisse augmenter que la façon dont vous pro-
cédez à mon endroit... » Querelles d'amoureux ! Pendant huit années ils s'aimèrent. Une catastrophe vint
tout terminer brutalement. Le roi revenait à Fontainebleau tandis que Gabrielle rentrait à Paris. A peine
arrivée la voilà qui meurt tragiquement ! [Voir l'appendice à Sully.] Le roi est atterré. «Les regrets et les
plaintes, écrit-il à sa sœur, m'accompagneront jusqu'au
tombeau : la racine de mon amour est morte, elle ne
rejettera plus !... » — Et Henriette d'Entragues, marquise de Verneuil; celle qu'il eut le plus au fond dans
le cœur et dans la peau ?

(5) « *Il n'était ni trop libéral...* » En réalité il ne fut
pas plus économe qu'il ne fut avaricieux. Il dépensa
largement pour les choses utiles ou bonnes et rarement
il marchanda les récompenses méritées. « Je n'attends
jamais que ceux qui me servent bien me demandent,
disait-il à Sully. Vous m'aidez si bien à faire mes affaires que je veux vous aider à faire les vôtres. Je vous
donne vingt mille écus sur mes deniers extraordinaires.»
Est-ce là « ne pas être trop libéral » Mais il eut, quelquefois, la libéralité gouailleuse : «Vous travaillez, je
crois, monsieur, dit-il un jour à du Haillan, vous travaillez à l'Histoire du royaume de France. — En effet,
sire, répondit du Haillan. — Alors, riposta le roi, n'oubliez pas surtout d'y consigner bien au long les larcins
de mes trésoriers et les brigandages de mes gouver-
nants ! » Sully fut obligé d'en menacer quelques-uns de
la pendaison; ceux surtout «qui ne voulaient pas montrer
leurs registres de recettes et de dépenses ». La pendaison !

Un seigneur s'en émut ! Vite, il court restituer, lui-
même, au roi, quatre-vingt-dix mille pistoles, s'excusant « d'avoir si fort grapillé » en une seule fois. Et
le Béarnais, de l'accueillir ironiquement : « C'est bon !
c'est bon ! d'Incarville, vous avez sans doute gardé
votre compte, mais puisque j'y trouve aussi le mien;
qu'il n'en soit plus question ! »

Ayant entendu dire que d'Aubigné se plaignait de
n'avoir jamais eu les récompenses qu'il croyait mériter,
il l'amène, un jour, dans son « cabinet luy monstrant
tout ce qu'il y avoit de plus beau et luy demanda ce
qu'il luy sembloit le plus estimable et digne de plus
d'admiration », d'Aubigné lui désigne un tableau. « Je
te le baille, dit le roi, afin de reconnoistre les services
nompareils que tu m'as rendus.» Aubigné reçut le tableau avec plus de démonstration extérieure de joye
d'une telle faveur qu'il n'en avoit en l'âme, et après
avoir pris son congié il dist ces vers en grondant :

> C'est un roi d'estrange nature
> Je ne scay comment il est faict;
> Car il récompense en peinture
> Ceux qui l'ont servy par effet.

Le Théâtre Français. Paris, MDCXLII.

« On m'accuse d'être chiche, disait-il un jour : or
je fais trois choses bien éloignées d'avarice : je fais la
guerre, je fais l'amour et je bâtis. »

(6) «*On n'a jamais vu un prince plus humain, ni qui
aimât plus son peuple...* » « C'est surtout pour le *pauvre
peuple* que Henri IV réserve sa plus vive sollicitude. Cet

amour du peuple était, pour ainsi dire, inné chez lui.
Roi de Navarre il disoit déjà qu'il n'avoit « rien en si
grande détestation », que l'oppression du peuple. Il
écrivait à Saint-Geniès, son lieutenant général : « Quant
à ce que vous me mandez pour la défense à tous gens
de guerre de ne molester les paysans et les laboureurs
et de ne leur prendre leurs biens et bétail, sur peine
de vie, je veux et entends que cela soit strictement
observé. » Devenu roi de France, cet amour du peuple,
cette pitié pour ses souffrances, ses efforts pour y re-
médier, furent ses préoccupations de chaque jour.
« Tant que les troubles de mon royaume ont duré, disait-il à l'un de ses ambassadeurs, mes sujets ont vécu
comme ils purent, mais maintenant que Dieu m'a fait
la grâce de recouvrer l'obéissance d'iceux, je veux avoir
soin d'eux et les protéger. » Il y a tant à faire pour les
paysans des campagnes. A chaque instant ce sont des
défenses aux gens de guerre de fouler le peuple, ou des
répressions vigoureuses parce qu'il fut pressuré. A
Montmorency ordre est donné de mettre les compagnies
en garnison « et si elles y font difficulté et veulent vivre
de maraude il les faut casser et faire courir sur celles
qui se débanderaient pour tenir les champs, car enfin,
si nous n'avons, tous, aucune compassion du peuple il
faudra qu'il succombe et que nous périssions tous avec
lui... » Sans doute, en prenant en mains les intérêts
populaires, selon son cœur, Henri pratiquait du même
coup la meilleure des politiques, mais c'était certainement sans calcul. Ses contemporains, qu'ils fussent
grands, qu'ils fussent du peuple, ne s'y sont pas trom-

pés. Voilà pourquoi Henri IV réalisa ce prodige qu'après avoir fait la guerre presque toute sa vie, il est resté l'idole du peuple et *le seul roi dont le peuple ait gardé la mémoire.* Voir : *Henry IV, sa vie, ses œuvres, ses écrits,* par J. GUADET, Paris, A. Picard, 1882.

(**7**) *Sébastien Zamet.* Zamet est l'homme indispensable du roi. C'est aussi son financier. « Le roi et la reine vont quelquefois dîner en ville chez un particulier : c'est celui-ci qui paie. Le roi s'invite, car on n'a pas le droit de l'inviter et il choisit lui-même les convives. Généralement l'amphitryon ne s'assoit pas à la table royale : il se tient debout, derrière le fauteuil du prince qui cause et rit avec lui; mais il doit, devant le roi, essayer de tous les mets servis pour bien montrer qu'il ne les a pas empoisonnés. L'heureux mortel qui a, le plus souvent, l'honneur de recevoir le roi est le banquier Zamet, réputé pour sa mine grave, noire et ses perpétuelles révérences. Il habite rue Beautreillis, au Marais, une vaste et luxueuse maison, ornée de superbes tapisseries évaluées à 400.000 florins. Issu d'une famille d'origine italienne, ayant fait une grosse fortune dans la banque, ce qui lui permet de rendre de grands services financiers au roi, M. Zamet est un ami pour la famille royale, un homme de confiance qu'on nomme en 1603 surintendant général de la maison de la reine. A tout propos le roi et la reine s'invitent chez lui. Passe-t-il seul à Paris, Henri IV ne prend ses repas que rue Beautreillis et y couche souvent, car il y a sa chambre. Donne-t-il un grand dîner pour l'anniversaire de sa naissance, c'est chez M. Zamet qu'il convie princes,

MARIE DE MÉDICIS
Femme de Henri IV et mère de Louis XIII

princesses, seigneurs, dames de la cour et ambassadeurs, et M. Zamet paraît toujours ravi derrière le fauteuil du roi. » *La vie intime d'une reine de France au*
*xvii*ᵉ *siècle,* par Louis BATIFOL, C. Lévy, p. 119.

(8) « *Madame de Verneuil l'appela, un jour, le capi-*
taine de bon vouloir... » A Henriette d'Entragues, marquise de Verneuil, celle de ses maîtresses qui l'a troublé le plus profondément, femme de taille admirable,
de lignes élégantes et harmonieuses, mais pas positi-
vement jolie, à Henriette d'Entragues, de caractère
orgueilleux, supérieurement intelligente et qu'il voulut
épouser (*voir les curieux détails de ces projets de mariage,*
dans L. BATIFOL, *ouvrage cité*), Henri IV adressait ces
strophes :

> Le cœur blessé, les yeux en larmes,
> Ce cœur ne songe qu'à vos charmes.
> Vous êtes mon unique amour.
> Jour et nuit pour vous je soupire;
> Si vous m'aimez à votre tour,
> J'aurai tout ce que je désire.
>
> Je vous offre sceptre et couronne;
> Mon sincère amour vous les donne.
> A qui puis-je mieux les donner?
> Roi trop heureux sous votre empire,
> Je croirai doublement régner
> Si j'obtiens ce que je désire.

L'appareil urinaire était chez Henri IV assez fortement lésé. Des maladies contractées à l'époque de sa
jeunesse et mal soignées avaient altéré sa constitution.

3

Peut-être ne furent-elles pas étrangères à ces défaillances que Mme de Verneuil lui reprochait si durement. Ce dont on ne peut douter c'est que ces maladies avaient déterminé un rétrécissement de l'urètre; le moindre excès, le plus léger écart de régime suffisaient dès lors pour provoquer de redoutables rétentions d'urine. Voir Franklin, *La vie privée d'autrefois* (Les chirurgiens), Plon, édit., pp. 76-79. — Dans *Le cabinet secret de l'Histoire*, Albin-Michel, Paris, 1905 (quatre volumes d'une érudition avisée, qu'il faut signaler à tous ceux qu'intéressent les curieux « dessous » de l'Histoire), le docteur Cabanès, au chapitre : *Une galanterie du Vert-galant*, t. I, pp. 61-87, — le mot « galanterie » signifiait dire alors « une maladie contractée au service de l'amour, — croit et tend à prouver que ce rétrécissement de l'urètre aurait été surtout un «rétrécissement blennorrhagique ».

Puis, si l'on veut juger des troubles physiques que causaient chez Henri IV ses passions amoureuses, lire la lettre de don Inigo de Cardenas au roi d'Espagne, 14 mars 1610, dans *Histoire des princes de Condé*, du duc d'Aumale, t. II, p. 562, et p. 544, les prières demandées par Marie de Médicis à ce sujet. Impuissances plus ou moins passagères qui n'empêchaient point Henri IV, tant le cœur et les sens l'emportaient, d'avoir, comme l'écrit Tallemant, « *quantité étrange de maîtresses : il n'était pourtant pas grand abatteur de bois, aussi était-il toujours cocu...* »

Cocuages connus, comme le sont d'ailleurs tous les cocuages de marque.

« Peu de temps après la paix de Vervins, raconte
SAUVAL, *Essais historiques sur Paris*, ce prince revenant de la chasse vêtu simplement et n'ayant avec lui
que deux ou trois personnages passa la rivière au quai
Malaquais, à l'endroit où on la passe encore aujourd'hui
Voyant que ce batelier ne le connaissait pas, il lui demanda ce que l'on disait de la paix : « Ma foi, je ne sais
pas ce que c'est que cette belle paix, répondit le batelier, il y a des impôts sur tout et jusques sur ce misérable bateau, avec lequel j'ai bien de la peine à vivre. —
Et le roy, continua Henri, ne compte-t-il pas mettre
ordre à tous ces impôts-là? — Le roy est un assez bon
homme, répliqua le rustre, mais il a une maîtresse à qui
il faut tant de belles robes et tant d'affiquets, et c'est
nous qui payons tout cela ! Passe encore si elle n'étoit
qu'à lui, mais on dit qu'elle se fait caresser par bien
d'autres !... » La duchesse de Beaufort très irritée de
ce propos voulut que l'on pendît l'homme. « Vous êtes
folle, dit le roi, c'est un pauvre diable que sa misère
rend de mauvaise humeur. Je ne veux plus qu'il paie
rien pour son bateau et je suis sûr qu'il chantera tous
les jours : Vive Henri IV ! Vive Gabrielle ! »

- Chaque nouvel amour s'accompagnait de troubles
profonds : altérations de la santé, perte du sommeil,
de l'appétit, de la gaieté; goût de la solitude inusité
chez un homme qui aimait la société. Richelieu re-
marque que l'esprit du roi, clair, lumineux d'ordinaire,
s'obscurcissait et que l'excès de la passion le rendait
tellement faible « qu'encore qu'il eût bien témoigné en
toutes rencontres être prince d'esprit et de grand cœur

il paraissait dénué de jugement et de force en celle-là ».
Voir RICHELIEU, *Mémoires*, t. I, p. 9.

Qu'il fût amoureux de sa femme, qu'il fût amoureux
de ses maîtresses officielles, il se laissait aller à des passades ; et elles furent nombreuses ! Mademoiselle de la
Bourdaisière, Mademoiselle de Foulebon, l'abbesse de
Montmartre, pendant le siège de Paris, la fille d'un président de Calais, une dame Martine, et que d'autres
encore ! Il se déclarait aux filles d'honneur de la reine,
soupirait à cinquante-sept ans, pour Charlotte de
Montmorency tout juste âgée de seize printemps. S'il
fut toujours galant, il ne fut point, trahi souvent par
ses forces physiques, le célèbre « vert-galant » de l'Histoire, qui le fait, alors, vainqueur, plus que de raison,
dans ces joutes d'amour. — J'allais oublier *la Fosseuse*,
Françoise de Montmorency, fille de Pierre, baron de
Fosseux : d'où son surnom. Elle fut fille d'honneur de
Marguerite de Valois, première femme de Henri IV, qui
parle d'elle longuement dans ses *Mémoires*. Elle l'accompagnait bienveillamment à Aigues-Mortes pour
l'aider, comme une mère, dans ses couches. Que devint,
après, la Fosseuse? A partir de ce moment on ne sait
plus grand'chose du reste de sa vie ou de sa mort. Ce
furent aussi Charlotte des Essarts et Jacqueline de
Bueil, comtesse de Moret, à laquelle Tallemant consacre
une *Historiette* qu'il termine ainsi.

« Henri IV se refroidissant, madame de Moret s'avisa
de faire la dévote : elle n'avoit que du linge uni, une
grande pointe, une robe de serge, les mains nues !
C'était pour les montrer; car elle les avait belles!

Jusque-là elle avoit été un peu goinfre mais fort agréable. Henri IV fut tué avant qu'elle eût achevé sa farce.
Elle joua un autre personnage, ensuite, car elle feignit
de devenir aveugle. On croit que c'étoit pour faire
pitié à la reine-mère. Enfin, elle fit semblant que M. de
Mayerne, médecin célèbre, qui étoit fort de son ami,
lui avoit fait recouvrer la vue d'un œil. Mais il ne pa-
roissoit point que l'autre fût plus malade. Elle se remit
à faire l'amour tout de nouveau. M. de Vardes se laissa
attraper et l'épousa. Il y a six à sept ans qu'elle est
morte empoisonnée (octobre 1651), par mégarde, sans
y penser. D'autres disent que c'est un valet qui l'a
empoisonnée, et on soupçonne le mari, qui a retiré
chez lui une demoiselle de bon lieu, qu'il pourroit bien
avoir envie d'épouser. J'ai su, depuis qu'on avoit fait
un quiproquo chez l'apothicaire et qu'on avoit donné
du sublimé pour du cristal minéral. Elle en mourut.
On lui trouva deux abcès qui l'eussent fait mourir su-
bitement. »

Dans son *Histoire des Princes de Condé*, t. II, à l'appendice, le duc d'Aumale cite une curieuse lettre que
la princesse de Condé écrivit à Mme de Moret. Elle la
félicite d'être la maîtresse du roi, se réjouissant que
Mme de Verneuil eût été disgraciée. Par la même occasion, elle remercie Dieu de cette aventure heureuse.
Quelles mœurs singulières ! Cette Mme de Moret, qui mourut si pauvre, si délaissée, était alors aux temps de sa
toute-puissance. Le distique d'Ovide sera toujours vrai !

> Donec eris felix multos numerabis amicos.
> Tempora si fuerint nubila, solus eris !

« Madame la comtesse, étant obligée par devoir, et plus de volonté, d'honorer tout ce que le roy ayme, j'ay désir en vous rendant cette agréable devoir, estre reconnue de vous pour celle du monde qui se réjouist d'avantage de vostre glorieuse fortune, et qui, par autant de veux très dévosts requiert continuellement au ciel vouloir continuer à Sa Majesté ce contentement et à vous ce bonheur à très longues années; sans que jamais, cette indigne (Madame de Verneuil) de la forcenérie (folie, égarement), de laquelle vostre beauté nous a tous délivrez, Leurs Majestés, ce royaume et moi, se puissent relever de sa cheute. Dieu qui pour le bien du roy a esté autheur de ce tant souhaité effet, exauçant ma prière, accompagnée de celle de tous les gens de bien, en sera le conservateur et me donnera le moyen, comme je l'en requiers, de me faire paroistre, par quelque digne effet, vostre, etc. »

De ces maîtresses diverses Henri IV eut huit enfants. Aucun de sa première femme, Marguerite de Valois, et six de sa deuxième femme Marie de Médicis; Louis XIII, Elisabeth, qui, mariée à Philippe IV, roi d'Espagne, fut mère de Marie-Thérèse, femme de Louis XIV; Christine, mariée à Victor-Amédée, de Savoie; Nicolas, mort à peine âgé de quatre ans; Gaston d'Orléans, le père de Marie de Bourbon, duchesse de Montpensier, la fameuse « Mademoiselle » et Henriette-Marie qui fut reine d'Angleterre, ayant épousé Charles Ier.

(9) « *Je pense que personne n'a approuvé la conduite de Henri IV avec la feue reine-mère...* » Ce fut, en effet

une singulière co-habitation, une étrange co-éducation que celles, pêle-mêle, de la reine, du roi, des légitimés ou des bâtards, et des enfants légitimes. Au moment de son arrivée à Paris en 1601, Henri présentait à sa femme Marie de Médicis, les personnages de la cour. Apparut une grande et brillante jeune femme que conduisait la vieille duchesse de Nemours. C'était Henriette d'Entragues marquise de Verneuil. Le roi fit un pas en avant et dit à la reine d'un ton enjoué : « Celle-ci a été ma maîtresse et elle veut être votre particulière servante. » L'assistance était un peu surprise. Marie de Médicis resta froide. Le cérémonial voulait que la personne présentée s'inclinât et prit le bas de la robe de la reine pour la baiser. Mademoiselle d'Entragues, fléchissant à peine le buste, se disposait seulement à saisir la jupe à hauteur du genou lorsque, d'un geste brusque, Henri IV lui prit la main et la porta vivement à l'endroit voulu. La présentation s'acheva dans une gêne générale et la Cour, le lendemain, fut unanime à blâmer l'incident. « Celle-ci a été ma maîtresse ! » Elle l'était toujours et le sera longtemps encore ! La passion du roi pour l'ardente et orgueilleuse Henriette empoisonnera les dix dernières années de la vie commune du couple royal. Lorsque huit jours après la naissance de celui qui fut Louis XIII la duchesse de Verneuil accouchait d'un fils de Henri IV, celui-ci prit gaîment la chose. « Il me naît un maître et un valet » dit-il; puis, écrit L'Estoile, *Journal, VII*, 321, « le roi baisa et mignarda fort l'enfant de Madame de Verneuil, l'appelant son fils, le disant plus beau que celui de la reine sa

femme qu'il disoit ressembler aux Médicis, étant noir
et gros comme lui, de quoi on dit que la reine étant
avertie, pleura fort. » Paroles qui fortifièrent la maîtresse dans la haine qu'elle avait contre l'épouse légitime. « C'est une concubine que votre Florentine,
criait-elle à Henri IV, je suis, moi, votre vraie femme. »
Pour elle le véritable Dauphin ne fut jamais qu'un
bâtard; son fils, à elle, était le seul Dauphin et, le jour
où Henri lui proposa de faire élever ses enfants à Saint-
Germain, avec le futur Louis XIII, elle répliqua fu-
rieuse : « Que la Florentine garde son bâtard et moi je
garderai mon Dauphin ! » Les choses en vinrent à ce
point que, pour assurer la validité de ses prétendus
droits et de ceux de son fils, elle suscitait « la conspiration d'Entragues «, dont le but était d'assassiner
Henri IV et celui qui devait être Louis XIII, pour faire
proclamer roi, ensuite, avec le concours de l'Angleterre
et de l'Espagne, le fils de madame de Verneuil. Indigné,
le roi d'Angleterre avisa le roi de France, qui fit arrêter
la famille d'Henriette et le comte d'Auvergne, l'un des
principaux conspirateurs. Le chancelier de Bellièvre
était d'avis de « trancher la tête à tout le monde ». Il y
eut des condamnations à mort qui ne furent jamais exé-
cutées, des emprisonnements de gens qui ne furent jamais emprisonnés; on exigea que madame de Verneuil
rendît la promesse écrite de mariage qu'elle tenait de
Henri IV, puis, finalement, le roi gracia tous les conspirateurs et, de cette aventure, s'en tira plus épris que
jamais de sa dangereuse maîtresse. Que de fois Sully
dut remettre la paix dans le ménage, surtout lorsqu'en

1604, le roi eut l'étrange velléité de réunir ses enfants
légitimes et illégitimes pour les faire élever ensemble;
ils le furent pourtant après que fut mort Henri IV;
Voir BATIFOL, *La vie intime d'une reine de France*,
chap. v, *famille royale.* Toutefois, le couple royal s'ar-
rangeait pour que le bruit de ces disputes intimes ne se
répandît pas trop bruyamment au dehors. Au fond,
femme et mari s'aimaient, et à mesure que son affection pour Marie de Médicis allait grandissant, à mesure
s'atténuait de plus en plus la passion pour madame de
Verneuil, si bien que vers la fin du règne les « scènes »
se firent très rares et même disparurent. L'entourage
remarquait que le roi venait davantage dans l'appartement de la reine et demeurait de longues heures près
d'elle. — Peut-être pour se consoler de n'avoir point
Charlotte de Montmorency? — Il ne sortait plus, maintenant, du palais sans aller embrasser Marie. Voyant
ces caresses la maréchale de La Châtre disait « qu'il devenait de jour en jour plus amoureux, que ses bons serviteurs en recevaient beaucoup de contentement et en
espéraient encore davantage, mais surtout qu'il se gar-
dât de les tromper. Lorsque l'on ramenait au Louvre le
cadavre de Henri IV qu'avait assassiné Ravaillac, la
douleur de Marie de Médicis fut profonde et sincère.
Elle chancela, s'appuya sur la muraille, Mme de Montpensier la prit entre ses bras à demi évanouie. De neuf
nuits consécutives elle ne put dormir, tant l'étrei-
gnaient la douleur et l'émotion. Elle se condamnait
à rester quarante jours au Louvre sans sortir, ordonnait deux années de deuil pendant lesquelles il n'y aurait

ni fêtes, ni réceptions, ni divertissements d'aucune sorte. Elle se couvrit de crêpes; « elle fit tendre son appartement de noir, lugubre usage par lequel toutes les pièces, et dans chaque pièce, murs, plafonds, parquets étaient recouverts d'étoffe noire lamée d'argent avec, en guise d'ornements, des larmes et des c ânes d'argent, semés, parement de deuil couvrant et traînant de tous côtés tant contre les murailles que sur les planchers et les meubles ». La veuve, dans les lettres qu'elle écrivait, ravivait son chagrin. Elle mandait à la duchesse de Mantoue : « Ma douleur et désolation sont telles que je ne puis encore recevoir aucune consolation. » Et, à la duchesse de Bouillon : « Je me trouve tellement outrée de douleur qu'en cette extrême affliction j'ai grand besoin de la consolation de mes bons amis. Vous participerez avec moi à cette désolation... »

(10) *Elle l'appelait quelquefois : « votre grosse banquière...* » Le mariage de Henri IV avec Marie de Médicis fut un mariage d'argent. Aux ducs de Toscane les rois de France firent maints et maints très gros empruts, et ceux du Béarnais furent particulièrement nombreux. Il fallait rembourser. A Marie avait été prédit qu'elle serait reine de France, de même qu'une sorcière avait prédit à Joséphine de Beauharnais qu'elle serait impératrice. La fille des Médicis avait alors vingt-sept ans. Il fallait d'autant plus se presser qu'une profonde mélancolie la minait — la mélancolie de celle qui ne veut pas rester vieille fille — et que se fanait sa beauté surtout faite d'éclat et de fraîcheur. Elle se ranima lorsqu'elle comprit qu'elle serait, peut-être,

reine de France. Pressé par le besoin, Henri IV, même
avant que Paris valût une messe, était à la veille, par
cette union, de se faire catholique et il écrivit à M. de
Chatte : « Je suis de ceux qui pensent qu'un bon mariage leur doit aider à payer une partie de leurs dettes. »
Le sort en était jeté. Toutefois, contradictoire comme il
le fut toujours dans les questions où le cœur et les intérêts se mélangeaient, il gardait Gabrielle d'Estrées,
et, après celle-ci, Henriette d'Entragues, promettant
à l'une et à l'autre de les épouser. D'ailleurs la fiancée
ne « voulut rien connaître » de toutes ces « histoires de
maîtresses ». Comme elle, tout Florence se réjouissait
triomphalement de ce mariage qui l'allait faire asseoir
sur le plus glorieux trône royal d'Europe, et se réali-
saient enfin les rêves les plus audacieux de la princesse. Quant à Henri IV il ne savait de sa future femme
qu'une seule chose : c'est qu'elle apportait « la forte
somme », outre qu'étaient éteintes toutes ses dettes :
dot : 600.000 écus, dont 350.000 payés comptant et le
reste en solides créances. Jamais reine de France
n'avait apporté si forte dot, disait Sully, qui, non sans
ironie, ajoutait : « Il n'est pas de la dignité de votre
personne de prendre une femme pour de l'argent, —
Henri IV voulait le million d'écus, — de même qu'il
ne faut pas que le grand-duc achète votre alliance
pour de l'argent. »

C'est le 13 octobre 1600 que Marie partait de Florence. Elle s'embarquait à Livourne où l'attendait une
petite escadre de dix-huit navires. La galère qui
devait transporter la nouvelle reine, et sa dot, étincelait

d'or et d'argent. La traversée fut longue. On fit escale
à Portofino. Par suite du mauvais temps, on restait
huit jours à Gênes; on mouillait à Antibes, à Toulon,
pour, après vingt-trois jours d'un long voyage,
qu'avaient essayé de rendre agréable jeux et concerts,
arriver à Marseille, où n'était pas Henri qui, alors, « faisait le coup de feu dans la Savoie ». Ce n'est qu'à Paris
qu'ils se rencontrèrent. Avant qu'il l'eût vue, Henri IV
lui avait mandé, peut-être gauloisement, « qu'elle se
tînt saine et gaillarde » et, non moins délibérément, elle
avait répondu : « Je suis toujours gaillarde, à votre service. »

Henri IV, un jour, relevait très vertement — comme
d'ailleurs il en avait souvent l'habitude, en ses reparties — ce mot de banquière. — « Quand donc viendra
votre banquière? interrogeait, une fois, Henriette. —
Madame, riposta le roi, elle viendra aussitôt que j'aurais chassé de ma cour toutes les putains. »

Rappellerons-nous ici la « suite » magnifique des vingt
et un tableaux allégoriques de Rubens au Louvre, qui
nous représentent la naissance, le mariage de Marie de
Médicis, son couronnement, en un mot les épisodes
principaux de sa vie. La reine, dix ans après son veuvage,
les avait commandés à Rubens, pour en orner une des
galeries du Luxembourg; dans une autre galerie devait
être représentée la vie de Henri IV; mais l'exil de la
reine empêcha qu'elle pût donner suite à ce deuxième
projet.

Disons enfin que cette « grosse banquière » eut une
mort misérable, terrible. Partout rebutée, sur la fin

de ses jours on la vit, à Cologne, « montrant à tous ses
vêtements déchirés et sa chambre vide de meubles ».
La veuve de Henri IV, l'ancienne régente de France,
la mère d'un roi dont alors était retentissant le renom, et
qui comptait quatre de ses enfants parmi les souverains
d'Europe, mourut abandonnée dans une misérable
chambre d'auberge, sans être certaine que ses dettes
seraient payées. Quelles qu'aient été les fautes de
Marie de Médicis et sa persistance à se joindre jusqu'à
la fin à ceux qui prenaient les armes contre le roi de
France, quelques criminels projets qu'elle eût, un
moment, formés en faveur de son favori Gaston,
Louis XIII n'a-t-il point gémi de s'être montré implacable. et le tableau d'une aussi triste mort n'a-t-il
point parfois hanté ses nuits d'insomnies et de souffrances?

C'est évidemment certain, car il avouait un jour à
son confesseur, alors le P. Dinet, « qu'il avait toujours eu scrupule de sa conduite à l'égard de la reine,
sa mère », et il ajouta : « J'ordonnerai à Chavigny, que
j'ai chargé de mettre par écrit mes dernières volontés,
d'exprimer dans mon testament la douleur que j'en
ressens; je veux que toute l'Europe en soit informée. »

Et, lorsque fut mort Richelieu, — le cardinal et
Marie de Médicis moururent la même année, — « le
roi envoyait à Cologne le sieur Péni pour faire transporter en France le corps de sa mère qui y fut conduit
avec beaucoup de pompe. On lui rendit de grands honneurs dans les villes où il passait et, le 3 mars 1643, il
fut déposé dans l'église de Saint-Denis. » Cf. Bury,

Histoire de Louis XIII, Paris, MDCCLXVIII. Voir l'appendice n° 27 à l'*Historiette* de Louis XIII.

(**11**) « *J'eusse crié : la reine boit....* » « Ce vendredi [9 juin 1606] le roi et la reine passans au bac de Nulli [Neuilly], revenans de Saint-Germain à Paris et ayans avec eux M. de Vendosme faillirent estre noyez tous trois, principalement la reine, qui bût plus qu'elle ne vouloit et, sans un sien valet de pied, et un gentilhomme nommé la Chastaigneraie, qui la prit par les cheveux, s'estans jetté à corps perdu dans l'eau pour l'en retirer, couroit fortune inévitable de sa vie. Cet accident guérit le roy d'un grand mal de dents qu'il avoit, dont le danger estant passé, il s'en gaussa, disant que jamais il n'avoit trouvé meilleure recette. Au reste, qu'ils avoient mangé trop de salé à disner et qu'on les avoit voulu faire boire après. Mais qu'il y avoit plus à remercier Dieu, qu'à rire de cette délivrance, laquelle vient d'en haut, Dieu ayant eu encore pitié à cette fois, comme en beaucoup d'autres, de son roy et de son peuple... Revenue à elle la reine demanda d'abord où était le roy. Cette princesse en récompense du bon service que lui avoit rendu le sieur de la Chataigneraie luy donna une enseigne de pierreries de la valeur de quatre mille écus, une pension annuelle et, ensuite, elle le fit capitaine de ses gardes... » — L'ETOILE, *Journal du règne de Henri IV*, La Haye, MDCCLXI, p. 369-370. — « Olimpe (Marie de Médicis) ayant appris ce discours (le mot de madame de Verneuil, *la reine boit*), — lisons-nous dans *les Amours du grand Alcandre* attribués à la princesse de Conti, où, sous

des noms à clef, sont fidèlement racontées les amours du
roi, — Olimpe se mit en une telle colère qu'Alcandre
(Henri IV) et elle furent plus de quinze jours sans se
parler et falût que les plus sages de ceux qui avoient
le plus de crédit auprès du roy, l'appaisassent. Enfin,
cet accord fut fait et il falut faire un balet pour se réjouir, dont Olimpe se voulut donner le plaisir en estant
elle-même. Cependant qu'on le proposat, Alcandre qui
faisoit bonne chère à cette heure-là, (c'estoit cette dame
qu'il avoit fait quitter à son mary, comme j'ai desja dit)
vouloit qu'elle fust du balet, et Olimpe ne le voulant
pas, il fut rompu cette fois... » Évidemment, toutes ces
histoires, comme l'écrit M. MARIEJOL, *Histoire de
France* (LAVISSE) faisaient « que la cour ressemblait
assez au harem du Grand Turc ».

(**12**) « *On lui (madame de Verneuil) ôta ses enfants...* »
« Marie de Médicis dut subir que les enfants naturels de
Henri IV fussent indistinctement élevés avec ses enfants. On a beau expliquer à la reine que la coutume
est admise en France, où le moindre gentilhomme
campagnard, riche en progénitures de sortes variées,
héberge tout son monde sous le même toit; on a beau
lui dire que, du temps de Catherine de Médicis, il y avait
à la cour une fille naturelle de Henri II ayant rang de
princesse, maison constituée, place au soleil avec sa
qualité de « Madame la bâtarde ! » — « Les gens de
Madame la bâtarde ! » — elle s'est révoltée, puis a obéi.
Que faire? Les enfants naturels du roi sont « marchan-
dises de sa boutique », Henri IV les tient pour bel et
bien ses fils. Il n'a pas voulu que ceux-ci l'appelassent

« Monsieur », comme il était d'usage que les enfants naturels appelassent le roi leur père, à la cour de Catherine de Médicis. Il les adore. Complètement oublieux
de la déclaration signée un jour par lui dans laquelle il
prescrivait que les bâtards de gentilshommes ne pourraient jouir des privilèges de la noblesse, il les a légitimés, créés ducs, princes, leur a fait un sort brillant
et les impose... » — L. BATIFOL, ouvrage cité, p. 286.

Toutefois, le petit Dauphin — le futur Louis XIII —
ne put jamais s'habituer à cette camaraderie. Il ne
souffrait que difficilement avec lui « ces fils de putain »,
comme il les appelait : ce mot dans la bouche d'un enfant n'a rien qui doive surprendre. Il le tenait de son
père, et c'était le langage courant.

En 1606, la comtesse de Moret supplante la duchesse de Verneuil dans les bonnes grâces du roi, et en
février 1607 la nouvelle favorite accouche d'un fils.
On s'empresse d'en informer le Dauphin, alors âgé d'environ six ans et demi. — « Monsieur, vous avez un
autre féfé [frère]. — Qui est-il? — Monsieur, c'est
madame la comtesse de Moret qui est accouchée d'un
fils. — Ho! Ho! il n'est point à papa. — Monsieur, à
qui donc est-il? — Il est à sa mère ! »

Plus tard, en janvier 1608, c'est Charlotte des Essarts qui accouche d'une fille. Naturellement. — Eh
oui ! à cette époque c'était chose toute naturelle — on
en avise le petit Louis. — « Monsieur, vous venez
d'avoir une autre sœu-sœu. — Non ! — Pourquoi? —
Elle n'a pas été dans le ventre à maman ! — Votre
papa la fera porter ici pour la faire baptiser et veut que

vous soyez le compère. — Qui? papa ! — Oui, monsieur.
— C'est une putain, je ne l'aime point ! » Henri IV ne se
fâcha point du mot et même, l'année suivante, se pro-
menant avec la comtesse de Moret, restée en faveur,
et son fils, il lui dit : « Mon fils, j'ai fait un enfant à
cette belle dame, il sera votre frère. »

Encore cette dernière citation d'Hérouard, à la date
du 18 mai 1608. « A six heures et quart, il (le Dauphin)
va à son cabinet. Cependant qu'il est empêché, on
heurte à la porte... « Monsieur, ne voulez-vous pas que
personne entre... » — Et on lui nomme ses frères bâtards. — « C'est une race de chiens », s'écrie-t-il. —
« Et monsieur de Verneuil? — C'est encore une autre
race de chiens. — Monsieur, de quelle race? — De
madame de Verneuil; moi, je suis d'une autre race,
mon frère d'Orléans, mon frère d'Anjou et mes sœurs. —
Laquelle est la meilleure? — C'est la mienne ! » Et il
ajoute, en parlant du petit Moret. « C'est le dernier,
il est après ma mède que je viens de faire. »

(13) « Un jour qu'il fit donner le fouet à M. le Dauphin... » Le fouet est le grand et presque l'unique
éducateur d'autrefois. C'est la seule raison d'être de
la pédagogie telle que la comprenaient et l'appli-
quaient nos pères. — Voir, notamment, FRANKLIN, La
vie privée d'autrefois. — L'enfant, ch. pp. 179-239. Plon,
1896. — Quand l'enfant, jadis, manquait à son devoir,
quel moyen employait-on pour le ramener dans le droit
chemin? L'Université, la famille n'en connaissent qu'un,
libéralement appliqué à tous, roturiers, nobles ou
princes, petits ou grands, garçons ou filles : les coups.

4

Si Marguerite de Valois parlait le latin avec pureté, c'est
que ses précepteurs ne lui avaient pas épargné le fouet.
Mémoires de Marguerite de Valois, éd. Michaud,
p. 402. — D'Aubigné, parlant des premiers maîtres qu'il
avait eus, les appelle Orbilies en souvenir d'un pédagogue cité par Horace et que sa brutalité rendit célèbre.
Voir encore, sur ces fustigations, FRANKLIN, *Ecoles et
collèges*, p. 137 et suiv., 234 et suiv. — L'enfant a-t-il
fait une faute, dit le poëte Jean Boucher dans les
Epîtres morales, le père

> ... Doit verge prendre
> Et sagement un corps discipliner,
> Pour à vertuz tousjours mieux l'encliner.
> Le sage dit : Qui pardonne à la verge
> Hait son enfant : Il fault qu'on l'en asperge,
> Mais que ce soit d'un amour paternel,
> Sans se montrer trop félon et cruel.

Henri IV, qui, selon la coutume, avait été fort fouetté
dans son enfance, entendait que son fils fût sembla-
blement élevé au fouet. Le 14 novembre 1607, il écrivait à la gouvernante du Dauphin, la célèbre madame
de Montglat, grande, sèche, horriblement maigre, auto-
ritaire et « fascheuse », femme du premier maître
d'hôtel du roi, baron de Monglat, homme désagréable
et violent :

« Je me plains de vous de ce que vous m'avez pas mandé
que vous aviez fouetté mon fils; car je veulx et vous
commande de le fouetter toutes les fois qu'il fera
l'opiniastre ou quelque chose de mal; saichant bien

moy-même qu'il n'y a rien au monde qui luy face plus de profit que cela. Ce que je recognois par expérience m'avoir profité, car estant de son âge, j'ay esté fort fouetté; c'est pourquoy je veulx que vous le facièz et le luy facièz entendre. »

Le *Journal d'Heroard* est tout plein de ces fouetteries consciencieusement appliquées au jeune Louis XIII par son intransigeante gouvernante. A chaque page, qu'il serait, ici, fastidieux de reproduire, le fouet entre en scène. « Le 3 août 1606, en se couchant, il dit à madame de Montglat : Mamanga, me donnez pas le fouet demain matin. — Elle lui répond : Monsieur, je vous ai promis que vous ne l'aurez point. — Ho ! je sais bien que si, vous me ferez dire mes quadrains (les *quatrains moraux de Pibrac*) et puis vous direz : ça, troussons ce cul. » Évidemment, le mot est très naturel et très ordinaire, mais le langage du petit Dauphin, toujours d'après le *Journal de Héroard*, est des plus réalistes : il avait d'ailleurs, par son père, de qui tenir. Pour ces corrections par le fouet, renvoyons également aux intéressants *Mémoires de Marmontel*, pp. 24-30, de l'éd. Didot, 1891.

(14) « *Madame, priez Dieu que je vive, il vous maltraitera...* » Tallemant des Réaux n'a jamais aimé Louis XIII; aussi parle-t-il toujours de lui d'une façon suspecte et partiale. Voir plus loin l'*Historiette de Louis XIII.*

(15) « *Il y en a qui ont soupçonné la reine-mère d'avoir trempé à sa mort...* » Tout en protestant contre l'injuste insinuation de Tallemant, — nous venons de voir

que Marie de Médicis fut une épouse dévouée et que la
mort du roi lui mit au cœur un réel chagrin, — nous
n'en prendrons point texte pour recommencer le récit
de cet assassinat qu'en longs détails ont raconté tous
les historiens de Henri IV. Nous rappellerons seulement
à grands traits les pressentiments curieux qui semblaient lui laisser comme entrevoir une mort prochaine
et violente. Préoccupé, encore, qu'il était par la guerre
à la veille d'éclater et pour laquelle avaient été et
allaient être levés des suppléments d'impôts, il ne pouvait dormir, priait ardemment, se levait de grand matin et ne « tenoit pas en place ». Que deviendraient ses
enfants s'il était tué en combattant? Puis, n'osant
sortir, il s'énervait de rester claquemuré. Sa femme,
son fils naturel, le duc de Vendôme, qu'inquiétait
cette agitation, le priaient de ne point quitter le Louvre.
Et pourtant, étreint par les angoisses en cette veillée
d'armes, une nouvelle passion le torturait. « Je ne vys
jamais, écrit Bassompierre, un homme sy éperdu et
sy transporté. » La nouvelle élue de son cœur, qui en
avait élu tant d'autres, était Charlotte de Montmorency, fille du connétable, d'une beauté qui s'annonçait
superbe et qu'embellissait surtout la fraîcheur de ses
seize années; déjà mariée au prince de Condé et qui
devait être la mère du héros de Rocroi. Pour elle, ce
sexagénaire, ou peu s'en faut, fit des extravagances
séniles. Il voulut la voir échevelée sur un balcon entre
deux flambeaux. Il courut la bague avec un collet de
senteur et des manches de satin de Chine. Charlotte
en était amusée, flattée et orgueilleuse. Où l'avait-il

rencontrée pour la première fois? Lisez ce que nous en apprend ces *Amours du grand Alcandre*, où, sous des noms à clef, le récit est toujours si véridique :

« Comme Alcandre (le roi) ne pouvoit vivre sans quelque amour nouvelle, Olimpe (la reine) ayant repris la volonté de faire le balet desja proposé, entre les dames nommées pour en estre, l'incomparable *Florise* (Charlotte de Montmorency) en fus l'une. Elle estoit si jeune alors qu'elle ne faisoit que sortir de l'enfance. Sa beauté estoit miraculeuse, et toutes ses actions si agréables qu'il y avait de la merveille partout. Alcandre la voyant danser un dard à la main (dard dont elle dirigeait la pointe contre le roi, d'un air aguichant), se sentit percer le cœur si violemment que cette blessure lui dura aussi longtemps que la vie. »

Mais pourquoi ne pas laisser parler ici l'inépuisable Tallemant? Ce qu'il raconte est joyeux.

« La reine mère, dit-il, *Historiette de Madame la princesse*, fit un ballet dont elle mit les plus belles de la cour; pensez qu'elle n'oublia pas mademoiselle de Montmorency qui pouvait alors avoir treize à quatorze ans. On ne pouvait rien voir de plus beau et de plus enjoué; mais il y en avait d'autres aussi spirituelles qu'elle, pour le moins. Il y eut quelques démêlés entre la reine et le roi sur ce ballet. Il voulait que madame de Moret en fût. La reine ne le voulait pas et elle voulait que madame de Verderonne — femme d'un président des comptes — en fût et le roi ne le voulait pas. A la fin pourtant, la reine l'emporta. Pendant ce petit désordre, elle ne laissait pas de répéter son

ballet. Pour y aller, on passait devant la chambre du
roi; mais comme il était en colère il la faisait fermer
brusquement dès qu'elle venait pour passer.

« Un jour, il entrevit par cette porte mademoiselle
de Montmorency et, au lieu de la faire fermer, il sortit
lui-même et alla voir répéter le ballet. Or, les dames
devaient être vêtues en nymphes; en un endroit elles
levaient leur javetlo comme si elles l'eussent voulu
lancer. Mademoiselle de Montmorency se trouva près
du roi quand elle leva son dard; et il semblait qu'elle
l'en voulait percer. Le roi a dit, depuis, qu'elle fit cette
action de si bonne grâce qu'effectivement il en fut
blessé au cœur et pensa s'évanouir. Depuis ce moment,
l'huissier ne ferma plus la porte, et le roi laissa faire à la
reine tout ce qu'elle voulut... On avait déjà parlé de
marier Monsieur le prince avec mademoiselle de Montmorency; le roi conclut l'affaire, pensant que cela avan-
cerait les siennes. M. le connétable donna cent mille
écus à sa fille. M. le prince était fort pauvre; mais
c'était un grand honneur que d'avoir pour gendre le
premier prince du sang... »

Sur ce ballet, Tallemant revient encore dans son
Historiette de mademoiselle Paulet, que nous retrouverons bientôt avec Voiture.

« ... Elle y chanta des vers de Lingendes qui com-
mençaient ainsi :

Je suis cet Amphion...

Or, quoique cela convînt mieux à Arion, elle était

pourtant sur un Dauphin, et ce fut sur cela qu'on fit
ce vaudeville :

> Qui fit le mieux du ballet?
> Ce fut la petite Paulet
> Montée sur le Dauphin]
> Qui montera sur elle enfin...

Mais ç'a été un pauvre *monteur* que ce Monsieur le
Dauphin. — Nous le verrons surabondamment dans
l'*Historiette de Louis XIII*. — Son père y monta au
lieu de lui. Henri IV, à ce ballet, eut envie de coucher
avec la belle chanteuse. « Tout le monde tombe d'accord
qu'il en passa son envie. Il allait chez elle le jour qu'il
fut tué... »

On pourra consulter sur ces amours avec Charlotte
de Montmorency, notamment : GOURDON DE GE-
NOUILLAC, *Le dernier amour de Henri IV*. — PAUL
HENRARD, *Henri IV et la princesse de Condé*. — Duc
D'AUMALE, *Histoire des princes de Condé*, t. II. Voir
aussi *Lettres de Malherbe*. — VOITURE, dans une lettre
qu'il adresse à mademoiselle Paulet, écrit : « Je sou-
haite de tout mon cœur que cette Aurore (Charlotte
de Montmorency), car le nom que vous lui donnez lui
va bien, soit suivie d'un aussi beau jour qu'elle le
mérite et que tous ceux de sa vie soient exempts de
nuages et aussi clairs et sereins que son esprit. » —
Voir encore, tout naturellement : l'*Historiette* de TAL-
LEMANT DES RÉAUX : *Madame la Princesse*; et, faisant allusion à cette phrase des *Amours du Grand
Alcandre* : « il faudrait un volume entier pour racon-

ter... », lire : Cardinal BENTIVOGLIO, *Relatione della
fuga del Principe di Condé.* — Bassompierre, qui faillit l'épouser —mais Henri IV s'opposait à ce mariage,
craignant qu'il ne s'aimassent trop — dit dans ses
Mémoires, pp. 146-148, édit. de Cologne, MDCCXXI :
« Il est vrai que, comme sous le ciel, il n'y avoit alors rien
de si beau que Mlle de Montmorency, ni de meilleure
grâce, ni de plus parfait, elle étoit fort dans mon
cœur... » Voir aussi l'*Historiette* de MALHERBE, appendice n° 11.

Sur la dernière journée de Henri IV et son assassinat, lire surtout : Simon DUPLEIX (d'après les témoins
oculaires), *Histoire de Henri le Grand*, Paris, 1623. —
Mémoires de RICHELIEU. — *Le journal* de L'ESTOILE.
— P. MATHIEU, *La mort déplorable de Henri IV* (1620,
p. 61).

Henri IV fut plus populaire après sa mort qu'il ne
l'avait été peut-être pendant sa vie, surtout à ses dernières années qu'attristèrent les querelles incessantes
de son ménage. Il avait alors de grands rêves politiques ou, tout au moins, on les lui supposait. Sully
prétend qu'il songeait à créer des Etats-Unis d'Europe, formés de quinze États; six monarchies hérédi-
taires, six électives; trois républiques fédératives.
Mais est contestable l'authenticité de ce dessein si
vaste. La guerre avec l'Espagne le tourmentait fort,
persuadé qu'elle reprendrait bientôt. « Quand je ne
serai plus, on verra ce que je vaux », répétait-il, alors
que le hantaient les pressentiments de son assassinat.

D'un bout de la France à l'autre, ce fut une stupeur

et un chagrin inouïs lorsque l'on apprenait cette mort
tragique. «Il n'y a personne de nous, écrivait Bossuet,
soixante-cinq années plus tard, qui ne se souvienne
d'avoir souvent entendu raconter à son père ou à son
grand-père, je ne dis pas l'étonnement, l'horreur et
l'indignation que doit inspirer un coup si soudain et si
exécrable, mais une désolation pareille à celle que cause
la perte d'un bon père à ses enfants ! » Aucun roi de
France ne fut autant regretté. On s'apercevait maintenant de ce qu'avait été ce prince, le plus charmant, le
plus spirituel, et le plus français des anciens rois. On se
redisait son affabilité souriante, sa douceur, sa politesse parfaite. Les gentilshommes rappelaient sa familiarité joviale avec eux, libre, pleine de bonne humeur
et de camaraderie, son entrain, sa gaieté. En même
temps, tous se remémoraient combien il savait être
roi, maître de lui et des autres, sans réplique, vivement, prestement, avec une impétuosité et une hauteur toute souveraine, sachant faire le grand seigneur
à ses heures lorsqu'il le fallait et porter la couronne de
France avec la dignité fière convenant à un grand
royaume. Vraiment, il avait été un roi. « Et, alors,
l'amour de son prince enivrait le pauvre peuple. »
Henri IV avait surtout rendu deux services inappré-
ciables : il avait donné la paix au royaume après trente
ans de guerre civile et lui avait enseigné ce que c'était
que la tolérance. « La France m'est bien obligée, écrivait-il un jour; car je travaille bien pour elle ! » Le
royaume, après sa mort, et la postérité ensuite, ont
tous deux ratifié ce jugement. Cf. BATIFOL, *Le siècle*

de la Renaissance. Hach. 1909, p. 286-287. — Lire
aussi dans ce même volume, page 368 : « Impression
de prospérité que donne la France aux voyageurs
étrangers », après la mort de Henri IV. Elle est riche
et les sources des deniers y sont inépuisables », conclut un voyageur. Et la France d'aujourd'hui, n'est-
elle pas la banquière de l'Europe?

(16) « *Henri IV avait l'esprit vif, il était humain...* »
De cette humanité on rapporte maintes anecdotes dont
voici les deux plus connues.

« La ville de Chartres avait embrassé le parti de la
Ligue. Henri IV l'assiégeait en 1591 ; mais deux assauts
donnés avec perte avaient rebuté le roy, qui, se voyant
pressé par le chancelier d'en faire donner un troisième,
lui dit, d'un air irrité : « Allez-y donc vous-même, je
ne suis pas accoutumé de faire si bon marché du sang
de ma noblesse. »

« Henri IV n'avoit pas quinze mille hommes lorsqu'il assiégea Paris, où il restoit alors au moins deux
cens mille habitans. Il auroit pu prendre cette ville par
famine ; mais sa compassion pour les assiégés faisoit que
les soldats eux-mêmes, malgré les défenses des généraux, vendoient des vivres aux parisiens. Un jour que,
pour faire un exemple, on alloit pendre deux paysans
qui avoient amené des charettes de pain à une po-
terne, Henri les rencontra en allant visiter ses quartiers. Ils se jettèrent à ses genoux et lui remontrèrent
qu'ils n'avoient que ce moyen pour gagner leur vie :
« Allez en paix, leur dit le roi, en leur donnant aussitôt
l'argent qu'il avoit sur lui, le Béarnais est pauvre,

s'il en avoit davantage, il vous le donneroit. »

« La ville de Paris ayant esté réduite sous l'obéissance de Henri IV, sans effusion de sang, à l'exception de deux ou trois bourgeois qui furent tués : « S'il
étoit en mon pouvoir, disait le bon roi, je racheterois
de cinquante mille écus la vie de ces deux citoyens,
pour avoir la satisfaction de faire dire à la postérité
que j'ai pris Paris sans qu'il y ait eu de sang répandu. »
Tablettes historiques des rois de France.

Parmi les si nombreux recueils d'anecdotes où sont
consignées les preuves de « cet esprit vif », nous men-
tionnerons surtout : *L'âme d'un bon roi ou choix d'anecdotes et de pensées de Henri IV*, Londres, MDCCLXXV,
et *L'esprit de Henri IV*, Paris, MDCCLXXV.

(17) « *Quelqu'un du tiers État se mettant à genoux...* »
Henri IV n'aimait pas les longs discours; aussi, lorsqu'il le pouvait, les interrompait-il de brusque, mais
toujours plaisante ou narquoise façon : en voici quelques amusants témoignages.

« Après la capitulation de Chartres, tandis qu'il faisoit
son entrée dans la ville, il fut arresté par une députa-
tion des habitants. Le magistrat qui portoit la parole
commença par dire qu'il reconnoissoit que la ville
étoit assujetie à Sa Majesté par le droit divin, par le
droit romain. — Et ajoutez, dit le vainqueur impa-
tienté, en poussant son cheval pour passer outre,
ajoutez par le droit canon !... »

« Fatigué de la grande traite qu'il avoit été obligé
de faire pour le secours de Cambrai et passant par
Amiens, on luy vint faire une harangue. L'orateur

débutoit par les titres de « très grand, très clément, très magnifique... » — Ajoutez aussi, dit le roi, très fatigué ! Je vais me coucher, j'entendrai le reste une aultre fois.

« Ce prince fist également sentir le ridicule d'un aultre harangueur qui, s'estant présenté à l'heure de son disné, avoit commencé son discours par ces mots : « Sire, Annibal en partant de Carthage... » et en resta là. — « Ventre saint gris, dit le roi, Annibal en partant de Carthage avait dîné, tandis que moi, je vais dinner ! ».

« Un recteur de l'Université de Paris qui haranguoit le roy s'étant escarté dans son discours du sujet pour lequel il estoit député, le roy lui demanda de quelle faculté il estoit. Le recteur respondit qu'il estoit médecin. Alors Henri, se tournans vers les seigneurs qui estoient présens, il dit : « Point ne m'étonne que mon Université soit malade au point d'en perdre la mémoire, la voilà entre les mains des médecins. » — Et, à vrai dire elle était alors, tellement malade que force fut à Henri IV de la reconstituer, de la « recamper », dirions-nous. Cette ruine des études exigeait une réforme qui parut plus nécessaire que jamais après l'expulsion des jésuites. Le roi en chargea les personnes les plus considérables de l'État et de l'Église : Renaud de Beaune, archévêque de Bourges, grand aumônier de France; Achille de Harlay, premier président du Parlement de Paris; Jacques de la Guesle, procureur général; de Thou-Séguier, lieutenant civil et François de Riz, premier président du Parlement de Rennes. Ces

commissaires, avant de dresser un règlement, commencèrent une enquête qui dura trois années (1595-1598).
Ils ne consultèrent point le pape, bien que les Univer-
sités fussent des fondations pontificales ; c'était presque
déjà, mais si peu, si peu, un éveil de l'esprit laïque.
D'ailleurs ils ne consultèrent pas davantage « le corps
enseignant », mais ils imposèrent leur programme.

« Henri IV passant par une petite ville, il vint plusieurs députés au devant de lui pour le haranguer : un
d'entre eux ayant commencé son discours, il fut in-
terrompu par un asne qui se mist à braire. « Messieurs,
dit le roi, parlez chacun à vostre tour, s'il vous plaist,
je n'entends pas. »

« Les députés de Provence estant venus à Lyon pour
complimenter ce prince, celui qui parlait demeura
court. Le roy se tourna vers les aultres et leur dit :
Je vous entends, vous voulez me dire que la Provence est à moi et non au duc de Savoie ! »

« Il arriva pareillement, à un président du Parlement de Rouen, qui s'estoit présenté pour haranguer
Henri IV, de rester court. Le roy sourit et dit à ceux
qui l'accompagnaient : « Il n'y a rien d'extraordinaire
les Normands sont sujets à manquer de parole ! »

« Quelqu'un le haranguant pour la compagnie dont il
estoit député fut si longtemps à finir son discours que
le roy, ennuyé de l'entendre depuis une heure, le prist
par la main et luy fist voir la galerie du Louvre, en
luy disant : « Que pensez-vous de ce bâtiment, lorsqu'il
sera terminé, ne sera-ce pas une belle chose? — Assu-
rément, sire. — Eh bien ! reprit le roy, il en est de même

de votre harangue; d'ailleurs, continua-t-il avec bonté,
j'ay bien desmélé vos raisons; j'y aurai esgard en tems
et lieu.

(18) « *Elle aime trop l'humanité...* » C'est de tout
autre façon que L'ESTOILE dans son *Journal*, raconte
cette anecdote, à la date du 26 mai 1575. — « Ce jeudi
26 may, messire Henri de Bourbon, roy de Navarre,
estant dans la chambre de la princesse de Condé sa
tante où il prenoit plaisir à voir toucher le luth à un
gentilhomme nommé de Nouailles, qui avoit le bruit
d'aimer et estre aimé de Mme la princesse sa tante,
comme il accordast mélodyeusement sa voix à l'instrument et chantoit dessus ceste chanson :

> Je ne vois rien qui me contente
> Absent de ta divinité

et répétant un peu trop souvent et passionnément ce
mot de divinité, avec l'œil toujours fixé sur Mme la
princesse, le roy de Navarre, se prenant à rire de
fort bonne grâce et regardant sa tante d'un costé et
Nouailles de l'aultre, dit :

> N'appelès pas ainsi ma tante.
> Elle aime trop l'humanité.

Le roy (Henri III), l'aiant entendu le jour mesme y
prit fort grand plaisir et dit : « Voilà une rencontre
digne de mon frère; je vouldroys que luy et les aultres
ne s'amusassent qu'à cela, nous aurions bientost la
paix. »

(19) « *Crillon lui dit... Pardieu, sire, vous vous mé-*

quez... » C'est le brave Crillon, le Crillon du « pends-toi,
j'ai combattu à Arques et tu n'y étais pas ! » Jamais
Henri IV n'a dit cette phrase « proverbe », pas plus d'ailleurs, que n'ont été vraiment dits tant d'autres mots
à panache, dont on gratifie nos rois ou nos hommes
célèbres. Voir l'érudit et amusant volume, Ed. Four-
nier, *l'Esprit dans l'Histoire.* De même que l'on résumait une assez longue lettre de François Ier en cette sai-
sissante formule, si souvent employée : « tout est perdu
hors l'honneur », de même on a pris, pour en faire « un
mot », la quintessence d'une lettre que Henri IV écrivait à Crillon, non après Arques, où n'était pas ce général, mais du camp d'Amiens, le 20 septembre 1597 ; la
voici :

« Brave Crillon pendès vous de n'avoir esté icy près
de moy lundy dernier à la plus belle occasion que se
soit jamais veue et qui peut estre ne se verra jamais.
Croyès que je vous y ay bien désiré... J'espère jeudy
prochain estre dans Amiens où je ne sesjourneroy guère
pour aller entreprendre quelque chose, car j'ay maintenant une des belles armées que l'on sçauroit imaginer.
Il n'y manque rien que le brave Crillon qui sera toujours le bienvenu et vu de moy. A Dieu. Ce xx septembre au camp devant Amiens. »

Ne semble-t-il pas, si l'on s'en rapporte à Tallemant,
que Crillon, fervent catholique, ait fait bon marché de
sa religion ? Autrement intransigeant fut le rigide
Agrippa d'Aubigné, qui jamais ne pardonna sa conversion à Henri IV. Après l'attentat de Châtel, lui le
fidèle, l'ami dévoué, du roi, lui dont le monarque di-

sait : « la parole de d'Aubigné mécontent vaut la reconnaissance d'un autre », il laisse, impassible, échapper ce grave avertissement : « Dieu vous a frappé à la
lèvre pour l'avoir renié des lèvres; il vous frappera au
cœur quand vous l'aurez renié du cœur. » Prophétie
terrible que le couteau de Ravaillac devait bientôt
justifier !

Voir dans Palma Cayet, *Chronologie Novenaire*,
la cérémonie de l'abjuration, à propos de laquelle
Henri IV n'a pas plus dit : « Paris vaut bien une messe »
qu'il n'a dit : « Pends-toi, brave Crillon !... » Le mot est
d'une babillarde, des *Caquets de l'accouchée*, qui raconte à sa commère : « Il est vray, la hart sent toujours le fagôt; et comme le disoit un jour le duc de
Rosny au roy Henry le Grand, que Dieu absolve, lorsqu'il luy demandoit pourquoy il n'allait pas à la messe,
aussy bien que luy : « Sire, sire, la couronne vaut bien
une messe ! »

(20) « *Un jour qu'il se trouva beaucoup de cheveux
blancs...* » Un paysan donnait à Henri une explication
tout aussi amusante, et, en tout cas, aussi plausible
de cette différence de couleur entre la barbe et les cheveux. Nous trouvons l'anecdote, vraie ou fausse, dans
le *Mercure françois*. « C'étoit au bac de Neuilly dans lequel il y avoit quantité de paysans. Il se fourra tout
aussitôt parmi eux et demandoit à l'un une chose, et à
l'autre une autre. Il en vit un qui avait les cheveux
blancs et la barbe noire; et lui demanda la raison de
cette différence. Ce paysan matois faisoit l'ignorant,
mais Sa Majesté le pressant de répondre, il luy dit

HENRI IV

(Gravure tirée du Cabinet des Estampes)

Sire, c'est que mes cheveux sont de vingt ans plus vieux que ma barbe. » — A cette réponse le roy se mit à rire et la trouva si heureuse qu'il la raconta, depuis, plusieurs fois ».

(21) « *Quelque brave qu'il fût...* » Dans ses *Mémoires* (2e série, xx, 396 de la collection Petitot) Bassompierre nous donne certains détails montrant que le roi dominait sa nature, en face du péril, par une grande force de volonté, mais qu'il éprouvait, tout d'abord, d'involontaires troubles d'entrailles.

Cette première impression physique une fois passée, Henri IV était vraiment courageux. Nous trouvons, entre tant d'autres preuves dont il serait facile de grossir cet appendice, dans les *Mémoires de Sully :* « Le baron de Rosny qui accompagnait le roi à cette attaque [le siège de Rouen], ayant voulu luy faire quelque remontrance sur ce qu'il exposait trop sa personne dont despendait le destin de la France : « Mon amy, lui respondit ce valeureux prince, je ne puis faire autrement; car puisque c'est pour ma gloire et pour ma couronne que je combâts, ma vie et toute autre chose ne me doivent sembler rien au prix... » Et encore dans DE BURY : *Histoire de Henri IV :* « La seule chose que l'on pourroit peut-être reprocher à ce prince, dans cette journée (la bataille d'Ivry) est d'avoir trop exposé sa personne. Après la bataille, le maréchal de Biron lui dit : « Sire, vous avez fait aujourd'hui le devoir du maréchal de Biron et le maréchal de Biron a fait ce que devait faire le roi ».

« Lors de la journée de Fontaine-Française, lisons-

nous dans l'*Abrégé chronologique de l'Histoire de France*,
le 5 juin 1595, le roi s'étant exposé témérairement avec
un petit nombre de soldats, vit fuir devant lui dix-huit
mille hommes commandés par Ferdinand de Velasco
et le duc de Mayenne. Le roi, donnant l'exemple à ses
soldats, se jetait au milieu des escadrons ennemis. A
force de valeur et de courage il parvint à les ouvrir et
à les faire plier. Jamais il ne courut plus grand risque
de sa vie. Aussi, manda-t-il à sa sœur, après cette
journée : « Peu s'en fallut que vous n'ayez été mon
héritier ! »

N'était-il pas courageux ce capitaine qui, par ses
paroles à l'emporte-pièce, enlevait les hommes, pour
courir ensemble au danger? « Je suis votre roi, vous
êtes des Français, suivez-moi ! » puis, comme son avant-
garde pliait : « Tournez la tête ! Si vous ne voulez pas
vous battre, du moins voyez-moi mourir ! » Et encore,
quand, roi de Navarre, ses troupes allaient être aux
prises avec celles du duc de Joyeuse, chef de l'armée
catholique : « Prince de Condé ! Prince de Soissons !
cria-t-il à ses deux généraux, n'oubliez pas que vous
êtes du sang des Bourbons ! Vive Dieu ! Je vous ferai
voir que je suis votre aîné. — Et nous, répondirent les
Princes, nous vous montrerons que vous avez de bons
cadets ! » Aussi Voltaire pouvait-il, sans licence poétique aucune, écrire dans sa *Henriade* :

> Ne perdez pas au fort de la tempête
> Ce panache éclatant qui flotte sur ma tête.
> Vous le verrez toujours au chemin de l'honneur !

On peut voir aussi : *Lettres missives*, VI, p. 566.

(22) « *Il n'avait pas une mine fort avantageuse.... J'ai vu le roi, je n'ai pas vu Sa Majesté...* » Involontairement ou volontairement, Mᵐᵉ de Simier se trompe, ou exagère. Sans doute, le plus souvent il est habillé de façon si simple qu'on ne le reconnaît point ou qu'on ne le distingue pas de son entourage; sans doute, il répète tout haut et souvent, que ce qu'il aime le mieux chez les gentilshommes, c'est qu'ils soient bien montés et modestement vêtus; sans doute encore, on le voit au retour d'une expédition, d'une bataille, d'une marche forcée, la figure et les armes noyées de sueur, le pourpoint de toile blanche sale à la cuirasse, les habits poussiéreux et déchirés, les cheveux et la barbe mal peignés, car, « n'aimant pas à se coiffer, il détestait ceux qui soignaient leur tête ».

Toujours à l'œuvre et en mouvement il est, aussitôt, partout où le devoir, quelquefois même le plaisir l'appelle, rarement où il pourrait trouver le repos : « Hier, écrit Malherbe, le roi dans sa galerie bailla le bonnet à Monseigneur le nonce; demain nous allons à Nemours, à Montargis; puis à Briare, puis à Sully; enfin en tant de lieux que je ne sais où j'en suis. » En quelque endroit qu'il s'arrête l'abord est facile, l'accueil est aimable. « La Cour n'a jamais été si grande comme elle est ici, tant est grand le nombre de gentilshommes qui, de tous côtés, vont trouver le roi. » Il a l'oreille ouverte aux demandes comme aux plaintes, et même aux reproches : il répond, il discute, il gronde, il caresse; le plus souvent, même, il plaisante et, pourvu qu'on rie avec lui, il souffre qu'on réplique.

Mais, cependant, s'il veut bien quelquefois lui-même oublier qu'il est le roi, il entend que personne ne l'oublie. Il exige, rompant avec les traditions, que l'on entre tête nue, même s'il n'y est point, dans son cabinet ou dans sa chambre. Sa simplicité, sa « rondeur » qui véritablement en firent le « roi populaire » sont, en maintes occasions, voulues, calculées et si, comme le fait remarquer « Le Fidèle sujet à la France », il admettait que des vérités lui fussent dites, c'est qu'il en savait tirer profit, ou, d'un mot cinglant, fermer la bouche à qui lui paraissait aller trop loin.

D'ailleurs, que peut-il craindre? Pourquoi, sans absolue nécessité, imposerait-il à d'autres la gêne qu'il n'éprouve point? Qui serait tenté de se trop mettre à l'aise avec celui qui est, à la fois, le roi de tous, le vainqueur des uns, le sauveur des autres? Cette double supériorité du rang et de la gloire, pour qu'on la sente, il n'a pas besoin de la faire sentir. Quand l'occasion se présente de la rappeler c'est avec une confiance si bien justifiée qu'elle n'inquiète personne. « Je tiens mon royaume, dit-il au parlement de Rouen, qui fait mine de ne point vouloir enregistrer l'édit de Nantes, par héritage et par acquisition; j'ai remis « les uns en leurs maisons, dont ils étaient bannis, les autres en leur foi qu'ils n'avaient plus; j'ai sauté sur les murailles des villes; je sauterai bien sur les barricades; vous me voyez ici en mon cabinet, ajoute-t-il, où je viens vous parler non point en habit royal et avec l'épée ou la cape, comme mes prédécesseurs, ni vêtu en prince qui vient parler aux ambassadeurs étrangers, mais vêtu comme un père de famille en pourpoint, pour parler familièrement à des enfants. »

Rien ne résiste à ce mélange de bonne grâce et de fermeté. Lui s'en pourrait défendre lorsque l'on voit le jeune duc de Guise, le fils du Balafré, malgré le nom qu'il porte et tous les souvenirs que ce nom rappelle, s'écrier, dans une scène charmante que Bassompierre nous raconte : « En vérité, sire, je crois que vous êtes le plus agréable des hommes. » Le roi l'embrasse, puis lui dit en soupirant : « Mais je mourrai un de ces jours, et vous verrez la différence qu'il y a de moi aux autres ! »

Sa jovialité, sa réputation d'esprit, sa politesse délicate pour les femmes, « personne ne faisait, comme lui, la révérence », son bon garçonnisme, n'ont rien de légendaire. Robuste, nerveux, de marche allègre, de geste prompt, la figure colorée et les lèvres vermeilles, la barbe et les cheveux blancs d'assez bonne heure, petit, au point qu'il lui fallait « un montoir » pour se mettre à cheval, il sait se hausser et devenir grand, lorsqu'il lui faut « faire son métier de roi ». Alors, en magnificence, en dignité, nul ne l'égalera : « Nous avons un roy qui est roy et parle en roy », écrit un contemporain; et quand, en 1602, il recevait en audience solennelle les ambassadeurs des cantons Helvétiques, cette réception fut si grandiose, ce roi, « pas dupe des démonstrations extérieures conventionnelles mais sachant s'y soumettre lorsqu'il les devinait nécessaires », ce roi fut tellement roi, que l'Europe entière l'admira ! — Voir à sa date, dans le *Journal* de L'Estoile, le récit de cette réception.

LE DUC DE SULLY

On a dit et soutenu qu'il venait d'un Écossais, nommé Béthun, et non de la maison des comtes Béthune, de Flandres. Il y avait un Écossais, archevêque de Glascow, qu'il traitait de parent. Par sa vision d'être allié de la maison de Guise par la maison de Coucy, issue, dit-il, d'une ancienne maison d'Autriche, comme s'il réputait déshonneur d'être parent de l'empereur et du roi d'Espagne[1], il alla s'offrir à M. de Guise contre

1. Voir pour Sully — le célèbre surintendant de Henri IV — la bibliographie et les sources indiquées par M. Mariéjol : *Histoire de France* (LAVISSE) t. VI, p. 45. Il naquit au château de Rosny, dans l'Ile-de-France, d'une vieille famille noble qui se disait apparentée aux Béthune, comtes de Flandre, mais avait plus de prétentions que de richesses. Maximilien de Béthune était le second de sept enfants. Il se vante dans ses mémoires de sa parenté avec les plus illustres familles des Pays-Bas et même d'une alliance avec les d'Albret, ancêtres de Henri IV. Remontant, comme il le crut, par les Béthune de Flandre, aux Babensberg, les premiers souverains de la Marche autrichienne, il parla si dédaigneusement de Rodolphe, fondateur de la

M. de Soissons. Le roi (Henri III) lui manda, par M. du Maurier, huguenot, depuis ambassadeur en Hollande, qu'il le rendrait si petit compagnon qu'il lui ferait bien voir que la maison de Guise n'en serait pas mieux pour avoir son appui; qu'il était un ingrat, lui qu'il avait élevé de rien, de s'aller offrir contre un prince du sang à ceux qui avaient tâché d'ôter la couronne et la vie à son bienfaiteur[1]. M. du Maurier ne dit pas la moitié de ce que le roi lui avait donné charge de dire : cependant mon homme fut si abattu que c'était une pitié, car, comme dans la prospérité, il était insolent, de même il était lâche et failli de cœur dans l'adversité...

Il se vante d'avoir fait donner le gouvernement de Provence à feu M. de Guise et M. de Chaverny fit ses protestations contre cela. Il blâme M. d'O (1)

maison des Habsbourg, qu'un de ses ennemis l'accusait, plaisamment de ne pas avouer les rois d'Espagne pour cousins.

1. Né protestant, son père le présentait au roi de Navarre qui l'emmenait à Paris. Il y étudiait, au collège de Bourgogne, lorsque éclata la Saint-Barthélemy : il avait alors onze ans. Il s'avisait, au plus fort du massacre, de traverser les « bandes d'assassins », un livre d'heures sous le bras. C'était adroitement sauver sa vie sans renier sa foi. Lorsqu'il fut d'âge à porter les armes, il suivit en Flandre le duc d'Anjou (Henri III), faillit périr lors de la tuerie d'Anvers et, rentré en France, rejoignait Henri en Guyenne. Devenu roi, Henri IV en fit son ami le plus dévoué, son confident le plus intime.

qui pourtant avait les mains nettes et qui, au lieu
de s'enrichir dans la surintendance, y mangea son
bien[1].

Il passe par-dessus M. de Sancy (2), comme
s'il n'avait pas été surintendant. M. de Sancy fut
chassé pour avoir dit au siège d'Amiens, comme
il lui demandait conseil sur son mariage avec
Mme de Beaufort, en présence de M. de Montpensier, que, « putain pour putain, il aimerait mieux
la fille de Henri II (3), que celle de Mme d'Estrées
qui était morte au bordel » et pour avoir dit aussi
à Mme la duchesse même, qui disait qu'un gentilhomme de ses voisins avait mis ses enfants sous
le poêle, en épousant celle dont il les avait eus,
« que cela était bon pour un gentilhomme à héritage de cinq ou six mille livres de rentes, mais
que pour un royaume, elle n'en viendrait jamais
à bout et que toujours un bâtard serait un fils
de putain ». A la vérité, ces paroles sont un peu
bien rudes, mais le roi devait considérer que
M. de Sancy était un homme de bien et qu'il lui
avait rendu de grands services. Il avait, en effet,
soudoyé à ses dépens les Suisses qu'il amenait

1. Sur cette protestation et sur ce blâme voir : *Mémoires de
Chaverny*; Collection Petitot, 1re série, XXXVI, et les *Économies
royales* de Sully.

en grand nombre à Henri IV. Il mourut pauvre, avec un arrêt de défense dans sa poche. Plusieurs fois, il lui est arrivé d'être pris par les sergents; il se laissait mener jusqu'à la porte de la prison, puis il leur montrait son arrêt et se moquait d'eux [1].

Il avait un fils qui fut page de la Chambre de Henri IV. Las de porter le flambeau à pied, il trouva moyen d'avoir une haquenée. Le roi le sut et lui fit donner le fouet. Il jurait toujours *Par la mort!* On l'appelait *Palamort!* C'était un assez plaisant homme. Il trouva une fois Mme de Gué-ménée sur le chemin d'Orléans : elle venait de Paris. Il s'ennuyait d'être à cheval, car il faisait mauvais temps. Il lui dit : « Madame, il y a des voleurs à la vallée de Torfou [2], je m'offre à vous escorter. — Je vous rends grâces, lui dit-elle. — Ah! Madame, répliqua-t-il, il ne sera pas dit que je vous ai abandonnée au besoin! » et, disant cela, il ouvrit la portière et quoi qu'elle dît, il se mit dans le carrosse.

A Rome, comme M. de Brissac y était ambas-

1. Le mot « défenses » désignait, jadis, un jugement que l'on obtenait pour empêcher l'exécution d'un autre jugement ; on donnait aussi des arrêts de défense pour s'opposer à ce que les juges continuassent l'instruction d'un procès.
2. Vallée de roches entre Arpajon et Etrechy.

sadeur, un jour que l'ambassadeur devait aller
voir la vigne de Médicis, il se mit tout nu dans
une niche où il n'y avait point de statue ; il y a
là une galerie qui en est toute pleine. Cet homme
se fit Père de l'Oratoire et on l'appelait le Père
Palamort. Il n'avait dans sa chambre que des
saints cavaliers comme saint Maurice, saint Martin et autres.

L'autre fils de M. de Sancy, qui fut ambassadeur en Turquie, se fit également Père de l'Oratoire. Un jour, il passa par un couvent de Car-
mélites, fondé par quelqu'un de sa maison ; les
religieuses ne lui firent pas plus d'honneur qu'à
un autre. Il s'en plaignit. Comme il repassait, la
supérieure voulut réparer sa faute, mais il y eut
bien du mystère pour avoir la clef de la grille,
et, après, pour lever le voile. Enfin, elle le leva :
« Vraiment, ma mère, lui dit-il, la trouvant fort
jaune, il fallait bien faire tant de cérémonies
pour montrer ce visage d'omelette ! Baissez, baissez votre voile, » et il lui tourna le dos.

Mme de Beaufort n'eut point de patience qu'elle
n'eût fait mettre M. de Rosny en la place de M. de
Sancy. Il lui faisait la cour, il y avait longtemps.
Son premier emploi fut de contrôler les passe-
ports au siège d'Amiens, et puis il fut em-

ployé dans les élections[1] pour prendre les deniers qui se trouveraient chez les receveurs; ce qu'il fit avec beaucoup de rigueur (4). Il en usa de même en toutes rencontres. Comme il fut assez ignorant en fait de finances, il mena avec lui un nommé Ange Cappel, sieur du Luat[2], une espèce de fou de belles-lettres qui fit imprimer longtemps après, pour flatter M. de Sully, disgracié, un petit livre intitulé : *Le Confident*, dont M. de Lesdiguières fut fort en colère. Du Luat fut mis en prison. Quand on voulut l'interroger et qu'on lui dit : « Promettez-vous pas de dire la vérité ? — Je m'en garderai bien, dit-il, je ne suis en peine que pour l'avoir dite. » Il donnait des avis très pernicieux et disait, entre autres sottises,

1. L'ancienne France fut partagée en « pays d'élections » et en « pays d'État ». Dans les pays d'élections les aides, ou impositions votées par les États, étaient levées par les commissaires royaux ; les élus furent, primitivement, leurs assesseurs, choisis par voie d'élection. Charles V transformait les élus en fonctionnaires nommés par lui, sans toutefois en changer le nom.

Ces charges d'élus furent, par mesures fiscales, successivement supprimées et rétablies. Les « pays d'État » étaient les provinces qui avaient conservé le droit, sinon de refuser l'impôt, du moins de le consentir et le répartir directement. Ils n'avaient point d'« élus ».

2. Né en 1537 — mort en 1623. Eut toute l'absolue confiance de Sully qui le chargeait souvent de remettre personnellement à Henri IV ses plus secrètes missives. Son ouvrage le plus important est : *L'abus des Plaideurs*, Paris, 1604.

qu'il ne fallait qu'un *lait d'amandes* pour res-
taurer la France, parce qu'il y avait une affaire
sur les amendes. Il fit imprimer un livre de ses
beaux avis, au frontispice duquel il était peint
comme un ange, avec des ailes et de la barbe au
menton et des vers qui disaient qu'il n'avait rien ·
d'humain que la barbe [1].

M. d'Incarville, contrôleur général des finances,
n'était point un voleur, comme le dit M. de Sully ;
c'était un honnête homme et un homme de bien.
Cette querelle avec Mme de Beaufort lorsqu'elle allait
être reine (5), ne s'accorde guère avec ce que
M. de Sully conte du voyage de Clermont, où il
donne des coups de bâton au cocher par son
commandement : elle l'eût fait chasser bien vite.

Voici ce qui se passa à la maladie de Mme de
Beaufort (6). Elle dépêcha Puyperoux vers le roi
pour lui en donner avis et le supplier de trouver
bon qu'elle se mît dans un bateau pour l'aller
trouver à Fontainebleau. Elle espérait que cela
le ferait revenir aussitôt et qu'en faveur de ses
enfants [2], il l'épouserait avant qu'elle mourût. En

1. Cet ange est terrestre et du ciel,
   Comme tel, des ailes il porte
   Et est barbu comme mortel :
   Divins trésors il vous apporte.

2. De Gabrielle d'Estrées, duchesse de Beaufort, Henri IV eut
deux fils : César duc de Vendôme, né en 1594, au château de

effet, aussitôt que Puyperoux fut arrivé, le roi le fit repartir pour lui faire aller tenir prêt le bac des Tuileries, dans lequel il voulut passer pour n'être point vu, et incontinent, il monta à cheval et fit si grande diligence qu'il rattrapa Puyperoux à qui il fit de terribles reproches. Auprès de Ju-visy, le roi trouva M. le chancelier de Bellièvre qui lui apprit la mort de Madame la duchesse. Nonobstant cela, il voulait aller à Paris pour la voir en cet état, si M. le chancelier ne lui eût démontré que cela était indigne d'un roi (7). Il se laissa vaincre à ses raisons et retourna à Fontainebleau.

M. de Sully dit en un endroit que le roi monta dans son carrosse [1] : il n'en avait point, quoiqu'il fût surintendant des finances. Il allait au Louvre en housse et n'eut un carrosse que quand il fut grand maître de l'artillerie. Le roi ne voulait pas

Coucy, et Alexandre de Vendôme dont le baptême fut célébré à Saint-Germain avec tous les honneurs réservés aux enfants de France ; puis, Catherine-Henriette, mariée à Charles de Lorraine. Elle naquit à Rouen, où Henri IV était allé réunir l'«Assemblée des notables ».

1. Voir dans BATIFOL, *La vie intime d'une reine de France*, l'état de la carrosserie royale, pp. 175-180. Dans BELLOC, *La manière de voyager* (Delagr. édit.) ce qu'il pouvait y avoir, à cette époque, de voitures ou de carrosses dans Paris, pp. 63-77, et aussi les volumes de FRANKLIN : *La vie privée d'autrefois*, en ce qui concerne les rues plus ou moins carrossables ; *variétés parisiennes*, et surtout, *l'hygiène*. Plon, édit.

qu'on en eût. Le marquis de Cœuvres et le marquis de Rambouillet furent les premiers qui en
eurent; le dernier, à cause de sa mauvaise vue,
l'autre en rendait quelque autre raison. Ils se ca-
chaient quand ils rencontraient le roi. Bassompierre disait que quand il pleuvait, ils allaient
chercher des dames de leurs amies pour faire des
visites avec elles. Arnaud Le Péteux (8) a été le
premier garçon de la ville qui en ait eu, car les
hommes mariés en eurent avant lui. Le roi ne
trouva pas bon que Fontenay-Mareuil en eût un,
on lui dit qu'il s'allait marier [1]. Enfin les carrosses devinrent tout communs; on ne savait ce
que c'était que des chevaux d'amble [2], le roi seul
avait une haquenée; du temps de Henri IV même,
cela était ainsi, on trottait auprès du roi.

Quand le roi fit M. de Sully, surintendant, cet
homme, par bravoure, fit un inventaire de ses
biens qu'il donna à Sa Majesté, jurant qu'il ne
voulait que vivre de ses appointements et profiter
de l'épargne de son revenu, qui ne consistait alors
qu'en la terre de Rosny. Mais aussitôt il se mit
à faire de grandes acquisitions et tout le monde

1. Sans doute le roi Louis XIII. Lorsque mourut Henri IV
Fontenay-Mareuil avait quinze ans.
2. Allure d'un cheval entre le pas et le trot.

se moquait de ce bel inventaire. Le roi témoigna
assez ce qu'il en pensait, car M. de Sully ayant
un jour bronché dans la cour du Louvre, il dit à
ceux qui étaient auprès de lui qu'ils ne s'en éton-
nassent pas et que si le plus fort de ses Suisses
avait autant de *pots de vin* (9) dans la tête, il serait tombé tout de son long.

Il se fait écrire Monseigneur par La Varenne (10) ;
on ne donnait point du Monseigneur en ce temps-
là au surintendant des finances ; et il n'était que
cela. On le voit par une chose qu'il lui écrivit
depuis à propos du différend de leurs gendres,
en Bretagne, pour la préséance ; quoique M. de
Sully fût duc et pair, l'autre lui écrivait ainsi :
« *le différend qui existe entre nos gendres* »[1]. Cela
pensa faire enrager le bonhomme. Cela me fait
ressouvenir que M. le chancelier Séguier, dont la
fille a épousé le petit-fils de M. de Sully, lui
ayant écrit une fois, à propos de quelques démêlés, en ces mots : « Pour conserver la paix dans
nos familles », il s'en mit en colère et dit que le
mot de famille n'était bon que pour le chancelier
qui n'était qu'un citadin.

1. Henri, duc de Rohan, épousait, en 1605, Marguerite de
Béthune Sully, et Claude de Bretagne, comte de Vertus avait
épousé Catherine Fouquet, fille du marquis de la Varenne.

GABRIELLE D'ESTRÉES
Maîtresse du Roi Henri IV

Jamais il n'y eut un surintendant plus rébarbatif (11). Cinq ou six seigneurs de la Cour, et de
ceux que le roi voyait de meilleur œil, l'allèrent
un après-dîner visiter à l'Arsenal. Ils lui déclarè-
rent en entrant qu'ils ne venaient que pour le
voir, Il leur répondit que cela était bien aisé, et,
s'étant tourné devant et derrière pour se faire voir,
il entra dans son cabinet et ferma la porte sur lui.

Un trésorier de France, nommé Pradel, autrefois maître d'hôtel du maréchal de Biron et fort
connu du roi, ne pouvait avoir raison de M. de
Sully qui lui ôtait ses gages. Un jour, il le voulut
faire sortir de chez lui par les épaules, mais cet
homme prit un couteau de dessus la table, car le
couvert était mis, et lui dit : « Vous aurez ma vie
auparavant, je suis dans la maison du roi, vous
me devez justice. » Enfin, après bien du bruit,
Pradel alla trouver le roi, lui conta l'histoire et
lui déclara que, dans le désespoir où le mettait
M. de Sully, il ne se souciait point d'être pendu,
pourvu qu'il fît vengé ; qu'aussi bien il mourait
de faim. Le roi le gourmanda fort, mais quelques
plaintes que fît M. de Sully, il fallut payer Pradel.

Un Italien, venant de l'Arsenal où il avait eu
quelques rebuffades du surintendant, passa par la
grève où l'on pendait quelques malfaiteurs. « O

beati impiccati! s'écria-t-il, *Che non avete da fare con quel Rosny!* »

Il était si haï que (**12**), par plaisir, on coupait les ormes qu'il avait fait mettre sur les grands chemins pour les orner.«... C'est un Rosny, disaient-ils, faisons-en un Biron! » Il avait proposé au roi qui aimait les établissements d'obliger les particuliers à mettre des arbres le long du chemin : et comme il vit que cela ne réussissait pas, il fut le premier à s'en moquer.

M. de Sully dit en un endroit de ses *Mémoires*, que M. de Biron et douze des plus galants de la Cour ne pouvaient venir à bout d'un ballet qu'ils avaient entrepris et qu'il fallut lui faire commander par le roi de s'y mettre. C'était une de ses folies que la danse. Tous les soirs, jusqu'à la mort de Henri IV, un nommé La Roche, valet de chambre du roi, jouait sur le luth, les danses du temps et M. de Sully les dansait tout seul avec je ne sais quel bonnet extravagant en tête, qu'il avait d'ordinaire quand il était dans son cabinet. Les spectateurs étaient Duret, depuis président de Chevy, et La Clavelle, depuis seigneur de Chevigny, qui, avec quelques femmes d'une assez mauvaise réputation, bouffonnaient tous les jours avec lui. Ces-gens-là lui applaudissaient, quoique

ce fût le plus maladroit homme du monde. Il
montait quelquefois des chevaux dans la cour de
l'Arsenal, mais de si mauvaise grâce que tout le
monde se moquait de lui.

A propos du ballet, M. le Prince en dansa un et
le roi commanda à M. de Sully de donner une
ordonnance (13) pour cela. M. de Sully enrageait,
et, comme pour se moquer, il mit en bas : « Et
autant pour le brodeur. » Pour le faire enrager
encore plus, M. le Prince se fit payer le double,
en disant qu'il y en avait la moitié pour le brodeur. Il alla avec toute sa maison chez M. d'Ar-
bault, trésorier de l'épargne et n'en sortit qu'il
n'eût reçu l'argent. Le roi ne fit qu'en rire et dit
que M. de Sully méritait bien cela...

La chambre de justice[1] ne fut établie que pour
perdre M. de Sully et découvrir ses malversations,
et cela était mené par des gens qu'il avait mis
dans les finances. Il s'opposa tant qu'il put à la

1. Est-ce bien exact? Les chambres de Justice furent des
juridictions spéciales établies par les rois de France pour rechercher et punir les malversations financières. La plus ancienne de
ces chambres serait celle qu' « établissait » l'ordonnance de
Novembre 1581; puis successivement il y en eut en 1584, 1597,
1607, 1624 : celle-ci à Limoges. Un édit de 1625 « porte » que
« la recherche » des officiers de finances sera « continuée de
dix ans en dix ans ». Mais cet édit fut-il toujours mis en
vigueur? C'est une chambre de Justice qui de 1661 à 1665 in-
struisit le procès du surintendant Fouquet.

recherche et ce fut lui qui fit la composition des
financiers. M. de Bellegarde s'en était rendu le
solliciteur, il fit si bien qu'il réduisit à fort peu
de chose ce qui devait revenir de cette composition, pour faire accroire au roi qu'il avait été
mal conseillé et que, pour un petit profit, il avait
perdu la bonne volonté de ses officiers. Ceci
arriva en 1506 et le roi, sachant les pots-de-vin
qu'il prenait et croyant qu'il avait part aux intérêts d'avance qu'on payait aux trésoriers de
l'épargne, faisait état de donner la surintendance
à M. de Vendôme quand il aurait plus d'âge : lorsque Sa Majesté mourut, elle était sur le point de
l'y établir.

Son triomphe d'Ivry et les grandes sommes
qu'il tire des prisonniers de guerre qu'il fait, sont
les plus plaisants endroits de son livre : *Les Économies royales*. Toutes ces extravagances sont
peintes dans une grande salle, à Villebon, dans
le pays chartrain (14).

C'était le plus sale homme du monde en paroles. Un jour, je ne sais quel gentilhomme fort
bien fait alla dîner avec lui. Madame de Sully[1],
sa seconde femme, qui vit encore, le regardait de

1. Sully, veuf d'Anne de Courtenay, se remariait à Rachel de
Cochefilet, veuve, en première noces, de Chateaupers.

tous ses yeux : « Avouez, Madame, lui dit-il tout
haut, que vous seriez bien attrapé si Monsieur
n'avait point de couilles. » Il ne se tourmentait
pas autrement d'être cocu, et, en donnant de l'argent à sa femme, il disait : « Tant pour cela,
tant pour cela, et tant pour vos fouteurs. » Il fit
faire un escalier séparé qui allait à l'appartement
de sa femme et lui dit : « Madame, faites passer
les gens que vous savez par cet escalier-là, car, si
j'en rencontre quelqu'un sur mon escalier, je lui
en ferai sauter toutes les marches ! »

Ce bonhomme, plus de vingt-cinq ans après que
tout le monde avait cessé de porter des chaînes
et des enseignes de diamant, en mettait tous les
jours pour se parer et se promenait en cet équipage sous les porches de la Place royale, qui est
près de son hôtel. Tous les passants s'amusaient
à le regarder. A Sully, où il s'était retiré sur la
fin de ses jours (15), il avait quinze ou vingt
vieux paons et sept ou huit vieux reîtres de gentilshommes qui, au son de la cloche se mettaient en haie pour lui faire honneur quand il
allait à la promenade, et puis le suivaient ; je
pense que les paons suivaient aussi. Il entretenait je ne sais quelle espèce de garde suisse (16).
Il disait *qu'on se pouvait sauver en toute sorte de*

religion[1] et a voulu être enterré en terre sainte.

Un valet de M. le chancelier, beau-père du petit-fils de M. de Sully[2], en lui rapportant ces choses, lui alla dire tout au rebours, que M. de Sully disait *qu'on se damnait en toutes sortes de religions.*

1. Protestant il ne voulut jamais abjurer sa religion et, bien que protestant, n'en fut pas moins pourvu — chose peu banale pour l'époque — du revenu de trois abbayes et de maints bénéfices ecclésiastiques, lui procurant un revenu annuel de 250.000 livres.

2. Ce petit-fils, Maximilien-François de Béthune duc de Sully, épousait, en 1638, Charlotte Séguier, fille du chancelier, qui se remariait en 1668 avec le duc de Verneuil.

APPENDICE

(1) « *Il blâme M. d'O qui pourtant avait les mains nettes et qui, au lieu de s'enrichir dans la surintendance, laissa son bien...* » Sa partialité pour Sully fait voir les choses de façon inexacte à Tallemant. Si M. d'O, dans sa surintendance, au lieu de s'enrichir se ruina, c'est qu'effréné fut son gaspillage, produit de ses rapines. C'était, tous les jours, contre le pauvre peuple un nouvel édit banal; les impôts pleuvaient de tous côtés, Quand on lui parlait de misères et de misérables : « N'en faut-il pas, répondait-il, ils sont aussi nécessaires dans un État que les ombres dans un tableau. » Au prix de toutes les bassesses possibles, il s'était acquis les bonnes grâces de Henri III qui l'avait nommé son surintendant. Il mourut en 1594 « ayant l'âme également et le corps également gâtés de toutes sortes de vilennies ». Il n'était pas encore abandonné des médecins que déjà parents et domestiques le dépouillaient au point qu'avant le dernier souffle rendu, il ne restait plus un seul meuble dans sa chambre. Crillon, « le brave Crillon », apprenant sa mort, dit : A l'heure qu'il est, le pauvre

d'O va rendre son âme à tous les diables. S'il faut que
chacun rende ses comptes là-haut, je crois que le cher
d'O se trouvera bien empêché pour fournir de bons
acquits. »

Les fermiers généraux d'alors, avant Sully et ils re-
commencèrent graduellement après Sully, ces financiers
qui prenaient à bail la ferme des impôts, employaient
toutes les fraudes, toutes les violences possibles et scan-
daleuses pour pressurer le contribuable qui n'était,
entendez-le bien, ni le clergé, ni la noblesse. Ils se savaient sûrs de l'impunité. C'est surtout le malaise éco-
nomique qui rendit le peuple sensible aux vices de
Henri III. La défaveur des grands, les affections exclu-
sives du prince, sa nervosité de femme ou ses déprava-
tions d'esthète ou seraient restées inconnues ou auraient été balancées par ses démonstrations dévotes,
la création des pénitents, les processions, les vœux, les
pèlerinages, le souvenir de Moncontour et de Jarnac,
et celui de la Saint-Barthélemy. Sa mauvaise administration rompit l'équilibre, inclinant les masses à la
haine. Les collecteurs d'impôts, disait en 1588 l'orateur du Tiers-État, « marchent orgueilleux et en crédit
pour exécuter à leur mot vos sujets, les évocations en
mains pour nous faire plaider à un conseil des parties,
ainsi proprement appelés parce qu'on dit que quelques-
uns de nos juges sont nos parties mêmes. Ils ont les
jussions à leur commandement pour forcer la conscience
des bons et violenter l'autorité et religion de vos cours
souveraines. »

A peine le quart de l'argent recueilli par les impôts

entrait-il dans le trésor public : Henri, nous raconte
une anecdote du temps, entre chez un vigneron, et lui
demande « combien il gagnait par jour. — Quarante
sols. — Que fais-tu de cet argent? — Quatre parts. —
Et comment les disperses-tu, ces quatre parts? — De
la première, je me nourris, avec la seconde, je paie mes
dettes, je place la troisième, et la quatrième, je la
jette à l'eau. — Ceci est une énigme pour moi. — Je
vais vous l'expliquer. Vous entendez que je commence
par me nourrir du quart de mon gain. Une autre part
sert à nourrir mon père et ma mère qui m'ont nourri;
la troisième part est employée à élever mes enfants
qui me nourriront un jour. La dernière part est pour le
roi qui n'en touche rien, ou presque rien; partant perdu pour lui et pour moi. »

Trois siècles plus tard les choses avaient-elles beaucoup changé? Se rappelle-t-on Rousseau qu'un paysan
accueille dans sa chaumière à l'improviste? Il a faim :
le paysan lui donne tout juste du pain et de l'eau. Ils
causent et voilà que notre homme descendant à sa cave
en remonte avec du vin et un jambon. « Que voulez-
vous, dit-il à Rousseau, je ne vous connaissais
pas encore, il faut bien nous faire pauvre si nous ne
voulons pas que les collecteurs nous prennent tout ! »

Avec ce même d'O, Henri IV jouait un jour à la
paume et gagnait quatre cents écus. Vite il les fit ra-
masser « et mettre dans son chapeau par les garçons
et comme le surintendant s'étonnait : «Voyez-vous, d'O,
lui dit le roi, ceux-ci, on ne me les pourra dérober parce
qu'ils ne passeront point par les mains de mes trésoriers. »

La nation détestait vigoureusement cette engeance, « vermine d'hommes et couvée de harpies closes en une nuit », lesquels, par leurs recherches inquisitoriales, « avoient fûreté le royaume jusqu'aux cendres des maisons ».

On sait de quelles méritées épigrammes nos aïeux criblèrent ces gens de finances. Voici l'histoire, que dans un de ses sermons racontait à ses ouailles le prédicateur Jean Hérold, un dominicain qui fut célèbre au xve siècle. N'oublions pas que nos « Sermonnaires » des siècles jadis abondent en anecdotes typiques, les prédicateurs, en ces temps-là, aimant beaucoup, parce qu'ils parlaient aux simples, à renforcer d'exemples leurs préceptes moraux. — Certain bailli s'en allait‘ un matin, à ses exactions ordinaires. Il trouve en chemin le diable qui veut faire route avec lui; à sa grande terreur, parce qu'il l'avait reconnu. Ils rencontrent un pauvre homme qui conduisait un cochon récalcitrant : Que le diable t'emporte ! criait-il. — Eh bien ! dit le bailli au diable, pourquoi n'emportes-tu pas ce cochon? — Il ne m'est pas donné de bon cœur », répondit le diable. Plus loin, ils entendent une mère qui s'impatiente contre son enfant : « Oh ! menace-t-elle, que le diable t'emporte ! — Eh bien ! diable, pourquoi n'emportes-tu pas cet enfant? — Il ne m'est pas donné de bon cœur. Si je prenais cet enfant, la mère en mourrait de chagrin ! » Enfin, tous deux ils arrivent sur la place du village où le bailli venait faire sa collecte d'impôts. Et tous les paysans, à peine l'avaient-ils vu, de s'écrier ensemble, d'une seule voix : « Bailli ! que le diable

t'emporte ! — Oh ! cette fois, dit le diable, ils te donnent à moi de bon cœur ! » Et le diable emporta le
bailli.

(2) *M. de Sancy.* Ce nom seul éveille tout aussitôt
le souvenir du fameux diamant : « Le Sancy. »

Est-il suffisamment prouvé que M. de Sancy ait mis
en gage, chez des Juifs de Metz, et pour avoir l'argent
qui lui permettrait de lever les « troupes suisses » dont,
alors, Henri IV avait besoin, ce fameux diamant qui
lui venait de M. d'O et dont voici, très rapidement, la
curieuse odyssée? Il arrivait des Indes Orientales et
tout d'abord appartenait à Charles le Téméraire, qui
le perdait dans la plaine où s'était livrée la bataille de
Granson. Un soldat qui le trouvait le vendit à un prêtre, pour un florin. A la suite de quelles aventures le
rencontrons-nous, plus tard, appartenant au duc de
Florence, puis au roi de Portugal (?), don Antoine, qui
après avoir échappé aux Maures revenait à Lisbonne
pour réclamer son trône dont s'était emparé Henri,
son oncle. Banni de son royaume, Antoine vient chercher un refuge en France. Il a besoin d'argent et vend
alors ce diamant, qui, de M. d'O, échoit à M. de Sancy.
Une autre version, maintenant. Henri IV aurait voulu
le lui acheter, parce que M. de Sancy le désirait vendre,
avec plusieurs autres diamants, pour payer quelques
dettes; mais ils ne purent s'entendre sur le prix d'achat:
le roi d'Angleterre en avait pris un pour 192.000 livres;
Sully un second, pour 25.000 livres; Marie de Médicis,
un troisième pour 75.000 livres; quant au Sancy, il ne
devait entrer que plus tard dans les collections de la

Couronne. Mais revenons à la légende du diamant donné en gage aux juifs de Metz. Alors recommencent les aventures. Le surintendant, qui était en Suisse, charge son domestique, homme de confiance, d'aller chercher le diamant à Paris et lui fait des recommandations d'autant plus instantes, d'autant plus précises qu'en ces temps les routes étaient encombrées de voleurs, de maraudeurs qui s'aidaient du couteau. « Ils m'arracheront plutôt la vie que le diamant », affirme ce serviteur dévoué.

Il laissait entendre qu'il l'avalerait s'il était attaqué. Naturellement il est attaqué, il est assassiné, et dans la forêt de Dôle on trouve le cadavre. On l'ouvre. Dans le ventre était le diamant ! Le voilà maintenant qui passe, du roi d'Angleterre, Jacques Ier, à Mazarin, puis successivement à Louis XIV et à ses descendants, à Napoléon Ier, à Louis XVIII et à la duchesse de Berry, pour être, enfin, acheté 625.000 francs par la famille Demidoff. — Voir ROZAN, A travers les mots; Ch. Pierres précieuses, p. 225 et surtout l'ouvrage de BAPST, que nous avons eu le regret de ne pouvoir consulter : Histoire des joyaux de la Couronne, Hachette, 1889.

(3) « Putain pour putain, il aimerait mieux la fille de Henri II... » Marguerite de Valois, première femme de Henri IV. Il est courant, alors, que reines, princesses et tant d'autres « hautes honnestes dames » dont parle Brantôme dans sa Vie des dames galantes, n'hésitent pas à s'appeler ainsi les unes les autres. Et ce mot est justifié, il est même banal à cette époque. Il est certain que Marguerite de Valois fut l'une des plus gran-

des... amoureuses de ce temps-là. Entre tant d'autres ouvrages qui la concernent nous nous contenterons de renvoyer — n'ayant pas à faire ici la biographie de cette reine — à l'amusant, et très documenté volume de SAVINE : *La vraie reine Margot*, Michaud, éditeur. Les contemporains qui en font une bête luxurieuse ont-ils exagéré ces ardeurs d'une chair jamais assouvie : *lassata sed non satiata*, comme Juvénal le dit de Messaline? Toujours est-il qu'il courut dans Paris quelques petits vers qui justifieraient le mot de Tallemant. Henri IV lorsqu'il revenait de visiter sa sœur en son palais de la rue de Seine ne confiait-il pas à ses courtisans qu'il « revenait du bordel »?

> N'étant plus Vénus qu'en luxure
> Ni Rome non plus qu'en peinture,
> Et ne pouvant à son avis
> Loger au Louvre comme reine,
> Comme putain, au bord de la Seine
> Elle se loge vis-à-vis.

> Cette vieille sainte plâtrée
> Pour être encore idolâtrée
> Bâtit son temple au bord de l'eau,
> Afin qu'à toute heure, du Louvre,
> Qui de l'autre bord la découvre,
> Le roi puisse voir le bordeau.

Reniée par son frère Henri III, presque chassée par son mari, elle se retirait pendant dix-huit années dans son château d'Usson, en Auvergne, où, ne voulant point perdre ses habitudes, elle prenait pour amant officiel, — nous ne parlons pas des nombreuses passades, — M. de Canillac gouverneur du Château. C'est d'Usson qu'elle répondit à Henri IV qui lui demandait de vouloir consentir au divorce pour qu'il lui fût possible d'épouser Gabrielle : « Je ne céderai pas ma place à cette putain ! » Toujours le fameux gros mot. — Mais ce fut autre chose lorsqu'il fut question du mariage avec Marie de Médicis. Volontiers elle accepta le divorce, ce dont le roi la remercie : « Je suis fort satisfait, lui écrivit-il, de la candeur et de l'ingénuité de votre procédure et espère que Dieu bénira le reste de vos jours d'une amitié fraternelle, accompagnée d'une félicité publique qui les rendra très heureux. »

« Jamais, dit Tallemant, dans son Historiette : *la reine Marguerite de Valois*, il n'y eut personne plus encline à la galanterie. Elle avait d'une sorte de papiers dont les marges étaient toutes pleines de trophées d'amour. C'était le papier dont elle se servait pour ses billets doux... Elle portait un grand vertugadin qui avait des pochettes tout autour, en chacune desquelles elle mettait une boîte où était le cœur d'un de ses amants trépassés; car elle était soigneuse, à mesure qu'ils mouraient, d'en faire embaumer le cœur. Ce vertugadin se pendait tous les soirs à un crochet, qui fermait à cadenas, derrière le dossier de son lit. »

Vers 1605 elle revenait à la Cour; elle y fut amicalement accueillie. Avec Marie de Médicis elle fit excellent ménage et fut pour ses enfants une espèce de « maman-gâteau ». Au Louvre, le roi, son premier mari, la recevant les bras ouverts lui disait : « Mon cœur, mon affec-

tion n'a jamais été séparée de vous. Vous êtes maintenant dans cette maison où vous avez toute puissance,
comme en toutes les autres où la mienne s'étend ! »
C'était galamment parler : surtout en présence de la
reine.

Et comme Henri IV l'appelait en riant ma sœur,
elle devint pour ses neveux la « tante à héritage »;
mais, à ces derniers jours de sa vie, une forte tante,
toute en chair, portant sur la tête une perruque de
cheveux blond jaune, les joues pendantes, la figure à
peau émaillée et couperosée, l'air presque repous-
sant, se parfumant à l'excès, pour ne point sentir mauvais; et n'ayant pas encore, paraît-il, « désarmé » !

« Elle devint horriblement grosse, écrit encore Tallemant, et avec cela elle faisait faire ses carrures et ses
corps de jupes beaucoup plus larges qu'il ne le fallait,
et ses manches à proportion. — Elle avait un moule
— (forme pour soutenir une coiffure élevée) — un demi-
pied plus haut que les autres et était coiffée de cheveux
blonds, d'un blond de filasse roussie sur l'herbe. Elle
avait été chauve de bonne heure; pour cela elle avait
de grands valets de pied blonds que l'on tondait de
temps en temps. Elle avait toujours de ces cheveux-là
dans sa poche, de peur d'en manquer; et, pour se rendre de plus belle taille, elle faisait mettre du fer-blanc
aux deux côtés de son corps pour élargir la carrure. Il
y avait bien des portes où elle ne pouvait passer. »
Où était la jolie Margot d'antan qui faisait les délices
de cette Cour de Valois où les belles femmes furent
légion; cette docte et savante Margot des *Mémoires*,

ce livre dont l'esprit, même de nos jours, n'a rien perdu de sa piquante saveur; cette Margot qui « entre deux nuictées d'amour », songeant aux voluptés d'hier et espérant celles du lendemain, écrivait à ses amants:

J'ai un ciel de désirs, un monde de tristesse,
Un univers de maux, mille feux de détresse,
Un Etna de sanglots et une mer de pleurs.

. . . .

Clair soleil de mes yeux, si je n'ai ta lumière,
Belle âme de mon corps, bel esprit de mon âme,
Flamme de mon esprit et chaleur de ma flamme,

. . . .

Je vis par et pour toi, ainsi que pour moi-même;
Tu vis par moi et pour moi, ainsi que pour toi-même :
Nous n'aurons qu'une vie et n'aurons qu'un trépas;
Je ne veux pas ta mort, je désire la mienne;
Mais ma mort est ta mort et ma vie est la tienne;
Ainsi je veux mourir et je ne le peux pas !

(4) « *Son premier emploi... ce qu'il fit avec beaucoup de rigueur...* » Disons en lignes rapides, — parce qu'en ces Appendices nous ne faisons pas de l'Histoire, mais plutôt de l'anecdote, pour éclairer ou compléter celles de Tallemant, — disons que Sully fut nommé successivement : secrétaire d'État, en 1594; conseiller au Conseil des Finances, en 1596; grand voyer, en 1597; surintendant des finances et grand maître de l'artillerie, en 1599; gouverneur de la Bastille, en 1602; gouverneur du Poitou, en 1603; enfin, en 1606, duc de Sully et pair de France.

L'ÉTOILE en son *Journal*, nous a raconté de quelle

somptueuse façon il fut nommé grand maître de l'artillerie.

« Maximilien de Béthune, seigneur de Rosny, assisté de M. le prince de Joinville (qui paraissait sur tous bravement monté, revêtu d'un habillement d'écarlate, accoutré d'or), les ducs de Nevers et de Montbazon, comte de Saint-Pol, marquis de Cœuvres, des Chevaliers de Ragni, Palaiseau, la Chapelle-aux-Ursins Roquelaure, et plusieurs autres seigneurs et gentilshommes, jusqu'à cent chevaux, vint au palais, où il prêta le serment à la Cour, de l'état de grand maître de l'artillerie de France qui fut en sa faveur (et spéciale) érigé par le roi en titre d'office d'ordinaire de la couronne. Les lettres en furent lues, publiées et enregistrées, ce consentant M. le Procureur général du roi, M. le premier président reçut son serment; Antoine Arnaud, son avocat, fit sa harangue à la Cour, en laquelle il fit un long discours des machines de guerre, des engins de l'artillerie, de l'invention d'icelle et de l'honneur de ceux qui y étaient anciennement commis; puis des occasions qui avaient mû le roi d'ériger l'état de grand maître en l'office ordinaire de la couronne et en pourvoir le dit sieur de Rosny, de la généalogie duquel il fit un long narré, exaltant avec paroles exquises et fort éloquentes le mérite du personnage et sa maison de Béthune, issue des comtes de Flandre, ses prédécesseurs qui avaient planté les étendards de la foi jusqu'à Jérusalem. M. Servin, avocat du roi, parla pour le procureur général, insista sur l'antiquité de cet état et sur les honneurs, privilèges et prérogatives qu'il avait jadis chez les Grecs, Romains, vieux Gaulois et autres peuples. Ces choses achevées, ledit sieur de Rosny monté sur un fort beau coursier d'Espagne, ayant un collet parfumé tout boutonné de diamants et un habillement de satin noir, avec, à son chapeau une aigrette de pierreries qu'on estimait à plus de dix-mille écus, s'en retournait en sa maison, accompagné, comme devant, de toute cette brave noblesse, à laquelle il donna magnifiquement à dîner. Le roi et la reine y avaient soupé le jour de devant. »

Dans ses *Mémoires*, il a raconté les honneurs dont l'accablait le roi lorsqu'il l'eut créé duc.

A propos de cette citation, nous devons avertir que dans ces Mémoires, Sully parle toujours de ses faits et gestes, à la deuxième personne du pluriel, comme si c'était un interlocuteur qui les lui racontait :

« Allant au palais, écrit-il, — ou du moins écrit un de ses secrétaires sous sa dictée, ou sur ses notes — vous fûtes merveilleusement bien accompagné car, hormis M. le comte de Soissons, il n'y eut prince de sang ou autre qui ne vous fît l'honneur de vous accompagner et assister; et se trouvèrent les cours, galeries, salle et grande chambre si remplies de monde que l'on ne s'y pouvait quasi tourner. Au sortir du palais vous priâtes les plus qualifiés, environ soixante, de venir dîner à l'Arsenal, où vous aviez fait préparer un magnifique festin de chair et poisson. Vous y eûtes un grand surcroît d'honneur; car vous y trouvâtes le roi qui vous cria de loin : « Monsieur le grand maître, je suis venu au festin sans prier; serai-je mal dîné? — Cela pourrait

bien être, Sire, lui répondîtes-vous, car je ne m'attendais pas à un honneur tant excessif. — Or, je vous
assure bien que non, dit le roi, car j'ai visité vos cuisines en vous attendant, où j'ai vu les plus beaux
poissons qu'il est possible, et force ragoûts à ma mode,
et même, pour ce que vous tardiez trop, à mon gré,
j'ai mangé de vos petites huîtres de chasse, les plus
fraîches que l'on saurait manger, et bu de votre vin
d'Arbois, le meilleur que j'aie jamais bu. » Et, sur cela,
furent les tables servies où toutes sortes de joyeux
propos furent tenus. »

Sur l'œuvre financière réformatrice de Sully n'insistons pas, puisque nous ne faisons point de l'histoire : il
nous suffira de rappeler à quel point une réforme était
nécessaire. Sully y consacra toute son activité, tout
son dévouement, et aussi toute son âpreté. Dirons-nous
que, tout en surveillant, tout en dirigeant les intérêts
de l'État, il songeait aux siens très étroitement. Il
apporta dans l'administration des finances publiques
ces mêmes précieuses qualités d'exactitude, d'ordre,
d'économie, de rapacité même qu'il mettait au service
de sa fortune personnelle. S'il ne favorisa guère l'industrie — cette partie de l'économie sociale d'une
nation n'entrait pas dans son cerveau — il eut pour
l'agriculture cette sollicitude constante dont témoigne
encore le mot célèbre : « Le labourage et le pastourage,
voilà les deux mamelles dont la France est alimentée,
ses vrais mines et trésors du Pérou. » Faut-il l'accuser
de péculat? En l'absence de preuves absolument for-
melles il est difficile de se prononcer. Le cardinal de

Richelieu a dit de ce financier génial : « On peut assurer avec vérité que les premières années de ses services
furent excellentes et si quelqu'un ajoute que les dernières furent moins austères, il ne saurait soutenir
qu'elles lui aient été utiles sans l'être aussi beaucoup
à l'État. » Évidemment il ne fut jamais populaire et
certains lui reprochaient de s'enrichir trop vite. Soit !
mais on ne sera pas loin de la vérité en supposant que
de 1600 à 1610, Sully dut économiser par an, au profit
du trésor royal, à peu près un million de livres : somme
énorme, considérable pour l'époque. Richelieu dans ses
« Mémoires », le président Jeannin aux États-Généraux
de 1614, le Parlement dans ses remontrances de 1615,
le surintendant d'Effiat, devant les notables en 1627,
s'accordent tous à dire que Henri IV, quand il mourut,
laissa cinq millions dans la Bastille, et entre les mains
du trésorier de l'Epargne, huit autres millions. Résul-
tat glorieux d'une administration exacte et rigoureuse.
— Voir MARIEJOL dans *Histoire de France* (LAVISSE),
p. 47 à 86, pour l'œuvre de Sully.

(5) « *Cette querelle avec Mme de Beaufort lorsqu'elle
allait être reine...* » Malgré sa promesse, Henri IV, aurait-il vraiment épousé Gabrielle d'Estrées, duchesse
de Beaufort? Qui sait? Ce fut ensuite à Henriette d'Entragues qu'il promettait le mariage, et, cette fois, par
écrit. Henriette était, pourtant, moins séduisante, Gabrielle avait les traits d'une exquise régularité, le nez
finement arqué, la bouche étroite et d'un dessin parfait, la vivacité de ses yeux noirs allongés en forme
d'amande était tempérée par une expression pleine de

douceur. Un air de noblesse uni à un charme souverain
éclaire la figure de celle dont un des portraits est sur-
monté de cette devise : *Coronam opto !* Mais, auparavant, arrivait la mort ! Il est certain que Sully devait
avoir pour la duchesse de Beaufort quelque reconnaissance. N'était-ce pas elle qui poussait le roi à le faire
entrer au « Conseil des finances », lui mettant, ainsi, le
pied à l'étrier? A Sully, Henri IV écrivait lorsqu'il lui
confiait secrètement l'intention qu'il avait de le nommer son grand financier : « Je me suis résolu de reconnaître au vrai si les nécessités qui m'accablent pro-
viennent de la malice, mauvais ménage ou ignorance
de ceux que j'emploie, ou bien de la diminution de mes
revenus et pauvreté de mon peuple; et, pour cet effet,
convoquer les trois ordres de mon royaume pour en
avoir avis et secours, et, en attendant établir quelque
mien confident et loyal serviteur parmi eux que j'au-
toriserai peu à peu, afin qu'il me puisse avertir de ce
qui se passera dans mon Conseil et m'éclaircir de ce que
je désire savoir. Or, ai-je, comme je vous ai déjà dit,
jeté les yeux sur vous pour me servir en cette charge,
ne doutant nullement que si vous me voulez donner
votre foi et votre parole, car je sais que vous en faites
cas, de me servir loyalement, d'être aussi bon ménager
de mon bien à mon profit, que je vous l'ai toujours vu
être du vôtre, et ne désirer ne faire vos affaires que de
mon sçu et par ma pure libéralité qui sera assez ample.... Je n'ai quasi pas un cheval sur lequel je puisse
combattre, ni un harnais complet que je puisse en-
dosser; mes chemises sont toutes déchirées, mes pour-

points troués au coude, ma marmite est souvent ren-
versée.... Partant, jugez si je mérite d'être ainsi traité,
et si je dois plus longtemps souffrir que les financiers et
trésoriers me fassent mourir de faim et qu'eux tiennent
des tables friandes et bien servies.... Ne faillez pas, mon
ami, de venir avec ma maîtresse (Gabrielle d'Estrées)
à laquelle j'écris et ordonne de vous avertir du temps
de son partement, afin de vous amener avec elle et de
vous envoyer sûrement et secrètement cette lettre que
vous brûlerez après l'avoir lue... »

Gabrielle et Sully ont évidemment partie liée, et qui
sait ce qui serait advenu sans la mort; qui sait si Sully
ne se serait pas souvenu, et qu'alors aurait été juste le
mot de Tallemant : « Lorsque Mme de Beaufort allait
être reine ! »

A Henriette d'Entragues, duchesse de Verneuil,
Sully avait moins d'obligation. D'abord entre elle et
lui il y avait la fameuse conspiration; or, qui menaçait
ou touchait le roi le menaçait ou le touchait lui-même.
Et puis était devenu nécessaire, obligatoire, par besoin
d'argent, le mariage du roi avec la « banquière » de
Florence. Henriette, d'une famille assez suspecte —
son père avait épousé Marie Touchet, la maîtresse de
Charles IX — savait ce que valaient et son corps et sa
chair : alors elle ne voulut point les donner mais voulut
tenir au soupirant la dragée haute; d'autant plus qu'elle
n'ignorait pas combien était inflammable le cœur du
monarque. Ce fut presque l'histoire — toute proportion gardée — de la grisette et de l'étudiant. Elle jura
de ne céder que s'il y avait promesse écrite de mariage.

Henri IV, aussitôt, promettait et signait sa promesse.
Ne se possédant pas, tant il en fut stupéfait, Sully arrachait des mains royales ce contrat de promesse, le dé-
chirait, en jetait les morceaux à la face du prince, lui
criant : « Croyez-vous donc trouver la pie au nid? »
Henri comprenant, au fond, qu'il avait été trop faible,
trop naïf, s'était tenu coi. Mais, le lendemain il refaisait
à Henriette une autre promesse, dont le texte authen-
tique sur parchemin, signé des ministres, est conservé
à la Bibliothèque Nationale.

(6) « *Voici ce qui se passa à la maladie de M*^me *de
Beaufort.* » Reproduisons la page de ses *Mémoires*, où
Sully raconte cette mort : c'est toujours son secrétaire
qui parle, lui remémorant ce qu'il faisait en cette occur-
rence :

« ... Vous vous en allâtes à Rosny, où deux jours
après, un matin, comme vous devisiez avec Madame
votre femme, lui parlant de ce mariage (le mariage avec
Gabrielle d'Estrées) et commenciez à lui dire ce que
vous en estimiez... vous entendîtes sonner la cloche
de la porte, laquelle avait une corde qui passait delà
les fossés, et une voix peu après qui criait incessamment
de la part du roi, ce qui vous fît mettre la tête à la
fenêtre pour appeler de vos gens, afin d'aller abaisser
le pont et ouvrir la porte. Ce qui ayant été fait et vous
descendu avec votre robe de nuit, il entra un courrier
qui vous dit comme tout ému : « Monsieur, le roi ne
vous écrit point, mais m'a commandé de vous venir
trouver toute la nuit pour vous dire, de sa part, que
vous ne failliez pas, si vous voulez jamais lui faire plai-

sir, d'être aujourd'hui à Fontainebleau. — Jésus ! mon ami, lui dites-vous, le roi est-il malade? — Non, Monsieur, répondit le courrier, mais il est plus fâché et ennuyé que je l'ai jamais vu pour quelque accident qui lui soit arrivé, car Madame la duchesse est morte. — La duchesse est morte, lui dites-vous, et comment cela? De quelle maladie si prompte a-t-elle été atteinte? Eh ! comment le sais-tu? Je t'en prie, monte à ma chambre, d'autant que je me morfonds ici et, en déjeunant, car je crois que tu as bon appétit, tu me conteras toute cette histoire. » Et lors, étant venu retrouver Madame votre femme au lit, en la baisant, vous lui dites : « Ma fille, il y a bien des nouvelles, vous n'irez point au lever, ni au coucher de la duchesse, car la corde a rompu; mais, puisqu'elle est véritablement morte, Dieu lui donne bonne vie et longue. Voilà le roi délivré de beaucoup de travaux d'esprit, parmi tant d'irrésolutions dont il était agité. Mais écoutons les particularités que nous peut dire ce courrier. — Je les sais toutes, Monsieur, repartit-il, car j'ai passé par le logis de Madame la duchesse où j'ai trouvé M. de la Varenne merveilleusement affligé; lequel m'a tout conté, se doutant bien que vous vous en informeriez pour ce qu'elle lui avait dit, il n'y avait pas six heures lorsqu'elle était tombée malade, beaucoup de bien de vous et assuré que, néanmoins, vous étiez en bonne santé et, néanmoins, craignant que j'en oubliasse quelque chose il m'a baillé une lettre où il m'a dit qu'il vous en fait tout le discours... »

Suit cette lettre de la Varenne, mais lettre dont fort

douteuse est l'authenticité. Sully — démontre M. Loiseleur — l'aurait fabriquée lui-même pour laisser croire
que Gabrielle aurait été empoisonnée dans la maison
de Zamet. Cette mort survenue très à propos pour la
dignité de la couronne s'explique, non par l'inadmis-
sible apoplexie dont parle Sully, mais par des convul-
sions qui, dans le laborieux accouchement d'un enfant
mort-né, emportèrent Gabrielle.

(7) « *Si M. le chancelier ne lui eût remontré que cela
était indigne d'un roi...* » En tout cas Sully remontrait
au roi qu'il eût amoindri et compromis la couronne en
épousant la duchesse de Beaufort.

« Sire, lui dit-il, n'ayez regret ni soucis des choses où
la Providence opère, comme elle fait manifestement
au sujet qui se présente et admirez la hautesse de ses
œuvres et sa très profonde sagesse en tous ces accidents, desquels vous vous plaignez et desquels elle se
veut servir, n'en doutez point, pour opérer les choses
admirables dont elle veut que vous soyez l'instrument;
pour vous décharger de beaucoup de soucis et mettre
votre esprit en repos en le délivrant de tant de conten-
tions dont il était inquiété; pour avoir des désirs que
votre honneur et votre propre prudence, je sais bien,
désapprouvaient entièrement, et des desseins à accom-
plir que, par la multiplicité des obstacles auxquels la
nature d'iceux les assujettissaient, votre générosité et
solide jugement vous faisait estimer inexécutables... »
Et le roi — toujours d'après les *Mémoires* de Sully,
— ayant écouté fort attentivement, répondait : « Mon
ami, j'avais bien espéré de votre venue quelque espèce

de consolation, mais considéré la vivacité de votre esprit, votre humeur prompte et soudaine... j'attendais plutôt de vous des remontrances pareilles à celles que vous m'avez faites autrefois sur ce même sujet... en quoi, néanmoins, vous m'avez fait plaisir; car, ainsi, pour en dire la vérité, n'est-ce pas au temps qu'un esprit est grandement affligé qu'il lui faut reprocher ses fautes. Que si vous avez touché aux miennes, vous l'avez fait si doucement que je ne m'en saurais plaindre; leçon de laquelle je profiterai, je vous le promets, prenant de fort bonne part tout ce que vous venez de me dire... »

Leçon dont je profiterai ! Quelque temps après le roi signait à Henriette d'Entragues la promesse de mariage !

(8) « *Arnaud le péteux.* » Dans son Historiette sur ce personnage, Tallemant nous donne l'amusante origine de ce surnom : « Arnaud le *péteux* était demeuré garçon. Il avait été contrôleur des restes (débets des comptables), par la faveur de M. de Sully; mais c'était un pauvre garçon qui fit fort mal ses affaires. Il ne ressemblait à ses frères ni en esprit, ni en vanité. On le surnomma le *péteux* à cause que, de jeunesse, il s'était accoutumé à péter partout. Madame des Loges lui dit une fois : « Vois-tu, mon garçon, tous les Arnauld ont eu du vent; la différence qu'il y a, c'est que les autres l'ont à la tête, toi tu l'as au cul... »

(9) « *Autant de pots de vin...* » Tallemant insinuerait que Sully ne fut pas toujours très intègre : nous avons dit tout à l'heure ce qu'il en fallait penser. Or, dans les

Tablettes historiques des rois de France, cette anecdote des pots de vin condamne surtout Mme d'O, la femme de ce financier que nous avons montré prévaricateur et gaspilleur. « Dans un ballet exécuté au Louvre parurent neuf dames que conduisait la reine et, parmi ces neuf dames, la femme d'O surintendant des finances. Toutes avaient des coiffures plutôt chargées qu'enrichies de pierreries, mais surtout la surintendante. Un Suisse ivre tomba de son haut près la porte de la salle du bal. Le roi demanda pourquoi : « Sire, lui dit-on, il ne s'en faut pas étonner, il avait un pot de vin sur la tête. — Ce n'est pas une bonne action, répondit le prince, voyez comme Mme la surintendante est droite et ferme sur ses pieds, et pourtant, elle a plus d'un pot de vin sur la tête. »

(**10**) « *Il se fait écrire Monseigneur par la Varenne.* » Tallemant appelle la Varenne « le grand maquereau du roi». Guillaume Fouquet, marquis de la Varenne — avait été d'abord cuisinier de « Madame Catherine », sœur du roi Henri IV, puis porte-manteau, conseiller d'État, et enfin, contrôleur des postes. Il excellait à larder et à cuire la volaille. Aussi lorsqu'il eut acheté son marquisat, « Madame » lui disait-elle : «La Varenne, tu as certainement gagné davantage à porter les poulets du roi qu'à larder les miens ! »

(**11**) « *Jamais il n'y eut d'intendant si rébarbatif... Il était si haï...* » Sully ne fut jamais populaire; dans la noblesse, cela va sans dire, mais surtout et encore moins dans le peuple, auquel cependant fut consacrée la meilleure partie de sa grande œuvre rénovatrice.

On redoutait son irascibilité, ses coups de boutoir terribles, restés encore légendaires et qui n'épargnaient
même pas le roi.

Ce gros homme farouche, au front chauve, à la
grande barbe, au regard dur, qui vivait seul, là-bas à
l'Arsenal, dans un cabinet sévère orné des austères
portraits de Luther et de Calvin, toujours travaillant,
toujours en affaires, était insupportable à tout le monde.
Il recevait les gens sans se lever, sans cesser d'écrire,
sans les faire asseoir, et refusait sèchement ce qu'on
lui demandait : « *E una bestia* ! » s'écriait un ambassadeur
italien sortant de chez lui, outré. — « Il a pour coutume
ordinaire d'offenser tout le monde », disait le prince de
Condé. Un étranger écrivait : « Il est si superbe, si altier,
si insolent et orgueilleux qu'il n'estime plus être humain ! » Personne ne venait de chez lui pour quelque
audience qui ne proférât des injures furieuses à son
adresse : « *Quello animale !* » faisait Vinta, le ministre du
grand-duc de Toscane, en mission à Paris ; « c'est un
palefrenier », ajoutait M. de Gondi ; — *un monstre di
bestie*, renchérissait Giovanini. « Qu'est-ce que paierait
le grand-duc, votre maître, répondait le roi gaussant,
à l'envoyé florentin, pour avoir un pareil ministre ? »
Henri IV tenait à Sully parce que le surintendant était
très bon administrateur, ménager des deniers publics
et rude à ceux qui malversaient.

« Voici, disait-il un jour, après une mercuriale que lui
faisait le surintendant ; voici, certes, un homme que je
ne saurais plus supporter ; toujours me contredire, toujours trouver mauvais ce que je veux, mais pardieu !

il m'obéira. » Malgré ces irritations du monarque, Sully, le plus souvent, n'obéissait que s'il lui plaisait d'obéir, guidé non par le caprice d'un roi, mais par ce qu'il croyait être l'intérêt suprême de la nation. Aussi tout aussitôt passé son dépit Henri IV, avouait-il loyalement : « Il y en a d'assez sots pour croire que quand je me mets en colère contre M. de Sully, c'est à bon escient et pour longtemps; mais tout au contraire, car lorsque je viens à considérer qu'il ne me remontre ou ne me contredit que pour mon honneur, ma grandeur, et le bien de mes affaires, et jamais pour les siennes, je l'en aime mieux et suis impatient de le lui prouver. » Et encore, toujours d'après les *Mémoires* de Sully : « Madame, disait le roi à la reine, après une brouille conjugale, qu'avait apaisée Sully; Madame, malgré les grandes libertés qu'il prend à ne me point cacher la vérité, je ne lui en veux pas de mal pour cela. Tout au contraire, je croirais qu'il ne m'aime plus, s'il ne me remontrait ce qu'il estime être pour la gloire et l'honneur de ma personne, l'administration de mon royaume, et le soulagement de mes peuples. Voyez-vous, ma mie, il n'y a point d'esprits si droituriers qui ne trébuchassent tout à fait s'ils n'étaient relevés lorsqu'ils choppent par les admonestations de leurs loyaux serviteurs, ou bien intimes et prudents amis. »

(12) « *Par plaisir on coupait les ormes... faisons-en un Biron...* » C'était rappeler la décapitation du maréchal Charles de Gontaut, duc de Biron, qui conspira contre Henri IV au profit de l'Espagne et aussi du duc de Savoie : il ne s'agissait rien moins que de démembrer

la France. La tête lui fut tranchée dans la cour de la Bastille, le 31 juillet 1602. Une première fois Henri IV avait pardonné, mais Biron étant redevenu conspirateur, la Justice suivit son cours. Se rappelant que le décapité avait été l'un de ses plus vaillants capitaines aux batailles d'Arques et d'Ivry, qu'il avait victorieusement conduit en 1595 la campagne de Bourgogne, et en 1596 celles d'Artois et de Flandre contre ces mêmes Espagnols, Henri IV disait, et ses regrets furent absolument sincères : « Son obstination l'a perdu ; s'il m'eût voulu dire la vérité d'une chose dont j'ai la preuve écrite de sa main, il ne serait pas où il en est. Je voudrais avoir payé deux cent mille écus et qu'il m'eût donné lieu de lui pardonner. Il m'a servi, mais je lui ai sauvé la vie trois fois. » (*Mémoires de Sully*.)

Son père Armand de Gontaut, baron de Biron, était, si nous en croyons Brantôme, « le plus grand capitaine de la France ». C'est en 1592 qu'il fut tué, d'un boulet de canon, au siège d'Épernay. Il était petit et boiteux ; d'où cette chanson satirique, faite par ses adversaires, chanson d'autant plus blâmable que sa claudication provenait de ses blessures à la guerre. — Bien qu'elle soit étrangère à notre Appendice nous la reproduisons parce qu'elle a sa date dans l'Histoire.

> Quand Biron voulut danser
> Quand Biron voulut danser
> Ses souliers
> Fit apporter
> Ses souliers tout ronds.
> Vous danserez Biron.

Quand Biron voulut danser
Ses houzettes fit apporter
            Ses houzettes
            Fort bien faites
Ses souliers tout ronds.
Vous danserez Biron.

Quand Biron voulut danser
Sa culotte fit apporter
            Sa culotte
            A la marlotte
            Ses houzettes, etc.

Quand Biron voulut danser
Son habit fit apporter
            Son habit
            De petit gris
            Sa culotte, etc.

Quand Biron voulut danser
Son rabat fit apporter
            Son rabat
            Tout plat.
            Son habit, etc.

Quand Biron voulut danser
Sa chemise fit apporter
            Sa chemise
            De Venise
            Son rabat, etc.

Quand Biron voulut danser
Sa perruque fit apporter
            Sa perruque
            A la turque
            Sa chemise, etc.

Sur sa mort et sur celle de son fils, le conspirateur, on fit ce sixain :

Biron, servant son prince, entre mille gendarmes,
Vieillard, d'un coup de pièce eut le chef emporté :
Son fils, un second Mars, voulant tourner ses armes,
En l'avril de ses ans se voit décapité.
L'un est digne d'honneur, l'autre est digne de larmes,
Et tous deux des grandeurs montrent la vanité.

(13) « *A propos de ballet, M. le prince en dansa un, et le roi commanda à M. de Sully de donner une ordonnance...* » Le ballet est le spectacle, le grand plaisir, la seule danse alors à la mode. D'Italie la reine Catherine de Médicis apportait le ballet en France où, tout aussitôt, il fit fortune. A celui du Louvre, en 1531, lorsque le duc de Joyeuse épousait Catherine de Lorraine, dansèrent la reine, les princes et les princesses. Il avait pour « thème » le triomphe de Jupiter et de Minerve. Commencé vers les dix heures du soir, à peine se terminait-il vers les trois heures du matin. Sully était l'ordonnateur de ces réjouissances auxquelles Henri IV se plaisait de façon singulière. Enfant, ne fut-il pas élevé dans ce Béarn où l'on danse en naissant? Sully n'a pas manqué de nous faire savoir, non sans un petit brin d'orgueil, que « s'il ne se mêlait pas, lui-même, à ces divertissements, le roi trouvait qu'il y manquait quelque chose ». Ce monarque de la poule-au-pot avait mis, dans sa capitale, les danses si fort à la mode qu'en Europe on ne dansa jamais autant que l'on ne dansât à la Cour pendant son règne : au moins une centaine

HENRI IV et GABRIELLE D'ESTRÉES
(Cabinet des Estampes)

de ballets, presque toujours nouveaux, sans compter les bals et les mascarades.

Des ballets on en dansait partout. — Cf. BATIFOL : *Vie intime d'une reine de France*, p. 126-130. — Dans la haute salle du Louvre, dans l'antichambre de la reine; à l'appartement du rez-de-chaussée où l'on installe tout autour de la pièce des gradins sur lesquels s'installent les dames; à la grande salle de Bourbon, dans l'hôtel d'en face, belle salle de cent huit pieds de long sur quarante-huit de large, entourée de colonnes à chapiteaux doriques et dont la voûte est semée de lys d'or. Les jours de fête douze cents flambeaux de cire blanche, portés par des consoles et des bras d'argent, éclairent une profusion de tapisseries, de sculptures, de peintures. Mais c'est surtout à l'Arsenal, où le roi avait fait construire exprès une vaste salle de fêtes, à double rang de galeries, que la reine organise les représentations. Elle choisit les princes, princesses, dames et seigneurs qui doivent y figurer. Duret et Durand, Palluau, la Clavelle lui écrivent le scénario des *Félicités de l'âge doré*, ou des *Passe-temps récréatifs des quatre saisons de l'année*, avec danses, figures, couplets, changements à vue, apothéose. Les conférences, les répétitions durent d'interminables heures, et on se prépare avec soin. Quelquefois la reine consent à aller jouer sa pièce ici ou là; à l'évêché de Paris, à l'hôtel de Condé, chez la reine Marguerite, chez Mme de Retz. Elle ne paraît, d'ailleurs, sur les planches, que masquée.

Quand les hommes jouent seuls, on les déguise ridi-

8

culement; ils entrent deux par deux et ce sont des couples de tours, des femmes colossales, des pots de fleurs, des chats-huants, des basses de viole, des moulins à vent. Ils défilent, dansent, sortent de leurs affublements, dansent encore quatre par quatre, puis ensemble, se remettent dans « leurs machines » ! et s'en vont. Les femmes se parent élégamment, Marie souvent en Italienne. Le plus magnifique ballet qu'elle donna fut celui de 1609 : les *Nymphes de Diane,* dansé à l'Arsenal et ensuite chez la reine Marguerite.

Souvent le ballet, même devant la reine, tombe en mascarade. Un extraordinaire désordre y règne alors : «désordre honteux, indigne, qui gâte ces fêtes de Cour ». Les salles sont petites pour les invités trop nombreux. On s'étouffe, on crie, impossible de circuler, et aux danseurs d'évoluer. Pour le fastueux ballet de 1614, à l'Arsenal, et qui coûtait dix mille écus, le capitaine des gardes chargé du service d'ordre laissait entrer tout le monde. La reine en arrivant vit cette cohue. Sa colère fut grande. Elle déclara qu'elle n'entrerait pas, qu'elle s'en allait. Vite on expulsait tous ceux qui, sans droit s'étaient installés spectateurs. Déjà Marie de Médicis était arrivée au Louvre et avait fait coucher Louis XIII. Elle le fit rhabiller, avec lui revint à l'Arsenal, et devant les seuls invités de marque fut dansé le ballet « tellement quellement ».

Aux époques de deuil, la reine-mère donne des fêtes plus intimes. Elle a fait établir, dans l'entresol du Louvre, un petit théâtre « avec des sièges pour quatre-vingts personnes » seulement. On y joue des comédies légères; et devant ces intimes on danse aussi, parfois, quelques petits ballets.

Les personnages les plus austères ne restent pas indifférents à ces spectacles : « Les ballets, dit d'Aubigné, dans son *Baron de Fœneste*, sont l'excellence de la Cour. Ostez-en les dames, les duels et les ballets, je ne voudrois pas y vibvre... ».

(**14**) « *A Villebon dans le pays chartrain...* » Le château de Villebon, dans l'Eure-et-Loir, date successivement des xve, xvie et xviie siècles : huit tours rondes à mâchicoulis et créneaux; presque tout construit en briques. Dans la cour le style Renaissance l'emporte sur le style gothique; par contre il ne se montre que secondairement dans les parties extérieures. Au-dessus du grand escalier, buste de Sully et de sa seconde femme : Rachel de Cochefilet. Dans le vaste salon, des fresques représentant les châteaux que possédait le surintendant. Salle des gardes, trois merveilleuses tapisseries du xvie siècle : elles nous offrent l'*Histoire de Psyché*. Hors du château, l'ancienne chapelle des seigneurs de Villebon : gothique; un vitrail sur lequel se dresse « l'arbre de Jessé »; retable en albâtre avec sept bas-reliefs tirés de certains épisodes de l'Ancien Testament; cloche remontant à 1546. Un incendie dévasta ce château au moment même où Louis XI y séjournait. Pour qu'il fût reconstruit le roi donnait aussitôt mille livres tournois aux d'Estouteville, seigneurs de Villebon; et dès 1465 commençait cette reconstruction qui n'était point encore achevée, au temps de François Ier. C'est en 1607 que Sully achetait ce château; il y fit d'assez

nombreux remaniements, parmi lesquels le couronnement des tours. Voulant arrondir la dot de sa fille, il
le vendait à Henri II, de Condé, mais comme l'acqué-
reur ne le put payer, Sully le reprenait pour y venir
terminer ses jours.

Le *Château de Sully* est dans le Loiret : c'est une enceinte rectangulaire, flanquée de six tours du XIIIe ou
du XIVe siècle : la plus grosse fut le donjon : il n'en
reste que « la souche ». Il est complètement entouré
d'eau. Dans la cour, la statue de Sully exécutée par
un sculpteur italien, sur commande faite par Rachel
de Cochefilet. A signaler de belles tapisseries, des portraits de Sully et de Henri IV, celui-ci attribué à Por-
bus. N'a presque pas changé la chambre dite de
Henri IV où, sans doute, le roi ne vint jamais. C'est
en 1602 que Rosny achetait ce château, dont il prit le
nom : il y dictait ses *Mémoires*, qu'il fit, vers 1638,
imprimer en ce château même. — Voir notamment
la vue de ces deux châteaux dans Joanne, *Dictionnaire géographique et administratif de la France;* Hachette, Éditeur, t. VII, p. 4742-4743 et 7531.

(15) « *A Sully, où il s'était retiré vers la fin de ses
jours...* » Au château de Sully d'abord, comme nous
l'avons dit, après la mort du roi; et ensuite, pour les
quatre dernières années de sa vie, au château de Villebon, où il mourut. Henri IV disparaissant, le rôle de
Sully disparaissait également; d'autant plus que Marie
de Médicis avait plutôt quelques raisons de ne le point
tenir en bonne grâce. Le peu de souplesse du surintendant, sa mauvaise volonté, ses rebuffades désagréables

lorsque la reine avait besoin d'argent — elle qui pourtant apportait au roi l'immense dot que l'on sait, pour l'époque — avaient fort tendu les rapports. « Ai-je donc un autre maître que le roi ! s'écriait Marie, et suis je donc obligée de faire la cour à Rosny ? » Peut-être y eut-il fautes et malentendus réciproques. L'envoyé florentin écrivait : « La reine se plaint de Rosny. D'abord Rosny était tout à elle, mais elle l'a refroidi, blessé, ainsi que sa femme, en ne tenant pas compte d'eux. Elle profite mal des conseils et ne sait pas se gouverner : elle aurait pourtant besoin de se faire des amis. » Humeur difficile du ministre, humeur difficile de la reine. Les relations ne pouvaient être que très aigres. Sully avait sur la reine cet avantage : c'est qu'il pouvait ne pas lui donner ou lui faire donner de l'argent. Outre qu'il retardait parfois le paiement de ses mensualités, il lui arrivait encore de les rogner de quelques écus. Alors plaintes au roi, plaintes au trésor public. Et le roi ne désapprouvait pas toujours son ministre. « De l'argent pour la reine, laissa-t-il échapper une fois, mais cet argent serait pour Concini ! »

Après la mort du roi, Sully se démettait de ses charges, mais elles lui furent grassement payées. Lorsqu'il se présentait à la Cour, — maintenant celle de Louis XIII, — il fut bienveillamment accueilli. « M. de Sully, écrit Malherbe à Peiresc, le 17 octobre 1614, arriva mardi, de matin, il fut aux Tuileries trouver le roi, qui le reçut si bien qu'il ne se pouvait mieux. Il le fit mettre dans son carrosse et l'amena au Louvre, parlant à lui par les chemins. La reine se coiffait au cabinet du lit. Le roi entra seul et dit à la reine que M. de Sully était là. La reine commanda qu'il entrât, et alla cinq ou six pas au devant de lui, et lui dit : « Monsieur de Sully, vous soyez le bienvenu, je suis bien aise de vous voir », et lui répéta ces paroles plusieurs fois. Il n'y a ici personne qui ne soit bien aise de sa venue, et qui ne désire qu'il rentre au maniement des affaires... »

Au fond, Louis XIII, lui aussi, l'eût beaucoup désiré. Quelques jours après qu'il eut été sacré à Reims, — mais il était encore si peu roi, malgré le sacre ! — il apprenait que Sully avait été disgracié, pour ne pas dire renvoyé. Il demande à son gouverneur M. de Souvré, en son langage enfantin : « On a ôté Mousseu de Sully des finances? — Oui, Sire. — Pourquoi? — La reine ne l'a pas fait sans grande considération. En êtes-vous marri? — Oui », répond très sèchement le petit roi.

Cette réception dont nous parle Malherbe ne fut, d'ailleurs, qu'une réception toute de parade. Sans doute Sully revint à la Cour, parla, conseilla, mais ne fut jamais écouté, et en 1634 Richelieu ne le fit maréchal de France — titre honorifique à son âge — que pour lui retirer la maîtrise de l'artillerie. Dès cet instant il ne s'occupa plus qu'à rédiger, ou plutôt à faire rédiger dans son château de Sully par ses quatre secrétaires, on n'en connaît pas les noms, ses *Mémoires*, mélanges de souvenirs pas toujours authentiques ou très sincères, et dont, alors, il se faut méfier; écrits d'un style lourd, amphigourique parfois. En voici le titre extraordinaire

Mémoires des sages et royales économies d'Estat, do-
mestiques, politiques et militaires de Henry le Grand,
l'exemplaire des rois, le prince des vertus, des armes et
des lois, et le père en effet de ses peuples français, et des
servitudes utiles, obéissances convenables et administra-
tions loyales de Maximilien de Béthune, l'un des plus
confidents familiers et utiles soldats et serviteurs du
grand Mars des français, dédiés à la France, à tous les
bons soldats et tous les peuples français.

(16) « *Il entretenait je ne sais quelle espèce de garde*
Suisse... » Cette vie fastueuse dont parle Tallemant,
ces chaînes, ces enseignes de diamants — et peut-être
qu'ici le chroniqueur est sincère — s'accordent mal
avec l'anecdote assez connue que je retrouve dans le
Tableau historique, Paris, 1785 :

« Après la mort tragique d'Henri IV, Sully s'était
retiré du ministère et vivait dans la retraite. Pendant
les trente années que dura cette retraite, il parut rarement à la Cour. Louis XIII l'ayant envoyé chercher
pour lui demander son avis sur les affaires, il y vint,
quoique avec répugnance. Les jeunes courtisans cherchèrent à le ridiculiser, à cause de son ancien habillement qu'il conserva toujours et qui n'était plus à la
mode; à cause de son maintien grave et de ses manières
qui paraissaient d'un autre siècle. Ce que voyant, Sully
dit au roi : « Sire, quand le roi votre père, de glorieuse
« mémoire, me faisait l'honneur de me consulter sur
« ses grandes et importantes affaires, il faisait d'abord
« sortir tous les bouffons et baladins de la Cour. »

LOUIS XIII

Louis XIII fut marié encore enfant (1). Le roi commença par son cocher Saint-Amour à témoigner de l'affection à quelqu'un. Ensuite, il eut de la bonne volonté pour Haran, valet de chiens. Il voulut envoyer quelqu'un qui lui pût rapporter comment la princesse d'Espagne était faite (2). Il se servit pour cela du père de son cocher, comme si c'eût été pour aller voir des chevaux. Le grand prieur de Vendôme, le commandeur de Souvré ¹ et

1. Gilles de Souvray, marquis de Courtenay (1542-1626). Nommé par Henri III, à son retour de Pologne, où il l'avait suivi, maître de la garde-robe et capitaine de Vincennes. Devint plus tard gouverneur de Touraine, gouverneur du Dauphin — choisi par Henri IV — et maréchal de France. Il fit bâtir le Temple. Alexandre, chevalier de Vendôme, fils de Henri IV et de Gabrielle d'Estrées, né en 1598; grand prieur de France, mourut à Vincennes en 1629, empoisonné, dit-on. Mais sa mauvaise santé et sans doute encore sa vie plutôt joyeuse qui l'épuisait, semblent indiquer une mort naturelle. — Voir dans GRIFFET, *Histoire du règne de Louis XIII*, le récit de la double

Montpouillan la Force, garçon d'esprit et de cœur, mais laid et rousseau, furent éloignés l'un après l'autre par la reine-mère. Enfin M. de Luynes vint (3), nous en avons parlé ailleurs et de Duplan aussi. Nogent-Bautru, capitaine de la porte, n'a jamais été favori, à proprement parler, mais il était bien dans l'esprit du roi avant que le cardinal de Richelieu fût son ministre. Il y a beaucoup gagné. Nous parlerons des autres, à mesure qu'ils y viendront.

Le roi avait beaucoup d'esprit, mais, comme j'ai remarqué ailleurs, son esprit tournait du côté de la médisance ; il avait de la difficulté à parler[1], et, étant timide, cela faisait qu'il agissait encore moins par lui-même. Il était bien fait, dansait assez bien en ballet, mais il ne faisait jamais que des personnages ridicules. Il était bien à cheval, eût enduré la fatigue en un besoin et mettait bien une armée en bataille[2] (4).

arrestation du grand prieur et de son frère le duc de Vendôme pp. 500-510, t. I. Paris, MDCLVIII.

1. L'enfant naquit le jeudi 27 septembre, à Fontainebleau, vigoureux, bien constitué, et son cri faisait paraître la force de ses poumons. Un seul insignifiant défaut : un petit filet à la langue qu'il avait un peu grosse. De l'opération que lui faisait tout de suite le chirurgien Guillemot restait un léger bégaiement, qui finit par disparaître.

2. Il faut parler aussi de son exubérance qui nous vaut d'*Hérouard* — nous le citerons souvent dans notre appendice —

Le cardinal de Richelieu, qui craignait qu'on ne l'appelât Louis le Bègue, fut ravi de ce que l'occasion s'était présentée de le surnommer Louis le Juste. Cela arriva lorsque Mme de Guémadeuc, femme du gouverneur de Fougères, se jeta à ses pieds, pleura et lamenta et qu'il n'en fut point ému, encore qu'elle fût fort belle. Le Pont de Courlay épousa la fille de cette femme. C'est la mère du duc de Richelieu, aujourd'hui Mme d'Aulnay. Guémadeuc eut la tête coupée. Il se révolta le plus sottement du monde. A la Rochelle, ce nom lui fut confirmé à cause du traitement qu'on fit aux Rochellais. En riant, quelques-uns ont

cette amusante anecdote. « Il voyageait à petites journées, suivi de tout son train de maison dont l'allure était fort lente. Les routes, généralement détestables, — comme toutes les routes en ce temps, — n'étaient parfois que de simples pistes, poudreuses en été, boueuses en hiver. On versait assez souvent. Les voyageurs entassés dans les incommodes carrosses de l'époque y étaient fort mal, et l'étiquette voulait qu'il n'y eût pas une place vacante. Le jeune Dauphin avait été « mis en carrosse », de bonne heure. Vif, remuant, il s'impatientait d'être enfermé dans ces machines roulantes : aussi cherchait-il toutes les distractions imaginables. L'une d'elles lui laissait un assez désagréable souvenir. Un jour de voyage qu'il avait emmené une guenon dans sa voiture, il eut la singulière idée de faire partir une fusée pour s'amuser en effrayant la guenon. Le Dauphin réussissait au delà de ses désirs, car la guenon prit si grande frayeur que le carrosse en fut tout empuanti et gâté. Les habits du Dauphin furent, aussi, tellement souillés qu'il fallut enlever les uns couper les autres et laver le reste. »

ajouté arquebusier et disaient : *Louis*[1], *le juste arquebusier.* Un jour, mais longtemps après, Nogent, en jouant à la paume ou au gros volant, avec le roi, lui cria : « A vous, Sire! » Le roi manqua. « Ah! vraiment, dit Nogent, voilà un beau Louis le Juste! » Il ne s'en fâcha point.

Il était un peu cruel, comme sont la plupart des sournois et des gens qui n'ont guère de cœur; car le bon sire n'était pas vaillant, quoiqu'il voulût passer pour tel (5). Au siège de Montauban, il vit sans pitié plusieurs huguenots, de ceux que Beaufort avait voulu jeter dans la ville, la plupart avec de grandes blessures, dans les fossés du château où il était logé. Ces fossés étaient secs;

1. Louis XIII est quelquefois surnommé *le Juste.* Mais est-ce l'Histoire qui lui donna ce surnom? Voici quelle en serait l'origine : un simple jeu de mots. La reine, pendant [sa grossesse, « demandait souvent, dit Hérouard, combien on tenait de la lune, craignant d'accoucher d'une fille, sur l'opinion vulgaire que les femelles naissent sur le décours et les mâles sur la nouvelle lune ». Tout se passa le mieux du monde, et la mère eut lieu de se réjouir. L'historiographe officiel, Vittorio Siri, aumônier du roi, nous apprend alors que le nouveau-né recevait le surnom de « Juste » parce qu'il naquit sous le signe astronomique de « la *Balance* ». Peut-être aussi, — bien que rien ne puisse justifier un crime, — aurait-il été surnommé *le Juste* après l'assassinat du maréchal d'Ancre, personnage d'ailleurs peu recommandable, pas plus que sa femme Léonor Galigaï, brûlée comme sorcière, et tous deux amenés d'Italie par Marie de Médicis. « Maintenant, je suis roi! » se serait écrié Louis XIII, d'une des fenêtres du Louvre, lorsqu'il apprit l'assassinat, par son ordre, de d'Ancre.

on les mit là comme en un lieu sûr, et il ne daigna jamais leur faire donner de l'eau. Les mouches mangeaient ces pauvres gens. Il s'est diverti
longtemps à contrefaire les grimaces des mourants.
Le comte de La Rocheguyon étant à l'extrémité,
le roi lui envoya un gentilhomme pour savoir
comment il se portait : « Dites au roi, dit le
comte, que dans peu, il en aura le divertissement.
Vous n'avez guère à attendre, je commencerai
bientôt mes grimaces. Je lui ai aidé bien des
fois à contrefaire les autres. J'aurai mon tour, à
cette heure ! »

Quand M. le Grand (Cinq-Mars) fut condamné,
il dit : « Je voudrais bien voir la grimace qu'il
fait sur l'échafaud ! » (Voir appendice n° 27.)

Quelquefois, il a raisonné passablement dans un
conseil, et même il semblait qu'il avait l'avantage sur le cardinal. Peut-être l'autre avait-il
l'adresse de lui donner cette satisfaction (6). La fai-
néantise l'a perdu. Puysieux[1] gouverna un temps;
puis La Vieuville[2], surintendant des finances,
fut comme une espèce de ministre avant la

1. Pierre Brulart, comte de Puisieux, secrétaire d'État, mourut
le 22 avril 1640.
2. Charles, duc de La Vieuville, surintendant des finances,
mourut le 2 janvier 1653. Voir LAVISSE : *Histoire de France*,
t. VI, p. 225 ; *Richelieu et La Vieuville*.

grande puissance du cardinal de Richelieu et
pensa faire enrager tout le monde. Il voulait
faire danser des courantes aux dames qui lui
allaient parler. Quand on lui demandait de l'argent,
il se mettait à faire des bras comme s'il eût nagé,
et disait : « Je nage, je nage, il n'y a plus de
fonds! » Scapin lui alla, une fois, demander je
ne sais quoi. Voilà La Vieuville, dès que cet
homme paraît, qui se met à faire le *zani*. Scapin
le regarde et puis lui dit : « *Mousou,* vous avez
fait mon métier, faites à cet *houre* le vôtre. » Le
roi, après lui avoir fait manger du foin confit
pour le traiter de cheval, le lendemain lui donne
la surintendance des finances. Lequel, à votre
avis, méritait le mieux de manger de l'herbe?
Enfin, le maréchal d'Ornano s'étant mis dans la
Bastille, volontairement, pour se justifier des
choses dont il disait qu'on l'accusait (7), le bruit
courut que c'était La Vieuville qui en était cause.
Les gens de Monsieur irritèrent leur maître qui
gronda tant qu'il fit donner congé à La Vieuville :
ce fut à Saint-Germain, et ce jour-là, comme il
partait, on lui fit faire un charivari épouvantable
par tous les marmitons, pour lui jouer, disait-on,
un branle de sortie.

Louis XIII, rebuté des débauches de Moulinier

et de Justice, deux des musiciens de la chapelle,
qui ne le servaient pas trop bien, leur fit retran-
cher la moitié de leurs appointements. Marais, le
bouffon du roi, leur donna une invention pour les
faire rétablir. Ils allèrent avec lui, au petit-cou-
cher, danser une mascarade demi-habillés. Qui
avait un pourpoint n'avait point de haut-de-
chausses. « Que veut dire cela? dit le roi. — C'est,
Sire, répondirent-ils, que les gens qui n'ont que la
moitié de leurs appointements ne s'habillent aussi
qu'à moitié. » Le roi en rit et les reprit en grâce.

Au voyage de Lyon, en une petite ville nommée Tournus, entre Chalon et Mâcon, un gar-
dien des Cordeliers voulut faire accroire à la
reine-mère que le roi, en passant, y avait fait
parler une muette en la touchant comme si elle
eût eu les écrouelles (8). On lui montra la fille.
Ce bon père disait l'avoir vue et après lui toute
la ville le disait aussi. Le Père Souffran fit faire
une procession et chanter. La reine prend ce bon
religieux, et ayant joint le roi, elle lui dit qu'il
devait bien louer Dieu de la grâce qu'il lui avait
faite d'opérer par lui un si grand miracle. Le
roi dit qu'il ne savait ce qu'on voulait dire, et le
Cordelier disait : « Voyez la modestie de ce bon
prince! » Enfin, le roi déclara que c'était une

fourberie et voulait envoyer des gens de guerre
pour punir ces imposteurs.

Dès lors, il aimait déjà Mme d'Hautefort (9)
qui n'était encore que fille de la reine. Les autres lui disaient : « Ma compagne, tu ne tiens
rien, le roi est sain ! »

Ses amours étaient d'étranges amours[1]. Il
n'avait rien d'un amoureux que la jalousie. Il
entretenait Mme d'Hautefort de chevaux, de chiens,
d'oiseaux et d'autres choses semblables. Il la fit
dame d'atours en survivance : elle eut quelques
dons. Mais il était jaloux d'Ecquevilly-Vassé et
il fallut qu'on lui fît accroire qu'il était parent de
la belle. Le roi le voulut savoir de d'Hozier. D'Ho-

1. Louis XIII eut-il vraiment de l'aversion, de l'éloignement
pour la femme ? Les textes et les anecdotes sont contradictoires.
S'il y eut éloignement, faut-il en attribuer l'origine à ce « jeu
solitaire » qui, si nous en croyons Hérouard, ne lui aurait point
déplu ? A propos de de Luynes et de Cinq-Mars, on a parlé
d'*inversion sexuelle* : c'est une bien grave accusation ! Aucun document ne l'autorise encore de façon formelle. « Mais,
je ne serais pas étonné, écrit le Dr GUARDIA : *La médecine à
travers les siècles*, que l'histoire qui est une enquête perpétuelle
nous fît quelque révélation d'un nouveau genre et nous pourrions avoir, un jour, le vrai secret de cette faveur aussi extraordinaire par son origine que par sa durée. » Cité par le Dr CABANÈS :
Le cabinet secret de l'Histoire. A. Michel, édit., Paris, 1905. Un
peu plus loin, Tallemant écrit : Bois-Robert fit des paroles, sur
un air, à propos de l'amour du roi pour Mlle d'Hautefort :
« Elles vont bien, dit Louis XIII, mais il faudrait ôter le mot
de *désirs*, car je ne désire rien ! »

MARIE DE MÉDICIS
Femme de Henri IV

zier avait le mot et dit tout ce qu'on voulut[1]. Ce
M. d'Ecquevilly était un fort galant homme, il
fit longtemps l'amour à la reine avec des révérences; et c'est assez dire à une reine. Le cardinal
l'éloigna parce que c'était un garçon qui ne craignait rien; il avait *morgué* le grand maître en
cajolant Mme de Chalais sous sa moustache. C'était
un homme froid. Il avait une galerie et, après
avoir fait des merveilles au combat qui se donna
auprès de Gênes, à la naissance de M. le Dauphin,
où il fit des protestations contre Le Pont de Courlay qui ne voulait pas donner, il reçut un coup
de mousquet dans le visage, qui le défigurait
tout. Il ne voulut plus vivre et ne souffrit pas
qu'on le pansât.

Mme de La Flotte, veuve d'un des MM. du Bel-
lay, chargée d'affaires et d'enfants, s'offrit, quoique ce fût un emploi au-dessous d'elle, d'être
gouvernante des filles de la reine-mère, et elle
l'obtint par importunité. Elle donna la fille de sa
fille, dès l'âge de douze ans, à la reine-mère :
c'est Mme d'Hautefort. Elle était belle. Le roi en

1. Nous n'avons pas en mains le document nécessaire pour
contrôler cette allégation contre d'Hozier, l'érudit généalogiste,
fondateur de la généalogie française. La généalogie des Hautefort se trouve-t-elle dans sa *Généalogie des principales familles
de France :* 150 vol. man. à la Bibl. nat.

devint amoureux et la reine jalouse, ce dont le roi ne se souciait pas autrement. Cette fille, songeant à se marier, ou voulant donner quelque inquiétude au roi, souffrit quelques cajoleries. Huit jours, il était bien avec elle, huit jours il la haïssait quasi. Quand la reine-mère fut arrêtée à Compiègne, on fit Mme de La Flotte dame d'atour en la place de Mme du Fargis, et sa petite-fille est reçue en survivance.

En je ne sais quel voyage, le roi alla à un bal dans une petite ville; une fille nommée Catin Gau, à la fin du bal, monta sur un siège pour prendre, non un bout de bougie, mais un bout de chandelle de suif dans un chandelier de bois. Le roi dit qu'elle fit cela de si bonne grâce qu'il en devint amoureux. En partant, il lui fit donner dix mille écus pour sa vertu.

Le roi s'éprit, après, de La Fayette (10). La reine et Hautefort se liguèrent contre elle, et depuis cela furent bien ensemble. Le roi retourna à Hautefort. Le cardinal la fit chasser : cela ne la désunit point d'avec la reine. Un jour, Mme d'Hautefort tenait un billet. Il le voulut voir, elle ne voulut pas. Enfin, il fit effort pour l'avoir; elle qui le connaissait bien, se le mit dans le sein, et lui dit : « Si vous le voulez, vous le prendrez donc là ? » Savez-vous bien ce qu'il fit? Il prit les pincettes de la cheminée, de peur de toucher à la gorge de cette belle fille[1].

Le feu roi commençait à cajoler une fille en lui disant : « Point de mauvaises pensées. » Pour une femme mariée, il n'avait garde. Une fois, il avait fait un air qui lui plaisait fort. Il envoya quérir Bois-Robert[2] pour lui faire les paroles. Bois-Robert en fit sur l'amour que le roi avait pour Hautefort. Le roi lui dit : « Ils vont bien, mais il faudrait ôter le mot *désirs*, car je ne désire rien. » Le cardinal lui dit : « Le Bois, vous êtes en faveur, le roi vous a envoyé quérir. » Bois-Robert lui conta la chose. Or, devinez ce qu'il fait faire : ayant la liste des mousquetaires, il y

1. Nous n'insisterons pas sur cette anecdote que les mémorialistes contemporains et les principaux historiens de Louis XIII ont raconté, chacun avec sa variante de détail, mais pour, en somme, arriver au même dénouement. Tamisey de Larroque semble l'avoir mise au point dans l'*Intermédiaire*, 1866, p. 36.
2. Bois-Robert (François-Metel de), né à Caen vers 1592, mort en 1662, poète et abbé de cour, d'un esprit endiablé, mais qui paraît n'avoir pas été personnage bien recommandable. Fut appelé « le bouffon du Cardinal ». Il a son « Historiette » dans Tallemant. « Pour divertir Richelieu, dit-il, et contenter en même temps l'envie qu'il avait contre le *Cid*, il le fit jouer devant lui, en ridicule, par les laquais et les marmitons. Entre autres choses, en cet endroit où don Diègue dit à son fils : *Rodrigue, as-tu du cœur?* Rodrigue répondait : *Je n'ai que du carreau.* » On voit qu'elle n'est pas d'hier, cette plaisanterie si connue.

avait des noms béarnais du pays de Tréville, qui
était des noms à tuer chiens; Bois-Robert en fit
une chanson, le roi la trouva admirable.

La reine, à ce que dit le journal du cardinal,
s'était blessée pour avoir mis un emplâtre avant
que d'être grosse de Louis XIV. Le roi couchait fort
rarement avec elle (11). On appelait cela mettre le
chevet, car la reine n'en mettait point pour l'ordinaire. Il dit, quand on vint lui annoncer que la
reine était grosse : « Il faut donc que ce soit d'un
tel temps. » Pour une pauvre fois, il prenait
quelques rafraîchissements et on le saignait souvent. Cela ne servait pas à santé. J'oubliais que
son premier médecin, Hérouard, a fait plusieurs
volumes de tout ce que le roi a fait, qui commen-
cent depuis l'heure de sa naissance jusqu'au siège
de La Rochelle, où vous ne voyez rien, sinon à
quelle heure il se réveilla, déjeuna, cracha, pissa,
chia (12).

Au commencement, le roi était assez gai, et se
divertissait assez avec M. de Bassompierre. Il a dit
quelquefois de plaisantes choses. Le fils de Sébastien Zamet, qui mourut maréchal de camp à
Montauban, avait avec lui La Vergne, depuis gouverneur du duc de Brézé, qui était curieux d'ar-
chitecture et s'y entendait un peu. Or, ce Zamet

était un homme fort grave et qui faisait des révérences compassées. Le roi disait qu'il lui semblait, quand Zamet faisait des révérences, que La
Vergne était derrière pour les mesurer avec sa
toise. Ce fut lui qui fit la chanson :

> Semez graine de coquettes,
> Et vous aurez des cocus.

Il aima Barradas (13) violemment. On l'accusait
de faire cent ordures avec lui. Il était bien fait.
J'ai ouï dire à Barradas, qui est un assez pauvre
homme, que le cardinal de Richelieu et la feue
reine avaient bien brouillé l'esprit au roi. Ils faisaient venir des gens supposés qui apportaient des
lettres contre les plus grands de la Cour. La reine-
mère écrivait au roi : « Votre femme fait galanterie avec M. de Montmorency, avec Buckingham[1],
avec celui-ci, avec celui-là. » Les confesseurs

1. Buckingham (1592-1628). D'une élégance raffinée, fut en
France — nous n'avons pas à juger son rôle en Angleterre —
l'ambassadeur du roi Jacques, qui le comblait de dotations et
de dignités. Vain, fastueux et d'un luxe inouï, criblé de dettes, il
aurait été, mais rien ne le prouve, l'amant d'Anne d'Autriche.
Presque chassé de France par Louis XIII que de malignes inter-
prétations irritaient, et surtout parce qu'il voulut intervenir en
faveur des protestants français, il conduisit lui-même une flotte
anglaise en vue de la Rochelle. Cette expédition échouait,
piteusement. Il fut assassiné à Portsmouth par le matelot
Felton qu'avaient excité les nombreux pamphlets contre Buckingham. Voir son rôle dans les *Trois Mousquetaires* de
DUMAS.

gagnés ne lui disaient que ce qu'on leur faisait
dire. Ce Barradas n'était qu'un brutal, il donna
bientôt prise sur lui.

A la poursuite des financiers, la reine-mère était
implacable pour Beaumarchais, à cause du maréchal de Vitry, son gendre[1]. On s'avisa, pour l'en
sauver, d'offrir Mlle de La Vieuville, fille de l'autre gendre, à Barradas, avec huit cent mille livres.
Le roi en fut fort aise : « Mais, dit-il, il faut faire
le compte rond : il faut un million. » Barradas
le dit à quelque babillard ; le cardinal de Richelieu
qui ne voulait point que La Vieuville eût de l'appui et qui voulait peut-être satisfaire la reine-
mère, dit au roi : « Sire, voilà qui est bien, mais
il m'a offert (cela était faux) un million de sa
charge de trésorier de l'Épargne, qui en vaut encore autant. » Cela cabra Vitry et La Vieuville.
L'affaire fut rompue. Beaumarchais fut fondu en

1. Nicolas de l'Hopital, marquis de Vitry, maréchal de France,
avait épousé Lucrèce-Marie Bouheir, fille aînée de Vincent
Bouheir, trésorier de l'Epargne. La sœur de la maréchale de
Vitry avait épousé le duc de la Vieuville. C'est ce maréchal de
Vitry, alors qu'il était seulement capitaine des gardes, qui,
chargé d'arrêter le maréchal d'Ancre, le tua de trois coups de
pistolet. Il fut également célèbre parce qu'il avait bâtonné l'archevêque de Bordeaux, M. de Sourdis, grand ami de Richelieu,
qui l'accusait, se piquant de « se connaître en marine », d'avoir
fait échouer « l'entreprise sur les îles Lérins ». C'est un peu
pour cette double aventure qu'il fut mis à la Bastille.

effigie dans la cour du palais. Il laissa encore des
biens prodigieux. Il avait l'île de l'Aiguillon, près
la Rochelle, et six vaisseaux qu'il envoyait aux
Indes. Il faisait accroire que sa richesse venait
de là.

Le roi ne voulait pas que Barradas se mariât,
et lui, amoureux de la belle Cressias, fille de la
reine, voulut l'épouser à toute force. Le cardinal
se servait de l'indignation du roi pour s'en défaire.
Le voilà relégué chez lui. Saint-Simon[1] prend sa
place. Il était page de la chambre, aussi bien que
Barradas; mais c'était, et c'est encore un homme
qui n'a rien de recommandable et qui est mal
fait. Celui-ci dura plus longtemps que l'autre, et
alla deux ou trois ans près de M. le Grand. Il y a
fait fortune et est duc et pair reçu au Parlement.
Le cardinal se servit encore de quelque dégoût du
roi, car il ne voulait pas que ses petits favoris
s'ancrassent trop. Le roi prit amitié pour Saint-
Simon, à cause, disait-il, que ce garçon lui rapportait toujours des nouvelles certaines de la
chasse, qu'il ne tourmentait pas trop ses chevaux,

1. Ce Saint-Simon, « qui portait dans un cor », fut le père du
fameux duc de Saint-Simon, dont les Mémoires, une de nos
œuvres historiques les plus extraordinaires, les plus à l'emporte-
pièce, sont injustes et terribles pour ceux que le duc n'aime
point.

et qui, quand il portait en un cor (pour sonner du cor), il ne bavait point dedans. Voilà d'où vient sa fortune.

Une fois que le roi dansait je ne sais quel ballet de la *chasse au merle*, qu'il aimait tendrement et qu'il avait nommé *la merlaison*, un M. de Bourdonné qui connaissait M. Godeau [1], depuis évêque de Grasse, à cause qu'il est voisin de Preux, d'où est ce prélat, lui écrivit : « Monsieur, sachant que vous faites joliment des vers, je vous prie de faire les vers du ballet du roi dont j'ai l'honneur d'être et d'y mettre souvent le mot de *merlaison* parce que Sa Majesté l'aime. » M. Godeau est encore à faire ces vers [2].

1. Godeau, évêque de Grasse, fut un de ces anciens évêques de cour parmi les plus spirituels et les plus séduisants. Nous le retrouverons tout à l'heure à l'hôtel de Rambouillet, où son surnom fut : *le nain de Julie*, Julie d'Angennes. Fut de l'Académie française. Dans son *Historiette*, Tallemant dit : « Il chantait, il rimait, il buvait et avait toujours le mot pour rire ; il était fort enclin à l'amour, et comme il était naturellement volage, il a aimé en plusieurs lieux. Peu à peu il se mit à travailler aux choses spirituelles et il fallait qu'il y fût bien né, car je trouve qu'il a fait tout autre chose pour le créateur que pour les créatures... »

2. Qui furent faits par un autre que Godeau, puisque le ballet existe. On lit, sous la date de 1635, cette indication dans l'ouvrage attribué au duc de LA VALLIÈRE : *Ballet de la Merlaison, à seize entrées, dansé par Sa Majesté au château de Chantilly le 15 mars 1635*, Paris, Jean Martin : *Ballets, opéras et autres ouvrages lyriques par ordre chronologique*. Paris, Bauche, 1760, p. 62.

Le soin qu'on avait d'amuser le roi à la chasse (14) servit fort à le rendre sauvage. Mais cela ne l'occupa pas si fort qu'il n'eût tout le loisir de s'ennuyer. Il prenait quelquefois quelqu'un et lui disait : « Mettons-nous à cette fenêtre, puis, ennuyons-nous, ennuyons-nous ! » et il se mettait à rêver[1].

On ne saurait quasi conter tous les beaux métiers qu'il apprit (15), outre ceux qui concernent la chasse, car il savait faire des canons de cuir, des lacets, des filets, des arquebuses, de la monnaie, et M. d'Angoulême lui disait plaisamment : « Sire, vous portez votre abolition avec vous. » Il était bon confiturier, bon jardinier ; il fit venir des pois verts qu'il envoya vendre au marché. On dit que Montmauron les acheta bien cher, parce que c'étaient les premiers venus. Montmauron acheta aussi, pour faire sa cour, tout le vin de Ruel du cardinal de Richelieu, qui était ravi de dire : « J'ai vendu mon vin cent livres le muid. »

Le roi se mit à apprendre à larder[2]. On voyait

1. Voir la fin de l'*Appendice 14*. Dans maintes lettres, le roi fait allusion à cette mélancolie, par exemple : *De St-Germain, le 23 janvier 1634, à Richelieu...* « Pour répondre à votre lettre, je vous dirai qu'il est vrai que j'ai quelque mélancolie, laquelle se passera avec le temps, faisant tout ce que je peux pour me réjouir... » *De Saint-Germain, 11 septembre 1640* : « Je me porte assez bien aujourd'hui, mais toujours dans la mélancolie... »

2. Voir *Appendice* n° 15.

venir l'écuyer Georges avec de belles lardoires et
de grandes longes de veau. Et une fois, je ne sais
qui vint dire que Sa Majesté lardait. Voyez comme
cela s'accorde bien ! Majesté et larder !

J'ai peur d'oublier quelqu'un de ses métiers. Il
rasait bien, et, un jour, il coupa la barbe à tous
ses officiers, et ne leur laissa qu'un petit toupet
au menton. On en fit une chanson :

> Hélas ! ma pauvre barbe,
> Qu'est-ce qui t'a faite ainsi ?
> C'est le grand roi Louis
> Treizième de ce nom
> Qui toute a ébarbé sa maison.
>
> Ça, Monsieur de La Force,
> Que je vous la fasse aussi :
> Hélas ! Sire, merci !
> Ne me la faites pas,
> Plus ne connaîtraient vos soldats !
>
> Laissons la barbe en pointe
> Au cousin de Richelieu,
> Car, par la Vertudieu !
> Ce serait trop oser
> Que de la lui prétendre raser.

Il composait en musique et ne s'y connaissait
pas mal. Il mit un air à ce rondeau sur la mort
du cardinal (16) :

> Il a passé, il a plié bagages, etc.

Miron, maître de comptes, l'avait fait. Il peignait un peu. Enfin, comme dit son épitaphe :

> Il eut cent vertus de valet
> Et pas une vertu de maître.

Son dernier métier fut de faire des châssis avec M. de Noyers[1]. On lui a pourtant trouvé une vertu de roi, si la dissimulation en est une. La veille qu'on arrêta MM. de Vendôme, il leur fit mille caresses[2] et, le lendemain, comme il disait à M. de Liancourt : « Eussiez-vous cru cela? — Non, Sire, dit M. de Liancourt, car vous avez trop bien joué votre personnage! » Il témoigna que cette réponse ne lui avait pas été trop agréa-

1. Ce Des Noyers aurait eu, paraît-il, l'étrange ambition d'avoir le génie de Richelieu. Il fut, d'ailleurs, secrétaire d'État. Pendant toute une assez longue période, le roi parut ne point pouvoir s'en passer, et ne rien faire sans vouloir le consulter; marques de familiarité qui lui donnaient un air véritable de faveur et, dit un historien de Louis XIII, « on pensa qu'il deviendrait premier ministre; mais, s'il fut assez ambitieux pour aspirer à cette place, il n'eut pas assez de génie ni assez de bonheur pour y pouvoir parvenir ». Puis, alors que s'éclipsait petit à petit sa faveur ; « Noyers semble me menacer de se retirer quand je ne suis point de son avis, déclarait un jour le roi, je laissais prendre au cardinal de Richelieu ce ton-là, par ce que je ne pouvais trouver un ministre capable de le remplacer, mais pour des Noyers j'en trouverai cent qui vaudront autant que lui. »
2. Voir sur ces faux semblants d'amitié l'*Appendice* n° 7, arrestation de d'Ornano.

ble; cependant, il semblait qu'il voulait qu'on le louât d'avoir si bien dissimulé.

Il fit une fois une chose que son frère n'eût pas faite. Plessis-Besançon lui allait rendre de certains comptes, et, comme c'est un homme assez appliqué à ce qu'il fait, il étale ses registres sur la table du cabinet du roi, après avoir mis, sans y penser, son chapeau sur sa tête. Le roi ne lui dit rien. Quand il eut fait, il cherche son chapeau partout, le roi lui dit : « Il y a longtemps qu'il est sur votre tête!... »

M. d'Orléans envoya offrir un carreau à un homme qui, sans y penser, s'était assis dans une salle comme Son Altesse Royale s'y promenait. Le roi ne voulait pas que ses premiers valets de chambre fussent gentilshommes, car il disait qu'il voulait pouvoir les battre, et il ne croyait pas pouvoir battre un gentilhomme sans se faire tort. A ce compte, il ne prenait pas Beringhem pour un gentilhomme (17).

J'ai déjà dit qu'il était naturellement médisant. Il disait : « Je pense que tels et tels sont bien aises de mon édit des duels. » (18) Il se raillait de ceux qui ne se battaient pas au temps même où il faisait une déclaration contre ceux qui se battaient. Il avait quelque chose du hobereau, car il

croyait qu'il y allait de son honneur qu'un ser-
gent entrât chez lui, et il en voulait faire battre
un qui était venu remplir sa charge dans la cour
de Fontainebleau pour dette, sans capture. Mais
quelque conseiller d'État qui se trouva là lui dit :
« Mais, Sire, il faudrait savoir au nom et en l'autorité de qui il a fait cela. » On apporte les pièces :
« Eh ! Sire, lui dit-on, c'est de par le roi, et ces
gens-là sont ministres de votre justice. Philippe II,
roi d'Espagne, ordonna que les sergents entre-
raient dans toutes les maisons des grands et depuis
cela on leur porte respect partout. »

On l'a reconnu avare en toutes choses. Mézerai[1] lui présenta un volume de son *Histoire de
France*. Le roi trouva le visage de l'abbé Suger à
sa fantaisie, il en fit le crayon sans rien dire,
bien loin de rien donner à l'auteur. Il raya, après
la mort du cardinal, toutes les pensions des gens

---

1. Le premier par sa date de nos historiens français. 1610-1683.
Fut le successeur de Conrart à l'Académie. Historiographe du
roi. Pour l'époque, son Histoire de France, aujourd'hui si fort
démodée, naturellement, eut une immense valeur. Les contemporains parlent de son humeur plutôt difficile et rapportent de
lui maintes boutades désobligeantes; ce fut un original. En
plein jour il fermait tous les volets de sa chambre pour y pouvoir travailler à la lumière et reconduisait les visiteurs jusqu'au
milieu de la rue, un flambeau à la main. Né à Ri, dans l'Orne,
il a sa statue sur l'une des places de Caen.

de lettres, en disant : « Nous n'avons plus affaire de cela ! »

Depuis la mort du cardinal, M. de Schomberg lui dit que Corneille voulait lui dédier la tragédie de *Polyeucte* (**19**). Cela lui fit peur parce que Montauron avait donné deux cents pistoles à Corneille pour *Cinna*[1]. « Il n'est pas nécessaire, dit-il, — Ah ! Sire, reprit M. de Schomberg, ce n'est point par intérêt. — Bien donc, dit-il, il me fera plaisir. » Ce fut à la reine-mère qu'on la dédia, car le roi mourut entre deux.

Une fois, à Saint-Germain, il voulut voir l'état de sa maison pour la bouche. Il retrancha un potage au lait à la générale Coquet, qui en mangeait un tous les matins. Il est vrai qu'elle était assez truie sans cela. Il trouva sur le compte des

1. L'usage des Épîtres dédicatoires était une ressource — qui remplaçait nos *droits d'auteur* d'aujourd'hui — pour les auteurs faméliques, ou... un peu trop portés à l'épargne; tel Corneille, que ses contemporains eux-mêmes ont raillé d'avoir dédié *Cinna* au grossier partisan Montauron. Le « poète burlesque » Scarron protestait spirituellement contre cette coutume en dédiant la *Satire des auteurs* à très honnête et divertissante chienne Guillemette. Cl. Le Petit, en tête de *l'Heure du berger*, place une dédicace qui est la critique des dédicaces. Furetière, imitant Scarron, adresse une dédicace plaisante « à très haut et redouté seigneur Jean Guillaume, maître des hautes œuvres de Paris ». Molière n'écrivit guère de dédicaces et, pour peu qu'on les veuille comparer à celles des écrivains de son temps, on y trouvera toujours une flatterie plus délicate et une certaine retenue qui s'allie mieux à la dignité de l'écrivain.

biscuits que l'on avait donnés à M. de La Vrillière.
Dans ce même moment, M. de la Vrillière entra.
Il lui dit brusquement : « A ce que je vois, La
Vrillière, vous aimez fort les biscuits. » En
revanche, il parut bien libéral quand, en lisant :
un pot de gelée pour un tel, qui était malade, il
dit : « Je voudrais qu'il m'en eût coûté six et qu'il
ne fût pas mort. Il retrancha trois paires de
mules de sa garde-robe et M. le marquis de Rambouillet, qui en était un grand-maître, lui ayant
demandé ce qu'il voulait qu'on fît de vingt pistoles qui étaient restées de ce qu'on avait donné
pour acheter des chevaux pour le chariot du lit,
il lui dit : « Donnez-les à un tel, mousquetaire, à
qui je les dois. Il faut commencer par payer ses
dettes. » Il rabattit aux fauconniers du cabinet
les bouts carrés qu'ils achetaient pour peu de
chose des écuyers de cuisine et les leur fit donner
pour leurs oiseaux sans récompenser les écuyers
de cuisine.

Il n'était pas humain (20). En Picardie, il vit
des avoines toutes fauchées, quoiqu'elles fussent
encore toutes vertes et plusieurs paysans assemblées autour de ce dégât ; mais qui, au lieu de se
plaindre de ses chevau-légers qui venaient de faire
ce bel exploit, se prosternaient devant lui et le

bénissaient. « Je suis bien fâché, leur dit-il, du dommage qu'on vous a fait là[1]. — Cela n'est rien, Sire, lui dirent-ils, tout est à vous; pourvu que vous vous portiez bien, c'est assez. — Voilà un bon peuple », dit-il à ceux qui l'accompagnaient. Mais il ne leur fit rien donner ni ne songea à les faire soulager des tailles.

Je pense qu'une des plus grandes humanités qu'il ait eues en sa vie, ce fut en Lorraine. Le paysan chez qui il dînait, dans un village où ils étaient bien à leur aise avant cette dernière guerre, fut tellement charmé d'un potage de perdrix aux choux, qu'il le suivit, jusque sur la table du roi. Le roi dit : « Voilà un beau potage! — C'est bien l'avis de votre hôte, Sire, dit le maître d'hôtel, il n'a pas ôté les yeux de dessus. — Vraiment, dit le roi, je veux qu'il le mange. » Il le fit recouvrir et ordonna qu'on le lui servît :

Le cardinal ayant chassé Hautefort, et La Fayette s'étant faite religieuse[2], le roi dit qu'il voulait aller au bois de Vincennes, et, en passant,

---

1. Voir l'*Appendice*. Faire cette réponse toute banale était déjà preuve d'humanité. Que de rois n'auraient pas daigné répondre ainsi aux « vilains » dont les armées, suivant l'usage d'alors, avaient ravagé, pillé les champs, ou brûlé les misérables demeures!

2. Voir *Appendice*, n°s 9 et 10.

fut cinq heures aux filles de Sainte-Marie où
était La Fayette. En sortant, Nogent lui dit :
« Sire, vous venez de voir la pauvre prisonnière ?
— Je suis plus prisonnier qu'elle », répondit le
roi. Le cardinal eut du soupçon de cette longue
conversation et y envoya M. de Noyers à qui M. de
Tresnes n'osa refuser la porte. Cela rompit les
chiens.

L'Éminentissime, voyant bien qu'il fallait quelque amusement au roi (21), jeta les yeux, comme j'ai
déjà dit, sur Cinq-Mars qui déjà était assez agréable
au roi[1]. Il avait ce dessein de longue main, car le

[1]. Cinq-Mars occupe une si grande place dans le règne de
Louis XIII, qu'une biographie rapide est nécessaire : il la faut,
d'ailleurs, pour enchaîner les unes aux autres les anecdotes de
Tallemant. Henri Coiffier de Ruzé, second fils du marquis
d'Effiat. Dut à la protection de Richelieu, dont son père était
l'ami, d'entrer à la cour comme capitaine aux gardes — il avait
alors quinze ans — et d'être ensuite attaché à la personne de
Louis XIII pour distraire ce roi mélancolique et sans doute
aussi pour le soustraire à l'influence de Mᵐᵉ d'Hautefort, qui
n'aima jamais le cardinal. Élégant, spirituel, d'avenante tour-
nure, Cinq-Mars sut rapidement conquérir l'affection du roi : il
le décidait même à répudier sa maîtresse. Bientôt il devint
grand écuyer de France (Monsieur le Grand). Alors il eut de
vastes ambitions, jusqu'à rêver le partage du pouvoir avec
Richelieu. Le cardinal s'inquiéta, et à l'occasion « le gourmanda
comme un valet ». Dès lors Cinq-Mars ne cessa d'aigrir le roi
contre son ministre, puis avec Gaston d'Orléans, le duc de
Bouillon et, aussi, la complicité tacite de la reine, il complota
le renversement de Richelieu. Par l'entremise du marquis de
Fontrailles, les conjurés signèrent avec l'Espagne un traité par
lequel cette puissance promettait l'appui de ses troupes et de

marquis de La Force fut trois ans sans se pouvoir
défaire de sa charge de grand maître de la garde-
robe (je pense qu'on lui avait donné celle-ci au
lieu de celle de capitaine des gardes du corps. Le
cardinal ne voulait pas qu'un autre que Cinq-
Mars l'eût. En effet, M. d'Aumont, frère aîné de
M. Villequier, aujourd'hui maréchal d'Aumont,
ne put y être reçu, quoiqu'il eût de bonnes paroles
du roi.

Au commencement, M. de Cinq-Mars faisait
faire débauche au roi. On dansait, on buvait des
santés (22). Mais, comme c'était un jeune homme
fougueux et qui aimait ses plaisirs, il s'ennuya
bientôt d'une vie qu'il n'avait prise qu'à contre-
cœur. D'ailleurs La Chesnaye, premier valet de
chambre, qui était son espion, le mit mal avec le

son argent. Richelieu, qui réussissait à se procurer une copie du
traité, le montrait à Louis XIII. Arrêté à Narbonne, Cinq-Mars
était transféré à Tarascon, avec son ami de Thou, son confident. Conduits à Lyon, ils furent jugés par une « commission
extraordinaire » que composaient quelques membres du Parlement de Grenoble. Trahis par les lâches aveux de Gaston d'Orléans, ils furent condamnés à mort et décapités le 12 septembre
1642, sur la place des Terreaux ; Richelieu fit démanteler le
château de Cinq-Mars et raser le bois du domaine « jusqu'à hauteur d'infamie ». — Rappellerons-nous le roman d'ALFRED DE
VIGNY, Cinq-Mars, ou une conjuration sous Louis XIII; ce roman
qui, dans les romans historiques, occupe une place importante,
« roman-type ». Il est plutôt une suite de tableaux intéressants
et pittoresques.

cardinal, car il lui disait cent bagatelles du roi (23) que l'autre ne lui disait point, et que le cardinal voulait qu'on lui dît. Cinq-Mars devenu grand écuyer et comte de Dampmartin, fit chasser La Chesnaye, mais aussi la guerre fut déclarée par ce moyen entre le cardinal et lui.

Nous avons dit comment le roi l'aimait éperdument. Fontrailles racontait qu'étant entré une fois à Saint-Germain, fort brusquement, dans la chambre de M. le Grand, il le surprit comme il se faisait frotter depuis les pieds jusqu'à la tête d'huile de jasmin et, se mettant au lit, il lui dit d'une voix peu assurée : « Cela est plus propre. » Un moment après, on heurte, c'est le roi (24). Il y a apparence, comme le dit le fils de feu L'Huillier, à qui on contait cela, qu'il s'huilait pour le combat. On m'a dit aussi qu'en je ne sais quel voyage le roi se mit au lit dès sept heures. Il était fort négligé, à peine avait-il une coiffe à son bonnet. Deux grands chiens sautent sur le lit aussitôt, le gâtent tout et se mettent à baiser Sa Majesté. Il envoya déshabiller M. le Grand, qui revint paré comme une épousée : « Couche-toi, couche-toi, » lui dit-il d'impatience. Il se contenta de chasser les chiens sans faire refaire le lit et ce mignon n'était pas encore dedans qu'il

lui baisait déjà les mains. Dans cette grande
ardeur, comme il ne trouvait pas que M. le Grand
y correspondît de trop, car il avait le cœur ailleurs, il lui disait : « Mais, mon cher ami, qu'as-
tu? Que veux-tu? Tu es tout triste? De Niert, de-
mande-lui ce qui le fâche; dis-moi, as-tu jamais
vu une telle faveur? » Il le faisait épier pour
savoir s'il allait en cachette quelque part.

M. le Grand avait été amoureux (25) de Marion
de Lorme, plus qu'il ne l'était alors. Une fois,
comme il allait la trouver en Brie, il fut pris pour
un voleur par des gens qui, effectivement, cou-
raient après des voleurs. Ils l'attachèrent après
un arbre, et, sans quelqu'un qui le reconnut, ils
l'eussent mené en prison. Mme d'Effiat eut peur
qu'il n'épousât cette fille et eut des défenses du
Parlement. Il a fait enrager sa mère quelque
temps, car elle est avare, et lui, par dépit, chan-
geait d'habits quatre fois le jour, et l'allait voir
autant de fois. Elle était pourtant revenue de
cette aversion depuis qu'il était en faveur. Elle
pouvait bien l'aimer, car il n'y avait que lui qui
valût quelque chose. Il avait du cœur. Il s'était
battu, et fort bien, contre du Dognon, aujourd'hui
le maréchal Foucault. Il avait de l'esprit et était
fort bien fait de sa personne. Son aîné est mort

fou; cet aîné faisait des semelles de souliers des
plus belles tapisseries de Chilly et l'abbé est fort
peu de chose, quoiqu'il ait assez d'esprit.

La plus grande amour pour M. le Grand, en ce
temps-là, c'était Chemerault[1], aujourd'hui Mme de
La Bazinière. Elle était alors en religion à Paris,
Elle avait été chassée à cause de lui, et enfin on
l'envoya en Poitou. Un soir, à Saint-Germain, il
rencontra Ruvigny et lui dit : « Suivez-moi, il
faut que je sorte pour aller parler à Chemerault.
Il y a un endroit des fossés par où je prétends
passer; on m'y attend avec deux chevaux. » Ils
sortent, mais le palefrenier s'était endormi à terre
et on lui avait pris ses deux chevaux. Voici M. le
Grand au désespoir. Ils vont dans le bourg pour
tâcher à avoir d'autres chevaux et ils aperçoivent
un homme qui les suivait de loin. C'était, comme
on l'a su depuis, un chevau-léger de la garde, le
plus grand espion qu'eût le roi pour M. le Grand.
M. le Grand, l'ayant reconnu, l'appelle et lui parle.
Cet homme leur voulait faire accroire qu'il s'allait
battre. Il lui protesta que non. Enfin cet homme
se retira. Ruvigny conseilla à M. le Grand de s'en

1. Nous avons vu dans cette « Historiette » et dans les
appendices que ce fut une des favorites, mais si peu! si peu!
de Louis XIII.

retourner, de peur d'irriter le roi, de se recou-
cher, et, à deux heures de là, envoyer prier quelques officiers de la garde-robe de le venir entretenir parce qu'il ne pouvait dormir, qu'ainsi il
ôterait pour un temps la créance à ses espions,
car on ne manquerait pas, le lendemain, de dire
au roi qu'il était sorti. M. le Grand crut ce conseil.
Le lendemain, le roi lui dit : « Ah ! vous avez été
à Paris? » Lui produit ses témoins. L'espion fut
confondu et il eut le loisir de faire trois voyages
nocturnes à Paris.

Pour dire le vrai, la vie que le roi lui faisait
faire était une triste vie. Le roi vraisemblablement
fuyait le monde et surtout Paris, parce qu'il avait
honte de la calamité du peuple. On ne criait
presque point : *Vive le roi!* quand il passait, mais
il n'était pas capable de mettre ordre à rien. Il
ne s'était réservé que le soin de pourvoir aux
compagnies du régiment des gardes et des vieux
corps et était jaloux de cela plus que de toute autre
chose. On a remarqué que le roi aimait tout ce
que M. le Grand haïssait et que M. le Grand haïssait tout ce que le roi aimait. Ils ne s'accordèrent
qu'en une chose, c'est à haïr le cardinal (26). J'ai
déjà dit ailleurs toute cette histoire [1], M. le Grand

1. Dans l'*Historiette* qu'a faite Tallemant, du cardinal Riche

s'enfuit trop tard ; il s'était sauvé à Narbonne chez
un particulier dont la fille était bien avec son
valet de chambre, Belet, qui l'y conduisit. Il y
avait vingt-quatre heures qu'il y était, quand le
père de cette fille, un vieux bonhomme, qui ne
sortait guère, étant allé à la messe, entendit crier
à son de trompe, que quiconque découvrirait où
était M. le Grand aurait tant de récompense, et
défense de le cacher sous peine de la vie. « Hé !
dit-il, ne serait-ce point cet homme qui est chez
nous? Comment est-il fait? » Ainsi on prit le
pauvre M. le Grand (27).

... Après la mort (28) du cardinal de Richelieu,
le roi témoigna de la joie de recevoir le paquet
lui-même (29). Il disait qu'il n'aurait jamais de
favori à garder. Il affectionnait, ce semblait, M. de
Noyers plus que pas un autre, et, quand on parlait de travailler, si M. de Noyers n'y était pas[1] :
« Non, non, disait-il, attendons le petit bonhomme. » L'autre venait avec sa bougie en *cati-
mini*. Il était bon pour servir sous un autre.
Jésuite galloche, car il l'était sans porter l'habit et
sans demeurer avec eux. Ce fut pourtant lui qui

lieu. Voir également, dans l'*Historiette de Voiture*, les craintes
que ressentit la reine de Pologne mêlée à toute cette intrigue
par des lettres compromettantes.
    1. Pour Noyers, voir, à cette Historiette, la note page 153.

fit chasser le Père Sirmond, mais c'était pour
mettre un autre qui fût plus jésuite, s'il faut ainsi
dire, car ce bon père est un peu trop franc, et il ne
fait que de petits livres, eux veulent qu'on fasse
de gros volumes. Le petit bonhomme, se fiant à
l'affection du roi, se trouva attrapé, car le cardinal Mazarin et Chavigny donnaient à ceux qui
approchaient le roi et quoiqu'il fût toujours à
Saint-Germain et eux presque toujours à Paris,
ils le débusquèrent pourtant. Il mourut peu après
à Dangu, une maison à lui auprès de Pontoise.
On grattait déjà à sa porte, comme à celle du
cardinal. Le feu roi mourut bientôt après. Il avait
toujours craint le diable, car il n'aimait point
Dieu, mais il avait grand'peur de l'enfer. Il lui
prit une vision, il y a vingt ans, de mettre son
royaume sous la protection de la Vierge[1] et dans

---

1. C'est le 10 février 1637 que Louis XIII vouait à la Vierge
sa personne et son royaume : étrange idée que lui suggéra
Mlle de La Fayette. Ce texte qu'en cite Tallemant est inexact.
Dans la *Déclaration du Roy par laquelle Sa Majesté déclare
qu'elle a pris la très saincte et très glorieuse Vierge pour protectrice spéciale du royaume*, février 1638, nous lisons *in fine* :
« afin que sous une aussi puissante patronne notre royaume soit
à couvert de toutes les entreprises de ses ennemis; qu'il jouisse
longuement d'une bonne paix; que Dieu y soit servi et révéré
si saintement que nous et nos sujets puissions arriver heureusement à la dernière fin pour laquelle nous avons tous été
créés; car tel est notre plaisir. » Datent de cette époque, pour

la déclaration qu'il fit, il y avait : « Afin que tous nos bons sujets aillent en paradis, car tel est notre plaisir. » C'est ainsi que finissait cette belle idée. Dans sa dernière maladie, il était étrangement superstitieux (**30**). Un jour qu'on lui parlait de je ne sais quel béat qui avait un don tout particulier pour découvrir les corps saints et qui, en marchant, disait : « Fouillez là, il y a un corps saint », sans y manquer une seule fois, Nogent dit à sa manière de mauvais bouffon, comme dit le *Journal* du cardinal : « Si je le tenais, je le mènerais avec moi en Bourgogne, il me trouverait bien des truffes. » Le roi se mit en colère et lui cria : « Maraud ! sortez d'ici (**31**). » Il mourut assez constamment et disait en regardant le clocher de Saint-Denis, qu'on voit du château-neuf de Saint-Germain¹ où il était malade : « Voilà où je serai

commémorer le vœu, les processions du 15 août, jour de l'Assomption.

1. Saint-Germain était la résidence habituelle de la cour. Le vieux château où le roi avait passé son enfance était fort incommode. Le château neuf, très spacieux, avait été fort mal construit. Il tombait déjà presque en ruines et les courtisans attirés par un service plus ou moins nécessaire en rendaient le séjour insupportable à Louis XIII. Fontainebleau, où naquit le roi, avait été de plus en plus délaissé. Le Louvre, qu'enserraient des constructions, n'était pas encore terminé ; et si la reine l'habita, le roi n'y vint qu'exceptionnellement. Les séjours qu'affectionna Louis XIII furent surtout Versailles, Monceaux et Chantilly.

bientôt ! » Il dit à M. le prince : « Mon cousin, j'ai songé que mon cousin, votre fils, était aux mains et qu'il avait l'avantage (32). C'est la bataille de Rocroy. Il envoya quérir le Parlement pour leur faire promettre qu'ils observeraient la déclaration qu'il avait faite. C'était celle du cardinal Richelieu dont il n'avait fait que changer quelque chose. Par cette déclaration, la reine avait un conseil nécessaire et n'avait que sa voix, non plus qu'un autre. Il leur dit qu'elle gâterait tout, s'ils la faisaient régente comme la feue reine-mère. Elle se jeta à genoux. Il la fit bientôt relever ; il la connaissait bien et la méprisait (33).

Il fit baptiser M. le Dauphin, le cardinal Mazarin le tint pour le pape.

On disait, quand M. le prince mourut et qu'il eut ainsi témoigné de la fermeté, qu'il n'y avait plus d'honneur à bien mourir, puisque ces deux hommes-là étaient si bien morts. On alla à l'enterrement du roi comme aux noces et au devant de la reine comme à un carrousel. On avait pitié d'elle et on ne savait pas ce que c'était.

Ce Versailles fut plutôt « une maison de campagne » où le roi venait chasser et se reposer. Rarement il y mena la reine.

APPENDICE

(**1 et 2**) « *Louis XIII fut marié encore enfant... il voulut envoyer quelqu'un pour lui rapporter comment la
princesse d'Espagne était faite...* » Marié très jeune, en
effet ; il avait quatorze ans, et sa femme Anne, fille de
Philippe III, roi d'Espagne, et de Marguerite d'Autriche, avait également, sauf huit jours de plus, le même
âge, étant nés en 1601, tous deux. Mariage depuis longtemps convenu. Louis avait à peine quatre ans qu'on
lui parlait déjà de sa fiancée, l'infante d'Espagne,
essayant de l'en rendre amoureux. Mais d'avance il ne
l'aimait point, — et d'ailleurs ne l'aima jamais, — parce
que les Espagnols avaient été les ennemis de son père
qu'il adorait. — « Monsieur, aimez-vous bien l'infante ?
lui demande un jour, M. Ventelet. — Non ! — Pourquoi ?
— Pour l'amour qu'elle est Espagnole, je n'en veux
point. » Quelques jours auparavant, Henri IV, ayant
dit au petit Dauphin, avec cette liberté de langage qui
caractérise l'époque : « Mon fils, je veux que vous fassiez
un petit enfant à l'infante. — Oh ! non, non, papa ! —
Oui, je veux que vous lui fassiez un petit Dauphin.

comme vous. — Non pas, s'il vous plaît, papa. » Et,
mettant sa main au chapeau, il fait une belle révérence.
Son aumônier, lui faisant apprendre les « Commande-
ments de Dieu », arrive au : Tu ne tueras point. Il s'écrie :
« Si ! si ! je tuerai les Espagnols, qui sont les ennemis de
papa ; je les épucelerai bien. » Et l'aumônier lui faisant
remarquer qu'ils sont chrétiens, il répond : « Mais ils
sont les ennemis de papa ! » Il a six ans, lorsque la
princesse d'Orange lui demande : « Monsieur, qui aimez-
vous mieux qui soit votre beau-frère, ou le prince
d'Espagne, ou le prince de Galles ? — Le prince de
Galles ! — Et vous, épouserez-vous l'infante ? — J'en
veux point ! — Mais elle vous fera roi d'Espagne ! —
Non ! non ! je ne veux pas être Espagnol ! »

Ses grands amis, surtout alors, — et ils le seront toujours, — sont les chiens ; et l'on comprend « *qu'il eût,*
écrit Tallemant, *de la bonne volonté pour Haran valet de
chiens* ». Le Dauphin en possède toute une petite meute :
Il les embrasse, les caresse, se laisse lécher par eux,
s'amuse avec eux. Cavalon est son préféré : il a « l'honneur d'être appelé le premier chien ». Puis, par ordre
d'affection, vient Isabelle, que l'enfant prend dans son
lit et fait coucher sur ses pieds. On trouve une dizaine
de chiens, aboyant, sautant et tournant autour de lui :
Barbichet, Oriane, Lionnet, Patelot, Grisette, Patault,
Rabin, Léonide, Matelot et Gayant à propos duquel il
demande, un jour qu'on lui donnait à boire : « Pourquoi fait-on boire les chiens ? — De peur qu'ils n'en-
ragent, Sire. — Les ivrognes n'ont donc garde d'enrager, car ils boivent toujours. » Il pleure lorsqu'il voit

Amadis, le petit chien de sa petite sœur, tomber dans l'eau et manquer de se noyer.

A la veille de son mariage, il est actif, ardent, robuste en toutes ses actions, fort de corps, ne peut durer en place, grand, hardi, tout viril, cogne, remue, saute, court, toujours en action, l'œil et l'oreille partout. Sa voix est merveilleusement forte et sèche. Il est en gaieté continuelle, chantant, dansant, plaisantant. Le médecin écrit presque chaque soir, pour clore : « fort gai ». Après le souper, il donne le bonsoir à chacun en chantant ; et encore, il chante au lit. Si, la nuit, il se réveille, il demande qu'on allume sa bougie, puis se remet à chanter, railleur, et faisant des chansons sur tout. Mais il ne faut point, si l'on ne veut l'irriter, lui parler de l'Espagne, tandis qu'aux mêmes instants sa fiancée, Anne d'Autriche, marque sa prédilection très vive pour la France et un goût non moins vif pour son futur mari, que d'ailleurs, elle ne connaît pas encore : toutes ses robes sont déjà de coupe française et ses pendants d'oreilles sont en fleurs de lys. — Voir, notamment : BRACHET, *Le roi chez la reine.* — BATIFOL, *Aux temps de Louis XIII*, p. 8-40, C. Levy, éditeur. — MARIUS TOPIN, *Louis XIII et Richelieu*, p. 6-19, Paris, Didier.

Alors que la Cour entière attendait, anxieuse, Malherbe composait sur cette « attente » une chanson piteuse, « pour un ballet de Madame ».

> Cette Anne si belle
> Qu'on vante si fort,
> Pourquoi ne vient-elle ?
> Vraiment elle a tort.

Son Louis soupire
Après ses appas,
Que veut-elle dire
De ne venir pas?

S'il ne la possède
Il s'en va mourir
Donnons-y remède
Allons la quérir...

. . . .

Chanson que l'on parodiait, l'appliquant à la future
épouse encore inconnue de Louis XV.

La reine est si belle
On l'aime si fort
Pourquoi ne vient-elle?
Vraiment elle a tort.

Sur le mariage du roi et de la reine, ce même Malherbe,
qui fut le poète officiel des fastes royaux et aussi des
amours « privés », — Voir *Historiette* de MALHERBE,
Appendice n° 11, — composait des « Stances » qui, d'ailleurs, ne parurent imprimées, en 1620, que cinq ans
après le mariage, dans les *Délices de la poésie française*.

. . . .

Anne de qui Madrid fut l'unique miracle
     Maintenant l'aise de nos yeux,
Au sein de notre Mars satisfait à l'oracle
Et dégage envers nous la promesse des cieux.

Bien est-elle un soleil, et ses yeux adorables
     Déjà vus de tout l'horizon
Font croire que nos maux seront maux incurables
Si d'un si beau remède ils n ont leur guérison.

Quoique l'esprit y cherche, il n'y voit que des chaînes
    Qui le captivent à ses lois,
Certes, c'est à l'Espagne à produire ses reines,
Comme c'est à la France à produire des rois.

Heureux couples d'amants, notre grande Marie
    A pour vous combattu le sort;
Elle a forcé les vents et dompté leur furie;
C'est à vous à goûter les délices du port
. . . . . . : . . . .
Les fleurs de votre amour dignes de leur racine
    Montrent un grand commencement,
Mais il faut passer outre et des fruits de Lucine
Faire avoir à nos vœux leur accomplissement.

Réservez le repos à ces vieilles années
    Par qui le sang est refroidi
Tout le plaisir des jours est en leurs matinées;
La nuit est déjà proche à qui passe midi.

Car si le jeune roi est un beau cavalier, la jeune reine
n'est pas moins belle, si l'on en croit les écrivains du
temps qui se multiplient en éloges sur « sa grâce et ses
gentilles manières »; charmes que, vers la fin de 1613,
faillit enlever la petite vérole. Heureusement qu'elle
« passa sans laisser de traces ».

Le Dr Cabanès, dans la première série de ses curieux
volumes : *Le cabinet secret de l'Histoire*, Paris, Albin
Michel, éditeur, reproduit le document qui fut alors
« distribué aux membres du corps diplomatique » et
auquel, d'ailleurs, ils n'ajoutèrent que confiance médiocre :

Détail singulier de ce qui se passa le jour de la

consommation du mariage de Louis XIII (25 *décembre*
1615).

« Après la cérémonie achevée, environ sur les sept
heures du soir, et que Leurs Majestés eurent un peu
devisé ensemble, le Roi et la petite Reine s'en retour-
nèrent avec autant d'ordre que l'heure le peut per-
mettre, et prirent le plus court chemin de l'Archevêché,
pendant que la reine-mère y retourna aussi par la petite
porte; et étant là, donna ordre à faire faire la bénédiction du lit nuptial, sans aucune cérémonie, par un des
aumôniers ou chapelains qui se trouva le premier sur
les lieux. Incontinent après que le roi eut soupé, il se
coucha en sa chambre, et en son lit ordinaire, selon sa
coutume, où la reine, sa mère, qui, jusqu'alors, était
demeurée en la chambre de la petite reine et l'avait fait
aussi coucher dans le lit de sa première chambre le
vint trouver, environ sur les huit heures du soir, passant au travers de la salle d'où elle avait fait sortir
tous les gardes et tout le monde; et trouvant le roi dans
son lit, lui dit ces mêmes paroles : « Mon fils, ce n'est
« pas tout d'être marié, il faut que vous veniez voir la
« reine votre femme qui vous attend. » Le roi répondit :
« Madame, je n'attendais que votre consentement; je
« m'en vas, s'il vous plaît, la trouver avec vous. »

« Au même temps, on lui bailla sa robe de chambre
et ses bottines fourrées et, ainsi, s'en alla avec la reine
sa mère, par ladite salle en la chambre de la petite
reine, dans laquelle entrèrent, avec Leurs Majestés, les
deux nourrices, MM. de Souvré, gouverneur; Hérouart,
premier médecin, marquis de Rambouillet, messieurs

Henri IV couronné par la Prospérité

de la garde-robe portant l'épée du roi, et Beringhem, premier valet de chambre, portant le bougeoir.

« Comme la Reine approcha du lit, elle dit à la petite reine : « Ma fille, voici le Roi, votre mari, que je vous « amène; recevez-le auprès de vous, et l'aimez bien, je « vous prie. » A quoi elle répondit en espagnol qu'elle n'avait aucune intention que de leur obéir et complaire à l'un et à l'autre; et, ce disant, le Roi se mit dans le lit par le côté de la porte de la chambre, la petite Reine étant du côté de la ruelle où avait passé la reine-mère, laquelle les voyant couchés, leur dit à tous deux ensemble quelque chose si bas que personne du monde ne le put entendre qu'eux; puis, sortant de ladite ruelle, dit : « Allons ! sortons tous d'ici », et commanda aux deux nourrices du Roi et de la Reine de demeurer seules en ladite chambre, et de les laisser ensemble une heure et demie, ou deux heures au plus; et ainsi se retira ladite dame Reine et tous ceux qui étaient entrés avec elle en la dite chambre pour laisser consommer ledit mariage.

« Ce que le Roi fit par deux fois, ainsi que lui-même l'a avoué, et les dites nourrices l'ont véritablement rapporté. Et après, s'étant un peu endormi et demeuré un peu davantage à cause dudit sommeil, il se réveilla de lui-même et appela sa nourrice qui lui rebailla ses bottines et sa robe et le reconduisit à la porte de la chambre au-dessous de laquelle, dans la salle, l'attendaient les sieurs de Souvray, Hérouart, Beringhem et autres pour le conduire en sa chambre où, après avoir demandé à boire et avoir bu, témoignant un grand con-

tentement de la perfection de son mariage, il se mit en
son lit ordinaire et reposa fort bien, tout le reste de la
nuit, étant, pour lors, environ onze heures et demie.
La petite Reine, de son côté, se releva au temps que le
Roi fut parti d'auprès d'elle, et rentra dans sa petite
chambre et se remit en son petit lit ordinaire qu'elle
avait apporté d'Espagne. — C'est là, véritablement,
ce qui se passa pour la consommation dudit mariage. »

Ou, plutôt, ce qui ne se passa point. L'envoyé de
Mantoue écrivait à son maître: « La nuit dernière, les
époux dormirent ensemble et, s'il faut croire ce que l'on
dit, le roi se comportait en bon et brave cavalier. » Si
vraiment le mariage avait été consommé, cette même
nuit, pourquoi Louis XIII ne partageait-il, une seconde fois, que quatre années plus tard, le lit d'Anne
d'Autriche : c'était en 1619 et Louis XIV ne devait
naître que vingt ans après. « Le roi, écrit le Dr GUARDIA,
La médecine à travers les siècles, — citation faite par
le Dr Cabanès, — le roi avoua plus tard qu'il n'avait
conservé que de douloureux souvenirs de cette nuit de
noces.... Ce mariage d'enfants n'était qu'un simulacre
d'union matrimoniale. A cet âge. le jeune homme ignorait peut-être « l'œuvre de la chair ». Peut-être aussi
que les deux tentatives constatées par la relation officielle ne produisirent que douleur et fatigue et que le
premier essai de virilité qui avait étonné et effrayé
l'adolescent découragea et dégoûta, par suite, le jeune
homme. Il se pourrait aussi que la leçon du procès
verbal ne fût pas la véritable. — Pourtant Hérouard
écrit dans son *Journal* que, le jour de son mariage, le

Dauphin était si peu confiant dans ses moyens que
M. de Grammont et quelques autres seigneurs lui « faisaient des contes gras pour l'*assurer* : il avait de là
honte et une *haute crainte* ». Une fois « assuré », il « prend
sa robe et va à la chambre de la reine à huit heures, où
il fut mis au lit auprès de la reine sa femme, en présence
de la reine-mère. A dix heures un quart, il revient, après
avoir dormi environ une heure et fait deux fois à ce
qu'il nous dit; il y paraissait le gland tout rouge. »

(3) « *Enfin M. de Luynes vint...* » Après le massacre
du maréchal d'Ancre, le véritable premier ministre fut
Luynes. — On peut consulter, notamment, LAVISSE,
Histoire de France, t. VI, p. 200-203. — La confiance
et l'amitié réciproque du jeune roi et de son favori
paraissent assez naturelles. Il fallait bien que ce souverain absolu de quinze ans et demi, qui ne trouvait aucun soutien dans sa famille, au contraire, s'appuyât
sur quelqu'un. Luynes, d'ailleurs, servit très fidèlement son roi. Louis XIII connaissait les défauts de son
favori, puisque c'est lui-même qui nous les signale.
Luynes ne négligeait pas son intérêt, et sa famille était
fort âpre au gain. Il est assez curieux d'entendre
Louis XIII raconter que « Luynes, une fois, lui demandait 400 000 écus d'or; qu'il n'avait jamais vu tant de
parents; qu'ils arrivaient à batelées à la Cour ». Il est
exact que Louis XIII appela son ami : « le roi Luynes ».
Mais c'était, surtout, pour railler le faste excessif et
l'exubérance outrée de son connétable. C'est en par
faite connaissance de cause, et malgré l'opposition de
toute la Cour, qu'il donnait, d'abord, à Luynes l'excep-

tionnelle et première dignité de la Cour. Puis il lui continua toujours sa confiance et son amitié. Cf. COMTE DE BEAUCHAMP, *Louis XIII*, p. 20-22. Renouard et Laurens, Paris.

Richelieu, bien que n'ayant pas agi d'autre façon que Luynes lorsqu'il fut au pouvoir, lui reproche, ainsi qu'à ses frères, d'avoir voulu s'attribuer les ressources de la France et la puissance de l'État. « Il n'y a, écrit-il dans son *Journal*, aucune place forte qu'ils ne marchandent;... si elles ne sont pas à prix d'argent, ils les ravissent par violence, jusques-là qu'ils en prennent par ces voies jusqu'au nombre de dix-huit des plus importantes.... Ils se fortifient de gens de guerre entretenus dans la Cour, tiennent le régiment de Normandie, commandé par le sieur de Chaulnes et créé en sa faveur, sur pied dans le bois de Vincennes, acquièrent le plus de compagnies qu'ils peuvent dans le régiment des gardes; achètent la compagnie de chevau-légers du roi... En un mot, si la France était tout entière à vendre, ils achèteraient la France, de la France même. »

Dans Tallemant des Réaux, Luynes a son *Historiette*. Extrayons-en cette anecdote, sans oublier combien, souvent, ces anecdotes sont plutôt malicieuses et cancanières que véridiques :

« Il fut reçu page de la Chambre, sous M. de Bellegarde. Après avoir quitté la livrée, ce jeune homme fut ordinaire (gentilhomme ordinaire de la chambre du roi). C'était quelque chose de plus que ce n'est à cette heure. Il aimait les oiseaux et s'y entendait. Il s'atta-

chait fort au roi et commença à lui plaire en dressant
des pies-grièches.... Tout-puissant, il épousa Mlle de
Montbason, depuis Mme de Chevreuse... Le connétable
logeait au Louvre et sa femme aussi. Le roi était fort
familier avec elle et ils badinaient assez ensemble;
mais il n'eut jamais l'esprit de faire le connétable cocu.
Il eût pourtant fait grand plaisir à toute la Cour, et elle
en valait bien la peine. Elle était jolie, friponne, éveillée
et qui ne demandait pas mieux. Une fois, elle fit une
grande malice à la reine. Ce fut durant les guerres de
la religion, à un lieu nommé Moissac, où la Reine, ni
elle, n'avaient pu loger, à cause de la petitesse du château. Mme la connétable, qui prenait plaisir à mettre
martel en tête à la reine, un jour qu'elle y était allée,
avec elle, dit qu'elle voulait y demeurer coucher. —
« Mais, il n'y a point de lits, disait la reine. — Eh ! le
roi n'en a-t-il pas un, répondit-elle, et M. le connétable
un autre? » En effet, elle y demeura, et la Reine, non.
Et quand la Reine passa sous les fenêtres du château,
en s'en allant, car on faisait un grand tour autour de la
montagne, où ce château est situé, elle lui cria : « Adieu,
Madame, adieu; pour moi, je me trouve fort bien ici. »

A vrai dire, Anne d'Autriche n'avait point à prendre
ombrage de tous ces empressements du roi pour la
belle connétable, — toujours à cause de cette fameuse
chasteté dont nous aurons encore à reparler. Louis XIII
lui disant, alors qu'elle était Mme de Chevreuse, « qu'il
aimait ses maîtresses de la ceinture en haut. » « — Eh !
donc, sire, elles se ceindront, répondit-elle, au milieu
des cuisses, comme Gros-Guillaume. »

(4) « *Dansait assez bien en ballet... était bien à cheval.
— Eut enduré la fatigue au besoin et mettait bien une
armée en bataille.* » Comme tous les personnages de son
temps, — nous l'avons dit, — qu'ils fussent rois ou
reines; princes ou princesses, bourgeois ou manants,
Louis XIII aima le ballet et dansa, dès sa première
enfance. Il nous suffira de citer ce seul exemple, qu'il
serait facile de multiplier. Le 6 mars 1608, Malherbe
écrit à M. de Calas : « La mort du comte de Montpensier empêcha M. le Dauphin de danser un ballet (il
avait alors six ans et demi) combien qu'il fût venu ici
exprès pour cela. Le roi en eut le plaisir à Saint-Germain, le soir, le premier jeudi de Carême, et certainement ceux qui y étaient présents disent que bien des
grandes personnes eussent été fort empêchées de s'en
acquitter si dignement... » Et *pour le premier ballet de
M. le Dauphin,* Malherbe composa ce sonnet, d'une
flatterie qui serait très basse, si elle n'était la flatterie
alors courante pour les rois :

> Voici de ton État la plus grande merveille,
> Ce fils où ta vertu reluit si vivement;
> Approche-toi, mon prince, et vois le mouvement
> Qu'en ce jeune Dauphin la musique réveille.
>
> Qui témoigna jamais une si juste oreille
> A remarquer des tons le divers changement :
> Qui jamais à les suivre, eût tant de jugement
> Ou mesura ses pas d'une grâce pareille?
>
> Les esprits de la Cour s'attachant par les yeux
> A voir en cet objet un chef-d'œuvre des cieux,
> Disent tous que la France est moins qu'il ne mérite.

Mais moi que, du futur, Apollon avertit
Je dis que sa grandeur n'aura point de limite,
Et que tout l'Univers lui sera trop petit.

Qu'il se plût à cheval, — revenant de la bataille de
Riez, il restait 20 heures sans se coucher, dont 18 à
cheval, — que facilement il endurât les fatigues de la
guerre, et sût bien mettre une armée en bataille, comme
l'écrit Tallemant, n'a rien qui puisse étonner. Dès son
enfance, il eut l'instinct guerrier. « Il semble, écrit
Henri IV à M. de Beaumont, le 22 septembre 1605,
qu'il ait l'esprit plus adonné aux armes qu'à toute autre
chose. » Et Malherbe, dans sa *Lettre à Pereisc*, ne dit pas
autre chose : « Ce prince, sans cajolerie, promet merveilles. Il a toute son inclination à la guerre, ne prenant plaisir qu'aux armes et aux chevaux », et l'ambassadeur florentin Andréa Cioli mande à son souverain que « le petit roi est fier, ardent, très agile, qu'il
parle très souvent de guerres, de capitaines, de soldats,
de forteresses; qu'il aime particulièrement les armes ».
Tout jeune, il semble préférer surtout les armes à
feu. Il tire adroitement de l'arc. Il collectionne des
arquebuses à rouet, en bois, en serpentin, à mèche. Il
les porte à la manière des soldats, sur le cou; tire aux
corneilles pour s'exercer, et à défaut, si quelque malheureux cheval paît tranquillement dans une prairie,
il l'ajuste, et le fouette de son plomb. Il manie parfaitement la pique et commande tout haut: Piques en terre !
Piques hautes ! Il n'est pas une batterie de tambour
qu'il ne connaisse, avec les paroles mises dessus par les
troupiers. Le bruit que fait le tambour lorsque les sol-

dats « entrent en garde » est une onomatopée qui revient constamment sur ses lèvres : « patatapatoum, prelaprelatoum, prretatatoum ! » Pour un oui, ou pour un non, « il va en la cour et s'amuse à battre le gros tambour de la Compagnie ». Il joue à la guerre. Cent fois par jour il imite le bruit de la décharge du mousquet. Tantôt il choisit pour soldats de longs tuyaux de chaulme, puis des paillasses vidées; tantôt il recrute les enfants disponibles du château et les incorpore dans une troupe improvisée. Mais, parfois aussi, ce sont de vrais soldats, ceux du corps de garde, qui se prêtent à ces jeux d'enfant. Il les fait sortir du poste, les range en bataille, les commande : il est à la fois, alors, tambour et chef. Il marche devant eux, battant après les avoir rassemblés et armés. Puis il dit : « I fau allé au logis », jette sa caisse sur son épaule, et, tambour futur roi, s'en va. Oh ! comme les soldats sont ses bons amis; pas toujours les officiers, mais toujours les soldats, avec lesquels il est d'une familiarité plaisante. Il les amène dans sa chambre, leur fait dire des histoires, joue avec eux « à burlurette, à frappe mains, à votre place me plaît ». C'est son bonheur d'écouter leurs plaisanteries, de les voir faire l'exercice dans la cour du château, de les regarder sans se lasser; surtout s'ils tirent du mousquet ou de l'arquebuse. Cette camaraderie n'est jamais, d'ailleurs, au détriment du protocole : les gardes, aussitôt que le prince sort, s'assemblent au son du tambour et portent les armes avec tout le cérémonial exigé. — Voir BATIFOL : *Aux temps de Louis XIII*, ch. I.

(5) « *Il était un peu cruel, comme le sont la plupart des sournois et des gens qui n'ont guère de cœur, car le bon sire n'était pas vaillant, quoiqu'il voulût passer pour tel...* » Encore deux faussetés de Tallemant, toujours très partial dans son *Historiette de Louis XIII*. Enfant, il fut bon, plutôt, affectueux à l'égard de ceux qui l'aimaient et le traitaient sans brusquerie : « Poly, doux, aimable, gentil aumônier et bienfaisant. » Il veut offrir à tout le monde de ce qu'il mange et qu'il trouve bon. Si, par mégarde, « il fait mal à quelqu'un, il le regrette et pleure ». S'il rencontre des mendiants, il « s'arreste pour fouiller dans sa gibecière en tirer des sols à donner aux pauvres ». Aussi, est-il très aimé de son entourage. Serviable, il sait tenir à sa gouvernante « ung petit escheveau de fil blanc, sur deux poignets que Mme de Monglat dévide, advance l'ung puis l'aultre pour s'accomoder à la commodité de Mamanga ». Tel comme sa nourrice, l'embrasse éperdument, à tout propos, malgré lui. Un jour que les caresses n'en finissaient plus, il chanta, sans doute le refrain d'un air du temps : « Héla ! je ne suis pas morte, vous me baisez trop souvent. »

Sans doute, il est parfois « opiniâtre, colère, » mais la crise passe vite et la bonté revient. Ces colères arrivent de ce qu'il a le sentiment de ce qu'il est et de ce qu'il sera : aujourd'hui fils de roi, demain roi. Alors, chez cet enfant de six ans, lorsque se réveille l'instinct de volonté, le ton impérieux de commandement est à souhait. Il est jaloux de la petite autorité dont il dispose maintenant, parce qu'il songe à celle, immense, dont il

disposera plus tard. Le *Journal de Hérouard* abonde en
anecdotes témoignant de ce sentiment précoce. Vau-
quelin des Yveteaux, qui fut son précepteur, écrit :
« Très fortes étaient sa colère et sa volonté. Il était
d'autant plus difficile à gouverner qu'il semblait être
né pour gouverner et pour commander aux autres. Il
avait une cuisante jalousie de son autorité. »

Tallemant nous le montre « un peu cruel ». Est-il
possible qu'une nature d'homme se puisse si profondément modifier de l'enfance à l'âge mûr? Non; car
s'il ne fut pas ce roi de caractère faible, ce roi esclave
de Richelieu, que l'Histoire mal informée — nous le
verrons bientôt — nous a jusqu'alors montré faussement, il ne fut pas davantage ce roi cruel dont nous
parle Tallemant; ce roi « pas humain » sur lequel, à
nouveau, il insiste un peu plus loin. Évidemment, en
campagne, il y eut des pendaisons, mais en quoi ces
pendaisons diffèrent-elles de nos fusillades d'aujour-
d'hui? Jadis on pendait ! Maintenant on fusille les
rebelles ou les otages : qu'y a-t-il de changé? Le roi
n'aima pas la tuerie pour la tuerie, mais pour la discipline. Il n'aima pas la « décollation » de tel ou tel pour
le plaisir de faire couper le col à un homme; il ne fit
entrer en scène le bourreau que parce qu'il croyait protéger l'État contre un rebelle, pour que ne fût pas dis-
cutée, entamée, amoindrie, l'autorité royale dont il
tenait de Dieu le dépôt à « garder intact. Il faut juger »
cette époque avec la mentalité de cette époque, s'en
faire le contemporain, et non avec notre mentalité
d'aujourd'hui.

Citerons-nous ce passage de GRIFFET : *Histoire du règne de Louis XIII*, une excellente histoire dans laquelle on a souvent puisé, notamment Bazin, et sans toujours indiquer cette source abondante et sûre :

« On prétend que Louis XIII, quoique naturellement porté à la sévérité, fut tenté de pardonner plus d'une fois au duc de Montmorency et qu'il se reprocha même d'avoir résisté aux larmes et aux prières de toute sa Cour pour ne pas lui accorder sa grâce. C'est du moins ce qu'assure M. Le Laboureur, à qui le prince de Condé raconta que Louis XIII, étant au lit de mort, lui avait protesté : « qu'on lui avait fait violence dans ce malheureux voyage de Toulouse, où il était allé contre son gré; qu'il avait eu le dessein de sauver la vie au duc de Montmorency; mais qu'il s'était laissé entraîner par une foule de prétextes que l'on lui représentait comme des raisons d'État; qu'il lui en était toujours resté un déplaisir cuisant, qu'il avait tenu caché dans son sein ».

Il ajouta que les rois étaient bien malheureux de n'entendre que de sinistres rapports, de se défier de leurs plus proches parents, de leurs principaux officiers, de ceux mêmes qu'ils affectionnent le plus, pour être obligés de régler leur conduite sur des fantômes de politique, qui ne sont, bien souvent, que l'intérêt d'autrui.

Immédiatement après l'exécution de Montmorency, le Père Arnoux recevait ordre d'aller chez le roi, pour lui rendre compte des circonstances de sa mort. « Sire, lui dit ce Père, Votre Majesté a fait un grand exemple sur la terre, par la mort de M. de Montmorency; mais Dieu, par sa miséricorde, en a fait un grand saint dans le ciel. » Le roi lui répondit : « Mon Père j'aurais voulu contribuer à son salut par des voies plus douces », t. II, p. 361-362. Et ce même Père Griffet rapporte de nombreux actes d'humanité, — et vraiment il les faut appeler ainsi en ces temps d'âpres guerres religieuses contre les protestants, qui voulaient quasi faire un État dans l'État, ou contre les ennemis du dehors qui voulaient faire de la France une autre Espagne ou une autre Autriche, ou même une Angleterre, — par exemple : *Siège de Tonneins*, t. I, p. 296; *Siège de la Rochelle*, 596-620, etc., et lorsque au *siège de Montauban* qu'il est obligé de lever, en 1621, — Montauban ne fit sa soumission que huit années plus tard, — il apprend que près de neuf mille hommes de son armée avaient été sacrifiés « et que l'on craignait que les maladies n'en emportassent encore davantage, il sortit de son quartier *les larmes aux yeux* ». *Histoire de Louis XIII*, par DE BURY, t. I, p. 376. Paris, 1768.

Sur les champs de bataille, devant une ville assiégée, Louis XIII, à qui Tallemant reproche son peu de vaillance, fut courageux comme le furent, d'ailleurs, tous nos rois en face de l'ennemi. Il le fut surtout beaucoup plus que Louis XIV qui, lui, n'eut qu'un courage de parade, « se plaignant de sa grandeur qui l'attache au rivage ». Pendant le siège, Louis XIII ne quitte jamais la tranchée, s'aventure témérairement aux points dangereux, voit tomber les soldats autour de lui sans y prendre garde, ne recule pas d'une semelle où les balles sifflent et où ses officiers sont tués. Il semble ne pas connaître le péril. Devant Saint-Antonin, il suit avec nervosité les péripéties de l'attaque, mécontent lorsque la moindre chose ne marche pas comme il le désire. Il hâte les mises en batterie, désigne les emplacements et, pour « aller plus vite » pointe lui-même les pièces. Il reste « à cette canonnade terrible, qui épouvantait les parpaillots, jusqu'à huit heures du soir ». On avait, au sortir de Moissac, reconnu que l'artillerie ne pourrait que difficilement rouler à cause du mauvais état des routes. Il s'occupe de ce détail « avec chaleur ». Le lundi matin, le roi va, lui-même, accommoder « le méchant chemin par où devaient passer six canons; et, le conseil tenu, l'après-midi, Sa Majesté alla voir passer ces canons ».

De *Nanteuil*, il écrit, le 1er *septembre* 1634, à Riche-lieu : « Mon cousin Buisson (le gouverneur de Ham) vient d'arriver à Ham, qui m'a apporté une carte, la-quelle j'ai peinte des passages de la rivière de Somme et des lieux par où passent ceux qui vont trouver mon frère; là où il est besoin de faire prendre garde avec de la cavalerie, à cause qu'à cette heure, voyant les pas-sages de la rivière gardés, ils vont tous par la plaine, ainsi que vous le verrez marqué dans la carte et mé-moire que je vous envoie à ce sujet... »

De *Verberie*, 1er *août* 1636 : « ... J'ai visité la rivière d'Oise; il n'y a que deux endroits qui soient favorables aux ennemis pour faire un pont... Je ne crois pas, pourtant, qu'ils essaient d'y passer, parce que nous avons la côte de notre côté qui commande, non à la rivière, mais à toute la plaine à la portée du canon, d'où ils ne pourraient sortir sans défiler devant nous

par des gorges très serrées dont nous tenons les émi-
nences... »

Demuin, 14 *octobre* 1636. « ... J'ai été au camp choisir les champs de bataille... ils sont très avantageux
pourvu que ceux qui doivent y aller exécutent les
ordres que je leur ai donnés. J'ai aussi commandé
qu'on travaillât cette nuit. La circonvallation sera
fermée dans deux jours et en état de se défendre. Je
trouve le quartier des gendarmes bien gaillard... »

Et que d'autres lettres à rappeler ! En témoignage,
encore irrécusable, de cette bravoure que conteste
Tallemant, de ces préoccupations de combat, citerons-
nous une page du P. GRIFFET, *Histoire de Louis XIII :*

« Louis se comporta pendant ce siège de Royan
(1622) avec une intrépidité qui avait fait plus d'une
fois craindre pour sa vie. Un jour, il monta trois ou
quatre fois sur la banquette de la tranchée pour reconnaître à découvert, et il s'y tint si longtemps sous le
feu des ennemis que les officiers qui étaient avec lui
frémissaient du péril où il le voyait exposé. Il régla lui-
même le travail de la nuit suivante avec autant de présence d'esprit qu'un vieux capitaine et autant de capacité que le plus habile ingénieur. Pour retourner au
camp, il fallait qu'il passât par un endroit que les ennemis connaissaient et qu'ils savaient être à la portée de
leur canon. Ayant aperçu la troupe des officiers et des
seigneurs qui l'accompagnaient, ils firent une décharge,
et il y eut un boulet qui passa deux pieds au-dessus de
la tête du roi. Bassompierre aussitôt s'écria : « Mon
Dieu, Sire, cette balle a failli vous tuer ! — Non, pas

moi, reprit le roi, mais M. d'Épernon. » Et, ayant vu
des gens de sa suite qui s'écartaient pour éviter le
coup : « Comment? leur dit-il, vous avez peur que cette
pièce tire? Ne voyez-vous pas qu'il faut, auparavant,
qu'on la charge de nouveau? » Bassompierre ajoute
qu'il lui avait toujours vu montrer le même courage
dans des occasions très périlleuses et qu'il n'avait
jamais connu d'hommes plus braves que lui. « Le feu roi
son père, disait-il, qui était dans l'estime que chacun
sait, ne témoignait pas une pareille assurance. »

Malherbe écrivait à Peiresc, le 20 février 1614 :
« J'oubliais de vous apprendre que le roi montre une
extrême envie d'aller à la guerre; et devant hier il se
fit armer de toutes pièces avec un tel contentement de
se voir en cet équipage que, s'étant mis au lit, il ne
voulut pas laisser son casque, et disputa longtemps
qu'il dormirait mieux avec ce casque qu'avec son bonnet de nuit; mais enfin il se laissa aller aux remontrances qu'on lui fit de le quitter. Dieu veuille bénir
les commencements de ce prince. Je pense que nous
n'aurons, je veux dire ceux qui vivront alors, rien à
regretter du passé. »

Treize ans plus tard, ce sera l'ode « pour le roi allant
châtier la rébellion de Rochelois... » une des plus par-
faites pièces de Malherbe qui était, alors, âgé de 73 ans.

> Donc, un nouveau labeur à tes armes s'apprête,
> Prends ta foudre, Louis, et va, comme un lion,
> Donner le dernier coup à la dernière tête
>   De la rébellion.

. . . .

Soit que de tes lauriers ma lyre s'entretienne,
Soit que de tes bontés je la fasse parler,
Quel rival assez vain prétendra que la sienne
            Ait de quoi m'égaler!

Le fameux Amphion, dont la voix non pareille,
Bâtissant une ville, étonna l'univers.
Quelque bruit qu'il ait eu, n'a point fait de merveille
            Que ne fassent mes vers.

Par eux, de tes beaux faits, la terre sera pleine;
Et les peuples du Nil qui les auront ouïs
Donneront de l'encens, comme ceux de la Seine
            Aux autels de Louis.

Entre les flagorneries dithyrambiques de Malherbe
et les malveillances de Tallemant, ne faut-il point faire
un juste partage? Surtout lorsqu'on se rappelle encore
son vrai courage au « Pas de la Suze ».

A vrai dire, cette flatterie était intéressée, car, accompagnait l'ode une longue lettre au roi Louis XIII.
« Sire, les vers que Votre Majesté vient de lire passe
ront, s'il lui plaît, pour un très humble remerciement
de la promesse qu'elle m'a faite de ne donner jamais
d'abolition à ceux qui assassinèrent mon fils... » tué en
duel : nous en parlerons dans notre Appendice à l'*Histo-
rielle* de Tallemant sur Malherbe.

(6) « *Quelquefois il a raisonné passablement dans le
Conseil, et même il semblait qu'il avait l'avantage sur le
cardinal. Peut-être avait-il l'adresse de lui donner cette
satisfaction...* » Ces quelques lignes sont prophétiques
et, alors, remarquables. On s'est trop habitué dès l'ori-

MAXIMILIEN DE BÉTHUNE, duc de SULLY
Le grand Ministre de Henri IV

gine à ne voir dans Louis XIII que l'instrument docile de Richelieu. Mais, depuis, la réaction s'est faite, et l'Histoire mieux informée peut affirmer, maintenant, que Louis XIII ne fut pas toujours le roi passif que, jusques alors, elle nous avait montré. Louis XIII et Richelieu se complètent; mais il n'en reste pas moins vrai qu'aux yeux et dans l'esprit du Cardinal, le Roi est toujours le Roi, de même qu'aux yeux du croyant, le prêtre reste toujours le prêtre, même fût-il indigne. Nous avons vu que Louis XIII, enfant, était volontaire, opiniâtre. Adolescent, homme fait, il a conservé cette volonté et le fait voir.

Le duc de Luynes disparu, Louis XIII chercha dans son entourage un appui. Il connaissait depuis longtemps M. de Luçon, et comme le souci des affaires toujours si délicates de l'État lui tenait à cœur, il comprit, par-dessus toutes choses, l'intérêt que l'évêque y prenait, l'intelligence qu'il y pouvait dépenser. Peu à peu la confiance du roi devint entière et s'augmenta d'une inaltérable affection. Il suffit, pour s'en convaincre, de lire les lettres qu'il écrit au cardinal; et alors tout commentaire devient superflu. Nous ne rappellerons seulement ici que trois phrases souvent répétées, sous diverses formes, et qui restent typiques :

« Tant plus mes ennemis me disent du mal de vous, tant plus cela m'accroît l'affection que j'ai pour vous. — Je suis fort gaillard, en dépit de ceux qui ne nous aiment pas. — Mon cousin, vous savez comme je vous crois, en général, pour mes affaires, croyez-moi donc aussi et nous viendrons à bout de toutes les difficultés. »

12

Il est certain que, fort de cette confiance et de cette
amitié précieuses, Richelieu étala sa puissance, qu'il
devint envahissant, impérieux, impatient de tout con-
trôle et de toute résistance, qu'il eut, enfin, l'orgueil
de son rang et de son mérite. D'abord il commençait
par s'enrichir. De son propre aveu, il n'avait, lorsqu'il
entrait au service, d'abord, de la reine-mère, en 1617,
qu'environ vingt-cinq mille livres de rente en bénéfices
ecclésiastiques; puis le double lorsqu'il eut hérité de
son frère. Ses revenus, en 1634, étaient déjà, d'après
un inventaire notarié, de 502.707 livres. Les années
suivantes ils dépassèrent trois millions de livres, dont
la moitié fournie par l'Église. Grand bâtisseur, il s'était
fait construire, à Paris, le « Palais-Cardinal » qui lui
avait coûté proche de dix millions. Il avait dépensé des
sommes considérables dans son château de Richelieu,
en Poitou il possédait un autre château; sa résidence
favorite, à Rueil. Il avait, pour garder sa maison, une
compagnie d'infanterie, et pour garder sa personne,
une compagnie de gentilshommes. Ses équipages, sa
table, sa garde, lui coûtaient mille écus par jour. Il
marchait devant les princes du sang, même dans son
palais, contre l'ordre ancien. « Le prince de Condé s'ac-
commodait à tout et même lui levait la tapisserie et la
tenait quand il passait par une porte. » En une circonstance, on remarqua qu'il « ne donnait point la main »,
c'est-à-dire, la droite au prince de Piémont, Victor-
Amédée, depuis duc de Savoie, et « prit le pas sur
lui ». Ce qui faisait dire au commandeur de La Porte,
oncle de Richelieu : « Qui eût cru que le petit-fils de

l'avocat La Porte eût passé devant le petit-fils de Charles-Quint? »

Cardinal, et principal ministre d'État, il n'entend céder qu'aux rois. Il faut lire surtout, en cette matière, le volume si probant de MARIUS TOPIN, *Louis XIII et Richelieu*, où nous est montré, non plus, comme avant, un Louis XIII à travers Richelieu, mais un Richelieu à travers Louis XIII; et ni ministre, ni roi ne perdent à ce renversement. Richelieu n'est plus, ici, le despote rouge des vieilles histoires et du théâtre, qui confisquait le roi dans sa personne, ainsi qu'on l'a cru trop long-temps; mais, tout despote qu'il fût, c'est le plus humble, le plus respectueux et le plus « passionné », comme il le disait, — et ce n'était pas qu'une forme de langage, — des serviteurs et des sujets. Richelieu, toujours d'après 'idée que nous en donne Marius Topin, n'existait que par le roi seul, qui pouvait le congédier d'un geste, mais dont la gloire a été de ne jamais faire ce geste-là. Il y fut bien poussé, cependant ! Richelieu était impo-pulaire, comme tous les grands hommes. Il était sur-tout affreusement haï de cette noblesse qu'il ployait, sous le tranchant d'une hache, au respect de la royauté ; et vingt fois ses ennemis, plus nombreux que la com-pagnie des gardes que Louis XIII lui avait donnée contre eux, cherchèrent à l'arracher du roi, de son cœur, comme on arrache la moitié d'un chêne à son tronc, quand on l'écartèle. Mais le roi ne se laissa pas écarteler. Richelieu reste l'aigle du gouvernement qu'il était, mais il devient tout à coup un aigle à deux têtes; car la tête de Louis XIII se dresse à côté de la sienne; et leurs quatre serres sont d'accord quand il s'agit de combattre ou d'étreindre pour le compte de la royauté. Le génie de Richelieu est certainement supérieur en initiative et en conseil; mais on gouverne surtout par le caractère, et Louis XIII avait autant de caractère que Richelieu avait de génie. Louis XIII avait la décision inébranlable et l'exécution inflexible. Richelieu, le grand et formidable Richelieu, eut « l'esprit hardi, mais le cœur timide », dit La Rochefoucauld. Il connaissait les anxiétés des âmes passionnées, les peurs de ceux qui jouent tous les jours leur partie avec le destin; et Louis XIII, le visage pâle et morose, avait du bronze sous sa peau olivâtre et ses vapeurs. On a pu dire, de leur union dans le commandement, aussi bien le règne de Richelieu que le règne de Louis XIII, et le ministère de Louis XIII que le ministère de Richelieu. « Ceux mêmes, écrivait le Père Griffet, qui accusent le roi de n'avoir fait aucun usage de l'autorité royale qui lui appartenait sont obligés de reconnaître que c'est par son règne qu'elle a été le plus solidement établie, parce qu'il sut, au moins, la confier à l'homme du monde le plus capable de la faire respecter. »

(7) « *Le maréchal d'Ornano s'étant mis volontairement à la Bastille pour se justifier des choses dont il disait qu'on l'accusait...* » Cette affaire d'Ornano, ou plutôt cette double affaire, est caractéristique, en ce qu'elle nous montre à quel point Louis XIII était jaloux de son autorité. De quoi accusait-on, ou plutôt de quoi La Neuville accusait-il Ornano, alors gouverneur de Gaston d'Orléans frère du roi? D'avoir inspiré à Gaston

le désir « de prendre part au gouvernement » ! La Vieuville alors conseilla de donner un autre gouverneur à
Monsieur et d'envoyer ordre à Ornano de se retirer
dans son gouvernement particulier du Pont-Saint-
Esprit. Au lieu de s'y rendre, Ornano écrivit une longue
lettre au roi, 5 juin 1624, dans laquelle, après s'être
plaint des calomnies « que ses ennemis avaient inventées
pour le perdre », il ajoutait que « ce serait, en quelque
sorte, s'avouer coupable que de s'en aller en exil, dans
une ville éloignée où l'on trouverait encore tous les
jours de nouveaux prétextes pour le rendre suspect, et
qu'il préférait donc s'exposer à perdre sa liberté dans
une prison que d'obéir à l'ordre qu'il avait reçu ». On
l'enfermait alors à la Bastille, puis au château de Caen.
Il y demeurait jusqu'à la disgrâce de La Vieuville. C'est
alors qu'il fut nommé gentilhomme « de la Chambre du
duc d'Orléans », surintendant général de sa maison et
maréchal de France. Dirons-nous ici que ce frère du
roi, Gaston d'Orléans, fut le véritable trouble-fête du
règne, sans parvenir à lasser la patience ou l'affection
de Louis XIII? On peut trouver la cause de son atti-
tude dans l'éducation qu'il avait reçue. Marie de Médicis s'était beaucoup occupée de ce fils, trouvant qu'il
lui ressemblait, tandis que Louis XIII tenait de
Henri IV. Malgré les graves défauts de Gaston, qui
souvent eurent les conséquences les plus funestes pour
la paix du royaume, son frère lui pardonna toujours et
chercha toujours à le ramener près de lui. Louis XIII
fut donc très peu favorisé du côté de la famille; ses
sœurs, depuis leur mariage hors de France, l'avaient,

pour ainsi dire, délaissé. Il est donc assez naturel qu'il ait cherché ailleurs de l'affection et qu'il l'ait vivement ressentie, quand il la jugea désintéressée, comme celle de Mlle de La Fayette; ou utile au bien de l'État, comme celle du cardinal.

Richelieu n'ayant pu s'attacher Ornano l'accusa de pousser Gaston d'Orléans à refuser la main de Mlle de Montpensier, mariage auquel semblait tenir le roi. Voilà donc Ornano, le 4 mai 1626, encore arrêté.

« La cour étant à Fontainebleau, le roi, sur les dix heures du matin, fit faire l'exercice en sa présence à dix ou douze compagnies du régiment des gardes, dans la cour du Cheval blanc. Il les mit lui-même en bataille, donnant des ordres d'un air et d'un ton qui semblaient demander aux spectateurs s'il était prince à se laisser détrôner. Il était accompagné d'un grand nombre de seigneurs et, en particulier, du maréchal d'Ornano auquel il affecta de faire plus de caresses qu'à l'ordinaire. L'exercice fini, le roi alla courre le lièvre et, à son retour, donna ordre que l'on posât les gendarmes, les chevau-légers et les mousquetaires qui l'avaient suivi à la chasse sur les routes de Fontainebleau à Paris, avec défense de laisser passer personne. « Sur les onze heures du soir, un garçon de la chambre, nommé La Rivière, vint dire au maréchal d'Ornano que le roi le demandait. Il quitta aussitôt son souper pour se rendre à l'appartement du roi; et là, du Hallier, capitaine des gardes du corps, lui déclara qu'il avait l'ordre de l'arrêter. Il fut aussitôt conduit dans la même chambre où le maréchal de Biron avait été mis, du temps du

feu roi. Au même instant, un exempt des gardes
arrêta chez Mme de Rohan le sieur de Chaudebonne,
premier maréchal des logis de la maison de Monsieur,
et le conduisit dans la chambre de M. du Hallier, avec
lequel il coucha. Ensuite, le roi chargea M. de Liancour,
premier gentilhomme de sa chambre, d'aller dire de
sa part à la reine-mère qu'il avait fait arrêter le maréchal d'Ornano, parce qu'il voulait le brouiller avec
Monsieur, son frère. La reine-mère se contenta de répondre : « Puisque le roi l'a fait arrêter, je crois que
c'est pour son service et pour le bien de ses affaires. »
D'Armagnac, un des premiers valets de chambre du
quartier, porta la même nouvelle à la reine régnante. Le
roi l'envoya dire pareillement au cardinal de Richelieu
et au maréchal de Schomberg, qui étaient déjà couchés.
Monsieur n'en fut pas plutôt instruit qu'il courut chez
le roi, qui, se doutant bien qu'il venait se plaindre,
commença par lui dire : « Mon frère, j'ai fait arrêter le
maréchal d'Ornano d'autant qu'il nous voulait brouiller
et mettre mauvais ménage entre nous. » Monsieur répondit que s'il avait eu véritablement un pareil dessein, il serait le premier à le poursuivre en justice; mais
qu'il y avait bien sujet de craindre qu'il ne fût la victime de la malice de ses ennemis; il s'emporta ensuite
et tint des discours qui marquaient son dépit et son
chagrin. La reine-mère, qui en fut avertie, l'envoya
chercher et tenta inutilement de l'apaiser.

« Un des pages du maréchal d'Ornano, voyant son
maître arrêté, monta aussitôt à cheval pour porter cette
nouvelle à la maréchale d'Ornano, qui était à Paris.

Un cavalier qu'on avait mis en sentinelle à l'entrée de
a forêt ayant crié : » Qui va là ! » le page ne daigna
pas répondre et voulut passer outre. Le cavalier lui
tira un coup de carabine dans la tête, dont il tomba
mort. Le lendemain, le maréchal et Chaudebonne
furent conduits au château de Vincennes dont on donna
le commandement au seigneur de Hercourt, avec
quatre-vingts soldats du régiment des gardes, pour
la garde du château et quarante autres soldats du
même régiment pour celle du donjon. On mit dans la
chambre des deux prisonniers deux des fils du sieur de
Hécourt et quatre mousquetaires avec ordre de les
garder à vue et de veiller sur eux nuit et jour.... La maréchale d'Ornano eut ordre de sortir de Paris; elle ne
s'en éloigna que le moins qu'il lui fut possible pour être
toujours à portée de rendre quelques services à son
mari et à ses beaux-frères... Mais leur commerce ayant
été découvert par les espions du cardinal, le roi fit dire
à la maréchale de se retirer dans une de ses terres de
Provence ou du Dauphiné. Ces nouveaux ordres mirent
le comble à son affliction : elle tomba malade, et Monsieur obtint, avec peine, qu'elle ne se retirerait qu'à
trente lieues de Paris. »

(8) « *Comme si elle eût eu les écrouelles...* » S'arrêter
longuement sur le pouvoir que s'arrogèrent les rois de
France — et aussi les rois d'Angleterre — de guérir les
écrouelles en les touchant serait hors de propos. Certains chroniqueurs pensent que ce pouvoir leur viendrait du roi Clovis, baptisé à Reims et oint, on le sait,
de l'huile « divine » qu'un ange, arrivé du ciel, avait

apportée dans « la sainte ampoule ». Cette vertu de guérison n'aurait alors été que l'émanation de ce « saint-
chrême » qui, depuis, servit au sacre de nos rois. Un
hasard miraculeux révélait ce pouvoir à Clovis. Un de
ses plus fidèles guerriers, Lancinet, atteint d'écrouelles,
avait mangé deux serpents pour se guérir : c'était le
remède qu'indique Celse. Or, lisons-nous dans LANCRE,
L'incrédulité et mescréance du sortilège : « Un jour,
comme le roi Clovis sommeillait, il lui fut avis qu'il touchait doucement et maniait le col et la plaie à Lancinet,
et qu'aussitôt son lit fut tout brillant et enflammé d'un
feu céleste et qu'au même instant Lancinet se trouva
guéri sans qu'il parût aucune cicatrice. Le roi s'étant
levé plus joyeux que de coutume, tout aussitôt qu'il
fut jour il fit son premier coup d'essai, et essaya de le
guérir en le touchant; et étant arrivé comme il le désirait avec l'applaudissement de tout le monde, en ayant
rendu grâce à Dieu, toujours depuis cette grâce et
faculté a été comme héréditaire aux rois de France
et s'est infusé et transmise à leur postérité, la tenant
purement de Dieu. »

D'après le Père Daniel, le roi Robert aurait été le
premier roi de France « à qui Dieu accordait le privilège de guérir les écrouelles » et ses successeurs héri-
tèrent de ce pouvoir extraordinaire, dont ils firent usage.
Il leur suffisait de dire : « Le roi te touche. Dieu te
guérit. » On comprend que nous n'insistions point.
Pour ces guérisons officielles, il y avait tout un grand et
compliqué protocole. La cérémonie terminée, on présentait au monarque, pour qu'il se lavât les mains, trois

serviettes mouillées : la première, avec du vinaigre, la deuxième, avec de l'eau pure; la troisième, avec de la fleur d'oranger.

A l'issue de son sacre, le petit Louis XIII, alors âgé de dix ans, —nous ne nous en tenons ici qu'à ce roi, — dut toucher huit cents scrofuleux. Il eut un moment de dégoût. Marie de Médicis demandant au Père Cotton si son fils avait paru hésiter : « Luy respondit qu'à la vérité lorsqu'il eut touché deux ou trois malades, il fit semblant de se vouloir torcher la main, mais qu'il se rassura tout aussi tost, et qu'il toucha bien et diligemment après cela. » Herouard raconte « qu'il se reposa quatre fois, blémissant un peu, mais qu'il ne voulut jamais le laisser paraître et ne voulut pas prendre de l'écorce de citron. L'année suivante, en 1611, le pauvre enfant touchait encore six cent soixante scrofuleux, au mois d'avril; onze cents, au mois de mai; et quatre cent cinquante au mois de septembre. C'est pendant cette dernière cérémonie qu'il se « trouve faible parce qu'il faisait une extrême chaleur : lavé les mains avec du vin pur et senti du vin, il revient à lui ». Le 7 mai 1613, il touche encore mille soixante-dix malades et, en juillet 1616, mille soixante-dix. Cf. FRANKLIN, *La vie privée d'autrefois*, 1 vol. : *les Médecins*, p. 219-254.

A propos de la cérémonie qui se faisait en 1611, Malherbe écrit à Peiresc :

« Le roi, avec une patience merveilleuse a ce jour d'hui touché les malades... La dernière fois qu'il toucha, pour éviter que quelque malheureux ne fît rien de mal, les malades, à mesure qu'il les touchait, étaient tenus par

les archers qui étaient derrière eux ; mais, cette fois,
pour ne faire paraître de la défiance, on s'est contenté
de leur faire joindre les mains. Il y avait eu avis qu'avec
cette occasion un coquin devait entreprendre contre
la personne du roi, et l'avis venait du sieur de Vouzay,
lieutenant de M. de Châteauroux, à la Bastille ; si bien
que ce M. de Vouzay a toujours été derrière le roi, pour
prendre garde s'il verrait quelque visage semblable à
celui qu'on lui avait dépeint. Tout s'est bien passé... »

Le dernier roi qui « toucha » fut Charles X, le lendemain de son sacre : cent vingt malades que lui présen-
tèrent les médecins Alibert et Dupuytren.

(**9** et **10**) *« Dès lors il aimait déjà Mᵐᵉ d'Hautefort....*
Le roi s'éprit après de La Fayette... » Hautefort ! La
Fayette ! Deux d'entre les plus désirables femmes, les
plus séduisantes, de tous les temps et pour lesquelles
Louis XIII, curieuse énigme psychologique et physio-
logique, ne perdit point son surnom de « chaste » !
Certes, ce fut alors, comme le dit Tallemant, — mais
dans une autre pensée, — « d'étranges amours », tout
platoniques ; desquels Anne d'Autriche et Richelieu
se voulurent servir, pour leurs communs intérêts politiques.

De Mᵐᵉ d'Hautefort, ce « portrait » nous est tracé
par Mᵐᵉ de Motteville : « Ses yeux étaient bleus, ses
dents blanches et égales, son teint avec le blanc et l'in-
carnat nécessaire à une beauté blonde. Elle avait,
dans son visage, un certain air de bonté et de majesté
tout ensemble, si particulier qu'on sentait, en la voyant,
de la joie, de la tendresse et du respect. Il s'est vu,

même, bien des gens qui ne pouvaient démêler les sentiments qu'elle faisait naître, baissant les yeux sans oser les lever jusqu'à elle, quoique son abord d'honnêteté et engageant dût les rassurer. »

Mme d'Hautefort était blonde; Mlle de La Fayette était brune, dans cette Cour et à cette époque où les blondes semblaient avoir, seules, le privilège de la beauté; toutes deux d'ailleurs plutôt jolies que belles, douces autant que réservées, soucieuses et ignorantes de leur crédit, puissantes et ne l'ayant pas désiré, puisant leur influence surtout dans le charme qui se dégageait d'elles, inconscientes; toutes deux, cependant, environnées de pièges, de dangers qu'elles ne purent écarter ou fuir que dans la solitude d'un couvent.

A Lyon, alors qu'il y était malade, tandis que Richelieu guerroyait en Italie, Louis XIII rencontrait pour la première fois Mlle d'Hautefort. Ce fut le coup de foudre. Il en voulut, aussitôt, faire une « dame d'honneur » de la reine sa femme, qui ne s'en effaroucha pas outre mesure, soit qu'elle fût indifférente, soit qu'elle eût une entière confiance en cette fameuse chasteté du roi. Ce en quoi, d'ailleurs, elle avait raison, car ce fut un amour tout platonique; platonisme qui, chose singulière, se doublait de rages et de jalousies. Il la voulait voir tous les jours. Sa parole, « qui était une musique charmeuse », endormait sa tristesse, calmait ses lourds soucis. D'abord elle fut indifférente; puis, femme avant tout, elle se laissait prendre à ces hommages, à cette tendresse, à cette soumission du roi, et alors, faillit l'aimer d'amour véritable; mais, toutefois, elle ne l'aima que comme une grande sœur aime un frère qu'elle protège, et sans aucune idée de passion luxurieuse. « Elle ne voulut même point savoir que pouvait être, ou même désirait violemment être, sa rivale, Mlle de Chemeraut, qui n'était pas douée d'une aussi rare beauté, mais, en récompense, était aussi fine que son amie l'était peu. Ce qui faisait dire aux courtisans, dont l'esprit vif et raffiné leur donnait à penser : qu'il y avait du mystère dans les amours du roi, que la beauté de l'une servait de pierre d'aimant pour attirer ce monarque à elle, mais que l'adresse de l'autre servait pour imprimer dans son cœur les sentiments que les charmes de la première y faisaient naître et que son peu d'esprit y aurait bientôt laissé effacer, sans le secours de cette seconde. » Cf. *Anecdotes du ministère du cardinal de Richelieu*, Amsterdam, MDCCXVII, t. II, p. 46-50.

Cet amour se déclarait officiel un jour qu'au sermon assistaient le roi, la reine et toute la Cour. Les filles d'honneur étaient assises par terre. Le roi prenant le « carreau » de velours, sur lequel il était agenouillé, l'envoyait à Mlle d'Hautefort pour qu'elle pût s'asseoir. Grande, et douce aussi, fut sa surprise et d'une vive rougeur s'empourpra son visage. Sur elle avait attiré tous les yeux cette « galanterie » du roi. La reine lui fit signe de prendre le carreau. Elle le prit, mais le posait à son côté, ne voulant point s'en servir. « Et, dit un témoin de cette idylle d'amour, en plein sermon, elle recevait ce carreau avec un air si modeste, si respectueux et, à la fois, si majestueux qu'il n'y eut personne qui ne jugeât qu'elle méritait cette attention. »

Fille d'honneur de la reine, elle aima surtout la reine profondément, aveuglément. De cet amour, Richelieu prit ombrage. Aimer le roi, ce n'était d'aucune importance. Mais aimer la reine, c'était se déclarer l'ennemi de Richelieu.

« Comme Mme d'Hautefort, sincèrement attachée à la reine, n'avait pas voulu accéder aux propositions que le cardinal lui avait faites de se joindre à lui pour lui découvrir les sentiments du roi, Richelieu avait gagné Mlle de Chemeraut, amie et confidente de Mme d'Hautefort, pour lui rapporter les conversations qu'elle avait avec le roi; et Chemeraut en donnait avis au cardinal par des lettres secrètes qu'elle lui écrivait. Les connaissances que Richelieu acquérait par cette voie le mettaient dans une grande méfiance contre Mme d'Hautefort. Il profitait des moindres occasions pour en dégoûter le roi. Il l'accusait d'être légère et indiscrète et, pour l'en convaincre, il lui faisait voir qu'il connaissait une grande partie des secrets qu'il n'avait confiés qu'à elle seule. Comme elle était naturellement railleuse et qu'elle aimait à plaisanter, le cardinal disait au roi que Sa Majesté était même souvent victime de ses plaisanteries dans les conversations particulières qu'elle avait avec la reine, et que l'on y parlait de sa personne avec fort peu de respect. Quand le roi la voyait, il lui reprochait, avec aigreur, ses indiscrétions et son ingratitude, et il ne laissait pas de continuer à lui faire des confidences jusqu'à ce que l'inclination qu'il avait pour elle se refroidît par son absence pendant son dernier voyage et qu'elle fût entièrement éteinte par le goût qu'il avait pris pour le jeune Cinq-Mars. Toute la Cour s'en aperçut au retour du voyage de Grenoble, par la froideur et l'indifférence avec laquelle le roi recevait Mme d'Hautefort, lorsqu'elle vint le saluer à Fontainebleau.

« Quelques jours après, M. de Brienne vint lui ordonner, de la part du roi, de quitter la Cour. Elle répondit qu'elle ne le pouvait croire, parce que le roi lui avait promis de ne pas la renvoyer sans l'en avertir lui-même. Cette réponse ayant été rapportée au roi par le secrétaire d'État : « Il est vrai, dit-il, je l'ai promis, mais c'était à condition qu'elle serait sage et qu'elle ne me donnerait aucun sujet de me plaindre de sa conduite. S'est-elle imaginée qu'il suffisait d'être reconnue pour une femme vertueuse, afin d'avoir part à mon amitié ? Il faut encore éviter d'entrer dans les cabales, et c'est ce que je n'ai pu gagner avec elle. » Il lui fit, alors, donner une lettre de cachet. » — Cf. *Histoire de la vie de Louis XIII*, par DE BURY, Amsterdam, MDCCLXVII, p. 468-470.

A cette disgrâce, Mme d'Hautefort ne pouvait croire : elle voulut faire parler au roi qui ne daigna point répondre. Elle usa d'un stratagème.

« Elle baissa sa coiffe, raconte Montglat dans ses *Mémoires*, de peur d'être reconnue, et alla l'attendre dans la salle des gardes par où il devait passer pour aller à la messe. Dès qu'elle l'aperçut, elle s'approcha de lui, et levant sa coiffe lui dit que, sur sa parole, elle n'avait pas ajouté foi à ceux qui lui avaient ordonné de sa

part de se retirer et qu'elle ne le pouvait croire après
les protestations qu'il lui avait faites, s'il ne le lui disait lui-même. Jamais homme ne fut si embarrassé que
le roi; car il ne s'attendait pas à telle rencontre. Il fut
tellement surpris que, tout honteux et décontenancé,
il disait qu'il était vrai qu'il l'avait commandé et, sans
lui donner le temps de répondre, il passa tout interdit. »

Exilée, elle allait proche du Mans, dans une propriété qu'y avait sa grand'mère. M. de Montignac, son
frère, Mlle Descars et Mlle de Chemeraut, disgraciée,
elle aussi, la suivirent dans cet exil qui stupéfia la
Cour, sans qu'elle osât souffler mot. Richelieu n'avait-
il pas décidé; le roi, le maître, n'avait-il pas ordonné?
Bien bas, bien bas, on la plaignit; puis ce fut tout
Lorsque Richelieu mourut, elle revint à la Cour. Hélas !
pourquoi y revenir, puisque avait disparu sa puissance
éphémère d'antan? D'ailleurs, Mazarin, alors au pouvoir, ne l'aima pas davantage que ne l'avait aimée
Richelieu. Elle s'enfermait alors dans le couvent des
filles de Sainte-Marie, rue Saint-Antoine. Elle en sortait pour épouser le maréchal de Schomberg, gouverneur de Metz, qui, dix ans plus tard, la laissait veuve.
Agée de soixante-quinze ans elle mourut, ayant mé-
rité, tant elle fut toujours charitable et généreuse, le
glorieux surnom de « Mère des pauvres ». — Voir surtout Cousin, *Vie de Mme Hautefort et de Mme de Chevreuse*, Paris, 1856, deux volumes.

Sur la disgrâce et l'exil de Mme d'Hautefort, le poète
Benserade faisait ces *Stances* qui coururent, avec
succès, « sous le manteau de la cheminée » :

D'où naît, sur votre teint, cette fraîcheur nouvelle
Qui vous fait éclater mieux que vous n'éclatiez?
Je vous trouve plus grasse et vous trouve plus belle
    Encor que vous n'étiez.

Vous avez éprouvé le tracas et la peine,
Maintenant vous goûtez un repos assez doux,
C'est là le sujet : Vous étiez chez la reine
    Et vous êtes chez vous.

Votre vie est changée et vous en menez une
A qui dans la bassesse un beau loisir est joint.
Si le soin de la cour profite à la fortune,
    Il nuit à l'embonpoint.

Vous obligiez les gens d'une ardeur sans seconde,
Et dans l'empressement dont vous parliez pour eux,
Vous travailliez, ce semble, à faire que le monde
    N'eût plus de malheureux.

C'était votre plus chère et plus belle aventure
De remplir les besoins et combler les souhaits.
Si ce malheur est noble, il est d'une nature
    A ne finir jamais.

Au lieu que vous n'avez au séjour où vous êtes
Ni troubles dans l'esprit ni fatigues du corps.
Vos méditations y sont libres et nettes
    De crainte et de remords.

On vous a renvoyée à votre solitude,
Comme l'on fit du temps du dernier de nos rois;
Et ce coup de malheur vous semble aussi peu rude
    Que la première fois.

13

Sans doute, la fortune à tout autre invincible
Ayant différemment votre esprit éprouvé,
A cherché quelque endroit où vous fussiez sensible
    Et n'en a point trouvé.

Votre âme, qui n'est point de la trempe commune
Et dont les mouvements sont sublime et droits,
Fait aussi peu de cas du vent de la fortune
    Que des soupirs des rois.

L'endroit le plus sensible où la douleur vous presse
Et qui peut ébranler un courage constant
Est de n'être plus bien auprès d'une maîtresse
    Qui vous chérissait tant !

Que ne peut, contre vous, dire la renommée !
La reine a toujours eu des sentiments si doux,
Elle a tant de bonté, vous a tant estimée,
    Et ne veut plus de vous !

Son procédé n'a rien que de saint, que d'auguste ;
Un sujet sans raison n'en est point affaibli ;
Les rois n'ont jamais tort et leur colère est juste,
    Quoiqu'on n'ait pas failli !

Encore que sa main sur vous s'appesantisse,
Portez avec respect ses vénérables coups :
Et demeurez d'accord qu'elle a de la justice
    Puisqu'elle a du courroux.

Il faut tout espérer de sa bonté suprême,
Sinon vivre en repos loin de cette bonté,
Et vous bâtir un port dessus le rocher même
    Où vous avez heurté !

De là, quand vous verrez, après votre naufrage,
Toucher à cent écueils cent vaisseaux égarés,
Vous aimerez bien mieux, à cause de l'orage,
    L'endroit où vous serez !

Ce grand éclat n'est pas ce que le monde pense.
La cour a des dégoûts et traîne un repentir,
Jusques-là que beaucoup ont quitté la puissance
    Qui vous en fait sortir.

Ainsi vous passerez des jours très agréables
Dans un calme profond et si délicieux
Que même votre exil parmi les raisonnables
    Fera des envieux.

Comme il faut bien user de l'âge qui s'écoule
Et ménager le temps qui ne peut revenir,
Dieu, de sa propre main, vous tire de la foule
    Pour vous entretenir.

C'est ce commerce étroit qui fait durer vos charmes,
Et les rend plus brillants au sort de leur malheur,
Qui soutient votre esprit et lui donne des armes
    A vaincre sa douleur,

Enfin c'est d'où vous vient cette fraîcheur nouvelle
Qui vous fait éclater mieux que vous n'éclatiez,
Qui rend vos yeux plus vifs et qui vous fait plus belle
    Encor que vous n'étiez !

D'ailleurs, pour tous les hauts et les bas de sa vie,
Mme d'Hautefort eut ce que l'on appelle, maintenant,
« une bonne presse ». Le Gazetier Loret — c'était alors
le nom des journalistes — se chargea de la « réclame ».

A MADAME D'HAUTEFORT

ÉTANT EN L'ABBAYE DE GIF

...Tous ces sujets de chagrin et de souci
Se disperseraient tous si vous étiez ici;
Quand on peut regarder votre face seraine,
Qui de tant de douceurs et de charmes est plaine,
On sent une allégresse en tout temps, en tout lieu !
Qui ravit tous nos sens et nous fait louer Dieu,
D'avoir par ses bontés, en vous sa créature,
Mis dans un si beau corps une âme si très pure,
Ce mélange parfait, d'incomparable prix,
Est la félicité des yeux, et des esprits;
Revenez donc bientôt, ô Beauté plus qu'humaine !

SUR LE RETOUR DE MADAME D'HAUTEFORT

D'UNE MAISON DE RELIGIEUSES

OU L'ON CROYAIT QU'ELLE DUT DEMEURER

PLUS LONG-TEMPS

Cette aimable beauté dont mille et mille appas,
En quelque lieu qu'on aille, accompagnent les pas,
Et de qui la sagesse est partout reconnue,
Ramène dans ces lieux la lumière et le jour;
Nos vœux sont exaucés, la voilà de retour,
Et pour notre bonheur, Madame est revenue.

Vous, de qui la vertu charme et ravit les cœurs,
N'accusez plus le sort d'excessives rigueurs,
Un solitaire lieu ne l'a point retenue;
Son départ nous avait comblé de déplaisirs,
Ce n'étaient que regrets, ce n'étaient que soupirs,
Mais réjouissons-nous, Madame est revenue !

Si cet astre eût de nous éloigné sa clarté,
Nous serions dans le trouble et dans l'obscurité,
Comme quand le soleil se cache dans la nue;
Et la privation d'un objet si parfait
Eût causé dans nos cœurs quelque funeste effet,
Si l'on ne nous eût dit : Madame est revenue !

Mais il ne suffit pas que cet objet charmant
Dans un coin de Paris paraisse seulement,
Lui dont jusques au ciel la gloire est parvenue;
Pour l'honneur de la France, on devrait souhaiter,
Que tout proche le trône on la vît éclater,
Et qu'on dît à la cour : Madame est revenue.

A MADAME D'HAUTEFORT

Quand vos chastes beautés, par un ordre d'amour,
Seront entre les bras du grand Schomberg livrées,
Durant, ou bien après un si célèbre jour,
Je veux absolument porter de vos livrées;
Madame, j'attends donc de vous bague ou joyau,
Mais songez, s'il vous plaît, à cette juste clause,
Puisqu'il faut que l'effet se rapporte à la cause,
Qu'une belle ne doit rien donner que de beau.

EPITHALAME

SUR LE MARIAGE DE MONSEIGNEUR DE SCHOMBERG
DUC D'HALUIN ET MARÉCHAL DE FRANCE
AVEC LA TRÈS ILLUSTRE MARIE D'HAUTEFORT
DAME D'ATOUR DE LA REINE

Hymen ! Hymen ! O Hyménée !
Quand par toi Dame Destinée
Choisit d'entre les amoureux,
Quelques-uns pour les rendre heureux,

Ta belle torche nuptiale
De mille plaisirs les régalle,
Que leurs cœurs, d'aise évaporés,
Avaient jusqu'alors ignorés,
Aussi, quand après cent fatigues,
Plusieurs soins et plusieurs intrigues.
De tes liens doux et charmants
Tu joins deux fidèles amants
Que de sensibles allégresses !
Que de ravissantes caresses !
Et que, dans mille heureux transports,
Ils doivent bien chanter alors
Dedans la couche fortunée :
Hymen ! Hymen ! O Hyménée !
Mais si jamais deux nobles cœurs,
Tous deux vaincus, tous deux vainqueurs,
Ont dû, selon la formule antique,
Chanter ce céleste cantique,
Et même, d'un ton haut et fort
C'est vous, Schomberg et Hautefort !
C'est vous, ô couple illustre et rare,
A qui ce sacré nœud prépare
Mille innocentes voluptés,
Et toutes les félicités
Qu'un couple qui fait bon ménage
Doit espérer du mariage.
Belle épouse, parfaite époux,
Chantez, chantez donc entre vous
Soir, matin et l'après-dînée,
Hymen ! Hymen ! O Hyménée !
Pour voir un hymen prospérer
Tout ce qu'on saurait désirer
D'excellentes et grandes choses
Dans cettui paraissent encloses,
On y voit amour et pudeur,
Beauté, bonne grâce, candeur,

Rencontre de deux belles âmes,
Union de deux chastes flammes,
Louables inclinations,
Sincérité d'intentions,
Honneur, bonté, douceur, sagesse,
Des deux côtés haute noblesse,
Visible générosité,
Constance, magnanimité,
Esprit, vertu, courage, gloire,
Digne place dans l'Histoire...
Charges, gouvernements, emplois
Amitié de reine et de rois...
Voit-on en d'autres mariages
Tant de glorieux avantages?

.   .   .   .

.   .   .   .

Brave Seigneur, Dame charmante,
Heureux amant, pudique amante,
Couple enfin, tout brillant d'honneur,
Connaissez donc votre bonheur,
Goûtez bien la suprême joie
Que le juste ciel vous envoie,
Montrez votre ravissement
Et chantez amoureusement
En bénissant la destinée!
Hymen! Hymen! O Hyménée!

LES ADIEUX DU FAUX-BOURG SAINT-GERMAIN

A MADAME LA DUCHESSE DE SCHOMBERG

Madame, en partant de ce lieu
Tout le quartier vous dit adieu,
Mais, non sans jeter mainte larme
Car vous avez un certain charme
Dont on ne peut se séparer

Sans soupirer ou sans pleurer;
Or, ce charme que je veux dire
Pour qui l'on pleure et l'on soupire
N'est pas de ces charmes charmants,
Dont deux rois furent les amants.
Bref, ce n'est pas, en bon langage,
De votre adorable visage,
Les yeux, la bouche, ni le teint
Dont tout cœur, d'amour est atteint
Et que Schomberg, ne vous déplaise,
Quand il lui plaît baise, et rebaise;
Le charme dont j'entends parler,
Dont on ne peut se consoler,
C'est votre bonté sans seconde
Si bienfaisante à tant de monde,
Et l'unique et seul réconfort
Des personnes qu'un mauvais sort
Rend malades ou malotrus
Dans les maisons ou dans les rues.
Ces pauvres gens intéressés
Que leur quartier vous délaissez
Avec un vif regret dans l'âme,
Vous disent tous adieu, Madame.

. . . .

Plus aimante, plus proche d'être la véritable maîtresse du roi fut Mlle de La Fayette, fille d'un Bourbon-
Brisset et du comte Jean de La Fayette dont l'aïeul
avait été maréchal, qu'affectionnait tout particulièrement Charles VI. Elle avait environ quatorze ans quand
elle vint à la Cour, et dix-sept lorsque le roi la remarquait, ou plutôt lorsque Richelieu, qui voulait tenir
en échec l'influence de Mme d'Hautefort, la fit remarquer au roi.

« Le Cardinal, écrit Montglat dans ses *Mémoires*
pour séparer le roi de Mme Hautefort, voulut tâcher de
lui faire prendre une autre inclination. Il se servit pour
cela des ducs d'Halluyn et de Saint-Simon et de San-
guin, maître d'hôtel ordinaire qui était fort familier
avec le roi, lesquels lui dirent si grand bien de Mlle La
Fayette qu'il commençait à lui parler pour faire dépit
à l'autre; mais comme il était homme d'habitude, à
force de la fréquenter et de la voir, l'inclination lui
vint pour elle et cette amitié s'augmentant elle entrait
dans une grande faveur. »

Cette faveur dura deux ans et demi. Richelieu,
qui croyait en avoir fait sa « créature », alors qu'il
la désignait au roi, comprit très vite qu'il s'était
trompé.

Elle excitait le roi contre le cardinal, « disant qu'il
en était déshonoré pour se laisser trop bassement gouverner par ce ministre. Le cardinal fit son possible
pour la gagner comme toutes les personnes qui approchaient du roi; mais elle eut plus de courage que tous
les hommes de la Cour qui avaient la lâcheté de lui
aller rendre compte de tout ce que le roi disait contre
lui. Le roi trouvait en elle autant de sûreté que de
beauté; l'estima, puis l'aima; et je sais qu'il eut des
pensées pour elle fort au-dessus des communes affections des hommes. Le même sentiment qui obligea
cette fille généreuse à refuser tout commerce avec le
cardinal, la fit vivre avec assez de retenue avec la
reine. » Cf. *Mémoires de Mme de Motteville.*

Le roi, vis-à-vis d'elle, eut un coup de hardiesse : il

lui proposa, pour « la mettre dans ses meubles », dirions-nous aujourd'hui, son pavillon de chasse à Versailles. Mlle de La Fayette répondait qu'elle voulait se faire religieuse. Louis XIII en fut abasourdi, atterré. Il donnait charge à son confesseur, le Père Causson, de bien examiner, de bien scruter cette vocation, et de s'assurer si vraiment elle était sincère. Or elle l'était. « Hélas ! dit le roi qui pleurait, encore que je sois bien fâché qu'elle se retire, je ne veux pas empêcher sa vocation; seulement, qu'elle attende que j'aille à l'armée. » De sa résolution rien ne détourna Mlle de La Fayette. Elle entrait au couvent de Sainte-Marie, où Louis XIII souvent lui écrivait; lettres qu'interceptait Richelieu, ne laissant remettre que celles qui ne lui portaient pas ombrage, ou qu'il dénaturait quelquefois, par l'intercalation de mots blessants, et pour celui-ci et pour celui-là; au couvent de Sainte-Marie où Louis XIII allait souvent la voir; et c'est même à la suite d'une de ces visites, la dernière, en décembre 1637, que Louis XIV — nous l'expliquerons tout à l'heure — dut d'être un jour roi de France : le roi de cette monarchie absolue, à son apogée, qu'avait préparée Louis XIII et que Louis XV n'eut pas la force de retenir sur la pente. Le pouvait-il, d'ailleurs, alors qu'était inévitable la Révolution?

Dans ces « affaires de maîtresses », nous n'avons parlé de Richelieu que d'après les « on-dit » des contemporains. Mais, contre tous « ces racontars » de contemporains, pas toujours très sûrement « avisés », par exemple, le cancanier Tallemant, proteste l'historien

Marius Topin, l'un des plus convaincus et combatifs
défenseurs de Louis XIII, qu'il ne consent pas à voir
courbé sous le joug de Richelieu.

« Louis XIII, écrit-il, évita toute sa vie l'amour tel
qu'il l'avait vu avec dégoût dans ses tristes effets à la
Cour de Henri IV. Son âme mélancolique appelait
ardemment une âme compatissante. Il avait besoin
d'estimer et même d'admirer la personne qu'il aimait.
Mlle de La Fayette seule aima Louis XIII comme il
semblait vouloir l'être »; et, lui, il pouvait l'aimer, non
seulement sans remords, mais encore sans le moindre
trouble de l'âme. Cette jeune fille qui, s'étant promis
dès sa jeunesse de laisser le monde pour le cloître, ne se
sentait pas ébranlée dans son dessein par la plus haute
faveur et se préparait modestement, sans fracas, à
suivre sa destinée. Jamais liens spirituels ne furent
plus étroits que ceux qui unirent ces deux âmes vraiment dignes de s'associer... Son immolation est d'autant plus admirable que personne ne l'y a contrainte.
Louis XIII l'aimait, Anne d'Autriche l'estimait, Richelieu, à qui le roi ne laissait rien ignorer de ses sentiments, et qui savait d'ailleurs Mlle de La Fayette
incapable de se prêter aux combinaisons intéressées de
ses parents, la faisait surveiller sans la combattre. La
touchante fille d'honneur de la reine n'a donc point
cédé aux coups de ses ennemis. Elle a fui, parce qu'elle
redouta les sentiments qu'elle éprouvait autant que
ceux qu'elle inspirait. Elle a fui, non pas la haine, mais
l'amour; elle a fui non Richelieu, mais Louis XIII; et
surtout la brillante et méprisable situation où d'in-

dignes parents la voulaient avilir. » MARIUS TOPIN,
Louis XIII et Richelieu, p. 86-102.

(**11**) « *Le roi couchait fort rarement avec elle... Il faut
donc que ce soit d'un tel temps...* » C'est fin décembre
1615 que Louis XIII et Anne d'Autriche, mariés, tous
deux à l'âge de quatorze ans, couchèrent ensemble
pour la première fois, et il est douteux, nous l'avons dit,
malgré *le détail singulier de ce qui se passa le jour de la
consommation du mariage de Louis XIII*, ce procès-
verbal protocolaire surtout fait pour la reine et le roi
d'Espagne, que le mariage eût été vraiment « consommé ». — Voir l'appendice, n°s 1 et 2. La véritable
« consommation » du mariage ne se serait faite que le
25 janvier 1619. De décembre 1615 à janvier 1619, la
petite reine s'était souvent désespérée. Pourquoi ce
dédain ou, tout au moins, cette indifférence presque
injurieuse? « Cela m'échaufferait si j'allais voir la
reine, » prétendait le roi; ou encore : « Je me garde pour
plus tard. » Ce jeune homme qui, lorsque nous lisons
Héroard, était si libre, parfois si grossier en paroles,
montra vraiment, dans ses actes, — nous parlons des
actes légitimes matrimoniaux, — une réserve excessive,
incompréhensible. Craignait-il de « rester en affront »
et, alors, d'où provenait cette crainte? Était-ce impuissance? Était-ce frigidité? Ce personnage si complexe de Louis XIII restera-t-il toujours une énigme?
Et non seulement Anne d'Autriche se décourageait,
mais aussi elle s'irritait. La conspiration de Chalais
n'eut-elle pas, au fond, pour véritable objectif le divorce, la déposition de Louis XIII que l'on aurait dé-

claré impuissant, incapable de donner un héritier au
trône, et, alors, Gaston d'Orléans, roi, et se mariant
avec Anne d'Autriche? Le divorce de Napoléon n'eut
pas une autre cause; et la situation ne fut-elle pas aussi
ridicule, inexplicable, entre Louis XVI et Marie-An-
toinette, dont la mère se désespérait de n'avoir point
de petit-fils, qu'entre Anne et Louis XIII? Le nonce
écrivait, le 19 décembre 1618 : « Elle est toujours dans
l'attente de cette bienheureuse nuit que le roi devra
passer avec elle. » Et, aussi, cette autre lettre du nonce :
« On croyait très fort cette fois que le roi se déciderait
à coucher avec la reine et à jouer jusqu'au bout son
rôle d'époux; mais il n'a soufflé mot, soit que la honte
le retienne ou que son énergie ne soit pas encore suffi-
sante. Il en est qui lui conseillèrent de s'essayer préala-
blement avec une femme mariée ou ayant déjà quelque
expérience et de ne point faire ses premières preuves
avec une vierge; mais son confesseur le détourna de
commettre un tel péché, et jusqu'ici ce bon avis l'emporte et l'emportera, on l'espère, jusqu'au moment
attendu, lequel finalement ne pourra longtemps se
faire attendre. Ces Espagnols si ardents se désespèrent
et disent que le roi n'est bon à rien. »

Dirons-nous que, pour qu'il se décidât enfin à... coucher avec la reine, il fallut qu'on lui fît faire ce qu'aujourd'hui nous appelons « le voyeur »? Le duc d'Elbœuf
s'étant marié avec Mlle de Vendôme, « le roi voulut
être présent sur le lit des deux époux afin de voir se
consommer le mariage qui fut réitéré plus d'une fois
au grand applaudissement et au goût particulier de Sa

Majesté. » Et la mariée, sa sœur de la main gauche,
lui aurait dit : « Sire, faites, vous aussi, la même chose
avec la reine, et vous ferez bien. » Et c'est ce qu'il aurait fait dans la nuit du 25 janvier 1619, parce que
Luynes l'aurait amené presque de force à sa femme,
Anne d'Autriche. Mais cette « lune de miel » fut inter-
mittente et courte. Héroard en a compté les phases
jusqu'à l'éclipse, qui dura dix-huit années. Le
18 mars 1619, note Héroard, « vêtu en robe, il va chez
la reine »; le 23 septembre 1620, — on voit que
Louis XIII n'en abusait pas, — « le roi couche de nouveau avec la reine de dix heures et demie à une heure
trois quarts »; le 7 décembre, « couché pendant une
heure ». Il serait difficile d'être plus précis.

En 1637 prenait fin la stérilité d'Anne d'Autriche
alors dans tout l'éclat de sa beauté.

« Ses yeux sont grands et beaux, nous apprend
Mme de Brégy; pour ses bras et ses mains, ils feraient
honte à la plus parfaite sculpture. Pour le reste de son
corps, il n'est que la seule modestie qui le fait cacher.
Tout cela est accompagné d'une fraîcheur et d'une
propreté qui donnerait lieu de penser que l'ambre et
le jasmin seraient rentrés dans la composition de son
beau corps. »

Parlant d'elle, alors qu'elle avait cinquante-huit ans,
Mme de Motteville pouvait écrire :

« Elle a été l'une des plus grandes beautés de son
siècle et présentement il lui en reste assez pour en
effacer des jeunes qui prétendent avoir des attraits.
Ses yeux sont parfaitement beaux; le doux et le grave

s'y mêlent agréablement; leur puissance a été fatale à beaucoup d'illustres particuliers et des nations entières ont senti, à leur dommage, quel pouvoir ils ont eu sur les hommes... »

Et, après cette allusion à l'amour insensé qu'eut pour Anne d'Autriche le duc de Buckingham qui, ne pouvant revenir en France, où il avait trop affiché la passion, entraînait, en 1627, le roi d'Angleterre à la guerre contre nous, Mme de Motteville continue :

« ...Sa bouche, quoique d'une manière fort innocente, a été complice de tous les maux que ses yeux ont faits. Par un de ses sourires, elle peut acquérir mille cœurs; ses ennemis mêmes ne peuvent résister à ses charmes... Ses cheveux sont beaux et leur couleur est d'un blond châtain clair : elle en a beaucoup et il n'est rien de plus agréable que de la voir peigner. Ses mains, qui ont reçu les louanges de toute l'Europe, qui sont faites pour le plaisir des yeux, pour porter un sceptre et pour être admirées, joignent l'adresse avec une extrême blancheur, si bien que l'on peut dire que les spectateurs sont toujours ravis quand cette grande reine se fait voir, ou à sa toilette, en s'habillant, ou à table quand elle prend ses repas... Son nez n'est pas si parfait que les autres traits de son visage; il est gros (c'était le nez bourbonien), mais cette grosseur ne sied pas mal avec de grands yeux; et il semble que s'il diminue la beauté, il contribue, du moins, à lui rendre le visage plus grave... »

Voici, maintenant, l'ombre au tableau: ses hémorroïdes, et surtout son cancer au sein gauche, qui lui fit

endurer ce long martyre dont nous parlent Mme de
Motteville et Mlle de Montpensier. Sur la fin de sa vie,
lorsqu'on la pansait, « on lui tenait des cachets de senteur auprès du nez pour la soulager de la mauvaise
odeur qui sortait de sa plaie ». Et, dans les *Mémoires* de
Mlle DE MONTPENSIER, p. 393, édit. Michaud :
« Quoiqu'elle tînt toujours dans ses mains un éventail
de peau d'Espagne, cela n'empêchait pas que l'on sen-
tît sa plaie jusqu'à faire manquer le cœur; pour moi,
lorsque je revenais de la voir panser, je ne pouvais
manger... »

Mais revenons aux rapports conjugaux du roi et de
la reine.

« Cette façon de vivre, *Mémoires de Montglat*, édit.
Michaud et Poujoulat, p. 61, dura jusqu'au commencement de cette année 1637, que la reine étant à Paris, et
le roi à Versailles, il en partit pour aller coucher à
Saint-Maur. Il passa dans Paris et s'arrêta aux Filles
de Sainte-Marie, de la rue Saint-Antoine, pour voir
Mlle de La Fayette; mais quand il fut près d'en partir,
il survint une pluie si grande et un vent si impétueux
que toute la campagne fut inondée, et que les hommes
et chevaux ne pouvaient aller; outre que l'obscurité
était grande, et que les flambeaux ne pouvaient demeurer allumés à cause du grand vent qui les éteignait.
Cet accident embarrassa fort le roi, à cause que sa
chambre et son lit et ses officiers de bouche étaient à
Saint-Maur. Il attendit longtemps pour voir si le temps
changerait; mais voyant que ce déluge ne se passait
point, l'impatience le prit; et comme il dit qu'il n'avait

ANNE DE COURTENAY
Femme de Sully
(Cabinet des Estampes)

point de chambre tendue au Louvre, ni d'officiers pour
lui accommoder à souper, Guitaut, capitaine au régiment des gardes, qui était fort libre avec lui, répondit
qu'il fallait qu'il envoyât demander à coucher et à
souper à la reine. Le roi envoya bien loin cette proposition, comme fort contraire à son inclination, et s'opi-
niâtra dans l'espérance que le temps changerait.

« Mais, voyant que l'orage augmentait au lieu de
diminuer, Guitaut, au hasard encore d'être rebuté, lui
fit la même proposition qui fut un peu mieux reçue
que la première fois; seulement, le roi dit que la reine
soupait et se couchait trop tard pour lui. Mais Guitaut
l'assura qu'elle se conformerait à son heure. Sa Majesté
se rendant à ses raisons, il partit en diligence pour en
assurer la reine, et faire en sorte que le roi n'attendît
pas longtemps à souper. Elle reçut cette nouvelle avec
une joie extrême; d'autant plus grande qu'elle ne s'y
attendait pas. Et, ayant donné des ordres pour faire
que le roi soupât de bonne heure, ils couchèrent ensemble, et cette nuit, la reine devint grosse du Dauphin, qui fut, depuis, le roi Louis XIV, lequel causera
la fin des maux de cette grande princesse et la mettra,
un jour, au plus haut point d'honneur et de gloire où
jamais reine soit parvenue. »

« Cet événement, qu'on regardait comme un miracle, écrit un ancien historien de Louis XIII, était
d'autant plus agréable qu'il était inespéré, après vingt-
deux ans de stérilité... » Oh ! je sais bien que la légiti-
mité de Louis XIV est contestée. Dans la *Revue com-
plémentaire*, 1857, p. 378, est passée au crible l'histoire

de cette nuit fameuse d'après le récit qu'en ont fait,
notamment, et sans qu'il y ait grandes variantes de
détails, Montglat, Mme de Motteville, Mathieu, Marais,
Griffet; la dissertation est ingénieuse, subtile, mais est-
elle probante irréfutablement et sans réplique? Le
Dr Cabanès écrit dans son volume que nous avons cité.

« Tout le monde est donc à peu près d'accord sur la
bâtardise du grand roi; on diffère seulement sur le nom
du père putatif. Les uns désignent le marquis d'Ancre,
d'où ce couplet tiré d'une chanson de l'époque :

> Si la reine allait avoir
> Un enfant dans le ventre
> Il serait bien noir
> Car il serait d'encre.

« D'autres ont nommé le duc de Buckingham; d'autres,
enfin, le cardinal lui-même, encore d'après une chanson
contemporaine. Ce qui est certain, c'est qu'on ne
trouve en aucune façon, chez Louis XIV, une ressem-
blance physique avec Louis XIII. » Soit ! Mais lui en
a-t-on trouvé une avec l'un de ses pères putatifs? Des
« racontars », des cancans, des on-dit ne suffisent pas
toujours et si peut-être il y a présomption légère, rien
ne prouve, à l'évidence, que Louis XIV ne soit pas le
fils légitime de Louis XIII et d'Anne d'Autriche ».

Nous devons dire cependant que Marius Topin, dans
son *Louis XIII et Richelieu*, ne croit nullement à cette
« indifférence conjugale » du Roi pour la Reine :

« Longtemps, écrit cet historien, il demeura froid, un
peu timide, presque gauche, avec Anne d'Autriche, et

la consommation du mariage encore vainement sou-
haitée, quatre ans après l'union, désirée ardemment
par la Cour d'Espagne qui voyait dans l'abstention du
roi une insulte, par le nonce du pape, par la Cour de
Toscane, qui avaient été agents actifs des mariages
espagnols, devint en quelque sorte une question d'État.

« Tant d'efforts furent tentés pour vaincre la résistance du roi, et de si divers qu'il en conservait toute sa
vie un embarras dont il ne lui fut jamais possible de
triompher entièrement. Mais lorsque le sentiment des
devoirs imposés à l'époux l'eut emporté sur une anti-
pathie naturelle, accrue de certainesr épugnances,
Louis XIII se montrait assez empressé. Le *Journal*
d'Héroard, aussi minutieusement exact sur ce point
délicat que sur tous les autres, renferme à cet égard de
très nombreuses mentions fort caractéristiques. Les
visites intimes se renouvelaient, le plus souvent, deux
fois par semaine. Chacune d'elles est annotée, en
marge du *Journal* d'Héroard, de chiffres significatifs
résultant des confidences que faisait le monarque à son
médecin.

« On voit en le lisant que rien n'échappait à l'attention du scrupuleux témoin et qu'il n'a jamais négligé
d'enregistrer les rapprochements d'où pouvait résulter,
pour la France, l'espoir de voir naître un Dauphin.
Sauf pendant les diverses guerres du règne, les rapprochements furent fréquents. Bien loin que la grossesse
qui précéda la naissance de Louis XIV ait été un événement inespéré, elle fut précédée de quatre autres
grossesses que, toutes, interrompirent des accidents

survenus à la suite de quelque imprudence. Quoi qu'on
en ait dit dans ces romanesques récits où tant de
nos contemporains apprennent l'histoire de France,
Louis XIII fut un époux d'abord effarouché, toujours
un peu timide, mais qui, la première répugnance
vaincue, demeura jusqu'à sa mort fidèle et régulier
observateur de tous ses devoirs.

« Toutefois, il est parfaitement vrai qu'il n'aima
jamais Anne d'Autriche, et pourtant elle était belle, et
pourtant, malgré un assez vif penchant pour Buckingham, penchant qui ne l'entraînait à aucune faute, la
conduite de la reine fut irréprochable; au moins tant
que vécut le roi... »

(12) « *Ou vous ne voyez rien, sinon à quelle heure il
se réveilla, déjeuna, cracha, chia...* » Rien de plus exact.
Héroard se complaît dans ces détails d'une intimité
parfois trop réaliste; et toutes ces minuties font qu'est
parfois monotone ce journal, curieux dans son ensemble
et dont le titre est : *Journal particulier de la vie du roi
Louis XIII, composé et écrit de la main de Jean Héroard,
seigneur de Vaugrigneuse, son premier médecin.* » Pour
corroborer ce que dit Tallemant, donnons ces deux
extraits :

« LUNDI 12 AOUT 1605, à Saint-Germain-en-Laye, —
le Dauphin, alors, a trois ans et demi. — Éveillé à
7 heures après minuit, douceur, levé, bon visage, gai,
chaussé, maintenu ainsi jusqu'à huit heures et demie,
coiffé à bâtons rompus devant le maçon Thomas, vêtu,
pisse.

« A neuf heures et demie, déjeuner, bouillon assez,

il n'en veut point : « Il est amer », dit-il, l'on pensait que ce fût par goût, mais il se trouva fort salé, il avait les yeux fort bons. Cerises crues, pain assez, bu, mené à la chapelle, puis au bâtiment neuf, au roi et à la reine.

« Ramené à onze heures et demie, dîne : potage et hachis au chapon bouilli, gras de veau sur du pain, moelle de veau, ce qu'il en peut tirer avec sa cuillère, perdreaux petits, trois ailes, bu, poulet rôti une aile, cerises confites douze, sirop, pain assez, bu, mains nettes, « Gaches à Dieu, amen ! » Massepain, une tranche.

« Se joue avec une petite marmite de plomb qu'il remplit d'eau. — Monsieur, dis-je, êtes-vous le petit marmiton Rosty? — De non, répondit-il, c'est que je joue. »

« A trois heures et demie, fait caca, jaune, mol, beaucoup.

« Mené à quatre heures au bâtiment neuf. Le roi se reposait sur son lit. Il dresse en la ruelle tout son petit ménage. M. de Verneuil (fils de Henri IV et de Mme de Verneuil : les deux enfants étaient du même âge), était venu des cuisines. « Ha ! ce mousieu méchant qui gâte tout ! » Ainsi jusqu'à six heures, donne le bonsoir au roi et en reçoit le mot (le mot d'ordre pour les troupes de garde), et le baille à M. de Cresqui maître de camp du régiment des gardes. Ce fut la première fois (qu'il prit le mot d'ordre du roi).

« Ramené au château à six heures; soupé, panade et hachis de chapon en tourte, gras blanc, du beurre sur du pain, moelle de veau, ce qu'il en peut tirer avec sa cuillère, faisandeau, deux ailes, cerises confites douze,

pain assez, bu peu, mains nettes, a bu, « gâches à Dieu !
amen ». Massepain, ainsi jusqu'à neuf heures, pisse,
dévêtu, mis au lit, s'endort à neuf heures et demie
jusqu'à six heures et demie après minuit.

« SAMEDI 1ᵉʳ AOUT 1626, à Nantes. — Le roi est âgé
de vingt-quatre ans et Héroard l'a toujours, depuis sa
première année, aussi minutieusement, enfantinement
suivi. — Éveillé à huit heures et demie, après minuit,
douceur, pouls plein, égal, pansé, chaleur douce, levé,
bon visage, gai, pisse jaune et beaucoup ; peigné, vêtu,
prie Dieu... » Suit pour la journée l'énumération complète de ce qu'il a mangé, tellement complète qu'est
mentionné le dos d'une sardine salée. Le roi aurait-il
des tendances au végétarisme, ou serait-il échauffé ?
Pour son souper le soir, sept heures et demie, il mange :

« Cerises crues, 14, potage au lait, douze pois en potage, pain et citrouille, fraises, six, une tourte de prunes,
bu du « potus divinus », quatre rissoles d'amandes, le
dedans d'une tarte à la poire, trois cuillerées de gro-
seilles rouges, douze cerises crues, dix cerises confites
pain assez, bu du potus divinus, dragées de fenouil, la
petite cuillerée.

« Va chez la reine, sa mère. Revient à neuf heures,
dévêtu, mis au lit, prie Dieu : bien fait ses affaires
jaune, mol, beaucoup, bu deux coups de potus divinus,
remis au lit à dix heures. S'endort jusqu'à sept heures
et demie après minuit. »

(13) « *Il aima Barradas violemment...* » Encore un
« mignon » que Tallemant, toujours d'une générosité
suspecte, a, sans doute, donné à Louis XIII. Nous

avons dit ce qu'il fallait loyalement croire de cette in-
vraisemblable, du moins jusqu'à preuve convaincante,
« homosexualité ». Et pourtant ne verrons-nous pas, aux
nos 21 et 22 de cet appendice, Richelieu, lui-même, lui
jeter Cinq-Mars, comme dans les bras, pour le dégoûter
de Mmes Hautefort et Chémerault ! !... Baradat, en
outre, n'aurait pas été cet « assez pauvre homme »
dont parle Tallemant. Pauvre, ni d'argent, ni d'influence, à son heure. Il est vrai que cette heure fut
très brève.

François de Baradat, que Louis XIII eut parmi ses
familiers, avait vu sa fortune s'accroître rapidement
Capitaine du château de Saint-Germain, lieutenant
général en Champagne, la disgrâce survenait tout aussi
prompte. Le *Menagiana* nous raconte, comme motif
de cette défaveur, une anecdote bien futile, dont, en
toute justice, Baradat ne pouvait être responsable :

« Il était, un jour, à la chasse avec le roi, lorsque le
chapeau de ce prince, étant tombé, alla justement sous
le ventre du cheval de Baradat. Dans ce moment-là ce
cheval étant venu à pisser gâta tout le chapeau du roi
qui se mit dans une aussi grande colère contre le maître
du cheval que s'il l'avait fait exprès. Le roi prit en très
mauvaise part cet accident qui en aurait fait rire un
autre; et il commençait, dès ce temps-là, à ne plus
aimer Baradat. »

La vérité est que, très orgueilleux, il fut un de ceux
qui voulurent faire échec à la toute-puissance de Richelieu. Être hostile à Richelieu, était, du même coup,
être hostile au roi. Louis XIII, alors, « l'éloignait de

la Cour ». En cette circonstance, Baradat prouvait qu'il aimait la France — le mot de patrie était alors inconnu — en ne prenant point les armes contre elle, dans le camp ennemi, comme le firent, en ces époques, même Condé, même Turenne, et beaucoup d'autres mécontents pour assouvir leurs rancunes personnelles.

Nous lisons dans les *Mémoires* de Montglat, — et peut-être est-il le seul à nous rappeler cette aventure :

« A son retour de Lorraine, le roi coucha dans un château nommé Baye, proche de Damery, où demeurait Baradat qui avait été autrefois son favori... Or le roi avait toujours conservé une inclination naturelle pour lui, ce qui donna la hardiesse à Baradat de lui faire dire qu'il était bien malheureux d'être le seul de la province qui fût privé de l'honneur de lui faire la révérence. Le roi demandait aussitôt combien il y avait de là chez lui, et ayant su qu'il n'y avait pas loin, il dit qu'il le voulait voir et qu'il vînt le lendemain à son lever. Il ne manqua pas de s'y trouver et fut bien reçu de Sa Majesté ! Cette vue réveillant l'ancienne amitié que le roi avait eue pour lui, fit que, tant qu'il y fut, ce prince ne parla qu'à lui et ne regarda plus les autres; et même il lui permit de le suivre à Saint-Germain, ce qu'il fit. Mais le cardinal, qui était à Ruel, l'ayant appris, et s'alarmant, résolut de couper court à cette faveur renaissante... »

Et comme la volonté de Richelieu prévalut, Baradat était éloigné de la Cour, à nouveau. Peut-être aussi parce qu'alors Mme d'Hautefort ne lui était pas indifférente. A la date du 25 octobre 1635, le roi écrivait au cardinal « ...Pour nouvelles d'ici, Baradat est amoureux de Delotefort et elle en dit tout le bien du monde... »

(14) « *Le soin qu'il avait eu d'amuser le roi à la chasse... Mettons-nous à cette fenêtre, puis ennuyons-nous...* » Chaque fois que l'occasion était favorable, le roi montait à cheval et chassait au vol; ce qui était facile, car le suivait tout ou partie de son cabinet d'oiseaux. Comme ses prédécesseurs, Louis XIII aimait la chasse à courre. Quand il force le loup, il l'annonce d'ordinaire au cardinal. Mais la chasse au vol était sa distraction favorite. A dix ans, il savait déjà dresser les oiseaux à voler, et, à la date du 22 septembre 1611, on lit dans Héroard : « En soupant, le roi parlait d'oiseaux, d'une pie-grièche qu'il avait, et dit qu'il la voulait dresser pour voler le moineau, et un moineau pour le roitelet et le roitelet pour la mouche. — Et la mouche, demande Héroard, que lui ferez-vous voler? — Je lui ferai voler le moucheron. »

Il parle souvent au cardinal des résultats obtenus dans ce dressage. Richelieu, comme beaucoup d'autres, imitait le roi, du moins en apparence, et paraissait ravi lorsque son maître lui envoyait « un bel oiseau de poing ». Considérable était sa fauconnerie et, naturellement, considérable le personnel de cette fauconnerie, mais il serait oiseux de faire ici des énumérations complètes de faucons, d'émerillons, d'éperviers, de falquets, en un mot de tous les oiseaux de proie possibles; de même qu'il serait inutile de donner le nom des fauconniers : baron de La Châtaigneraie, le sieur de Ligné, les sieurs de Ville, de la Roche, et tant d'autres. Chamillard entrait dans les bonnes grâces de Louis XIV, parce qu'il jouait adroitement au billard, ainsi de Luynes entrait dans les bonnes grâces de Louis XIII, parce qu'il excellait à dresser les pies-grièches.

« La Cour était agréable alors, écrit Mlle de Montpensier à la date de 1638, les amours du roi pour Mme d'Hautefort, qu'il tâchait de divertir tous les jours, y contribuaient beaucoup. La chasse était un des grands plaisirs du roi, nous y allions souvent avec lui; Mme de Beaufort, Chémeraut et Saint-Louis, filles de la Reine; d'Escars, sœur de Mme d'Hautefort, et Beaumont venaient avec moi. Nous étions tout vêtues de couleur, sur de belles haquenées richement caparaçonnées et, pour se garantir du soleil, chacune avait un chapeau de quantité de plumes. L'on disposait toujours la chasse du côté de quelques belles maisons, où l'on trouvait de grandes collations, et au retour le roi se mettait dans mon carrosse, entre Mme d'Hautefort et moi. Quand il était de belle humeur il nous entretenait agréablement de toutes choses. Il souffrait, en ce temps-là, qu'on lui parlât avec assez de liberté du cardinal de Richelieu, et une marque que cela ne lui déplaisait pas, c'est qu'il en parlait lui-même ainsi. Sitôt que l'on était revenu, on allait chez la reine; je prenais plaisir à la servir à son souper, et ses filles portaient les plats. L'on avait réglementé trois fois la semaine le divertissement de la musique, que celle de la chambre du roi venait donner; et la plupart des airs qu'on y chantait était de sa composition; il en faisait même les paroles et le sujet n'était jamais que Mme d'Hautefort. Le roi était quelquefois dans une si galante humeur qu'aux collations qu'il nous donnait à la campagne, il ne se mettait point à table et nous servait presque toutes, quoique sa civilité n'eût qu'un seul objet. Il mangeait après nous et semblait n'affecter pas plus de complaisance pour Mme d'Hautefort que pour les autres, tant il avait peur que quelqu'une s'aperçût de sa galanterie.

«S'il arrivait quelque brouille entre eux, tous les divertissements étaient sursis, et si le roi venait dans ce temps-là, chez la reine, il ne parlait à personne et personne aussi n'osait lui parler; il s'asseyait dans un coin où, le plus souvent, il bâillait et s'endormait. C'était une mélancolie qui refroidissait tout le monde et pendant ce chagrin, il passait la plus grande partie du jour à écrire ce qu'il avait dit à Mme d'Hautefort et ce qu'elle lui avait répondu; chose si véritable qu'après sa mort l'on a trouvé dans sa cassette de grands procès-verbaux de tous les démêlés qu'il avait eus avec ses maîtresses, à la louange desquelles on peut dire qu'il n'en a jamais aimé que de très vertueuses : Mlle DE MONTPENSIER, *Mémoires*, édit. Michaud, p. 11.

Mais lorsque Louis XIII disait : « Mettons-nous à cette fenêtre et ennuyons-nous » il y avait à ces ennuis autres choses plus profondément sérieuses que ses brouilles passagères avec Mme d'Hautefort. Louis XIII paraît avoir été bon naturellement, mais, hélas ! il ne lui fut pas toujours possible d'aimer les êtres qu'il lui eût été agréable d'aimer. De bonne heure sa mère fut, pour lui, très dure et jamais ne cacha son amour pour Gaston, son deuxième fils. On l'accusa même, nous l'avons dit, d'avoir espéré faire passer la couronne sur sa tête. D'autre part, le roi s'indignait, relégué dans un coin du Louvre, de voir la faveur de sa mère livrer le gouvernement de la France à Concini, maréchal d'Ancre, cet étranger incapable, ambitieux. Il voulut aimer sa femme; elle lui fut antipathique avant même qu'il la connût. Certains froissements d'amour-propre, trop de réserve chez le roi, une trop excessive dignité chez la reine, achevèrent d'élever entre les deux époux une barrière insurmontable. Il se sentit d'abord attiré vers Gaston qui l'appelait, après la catastrophe de 1610, son « petit papa » et dont il était volontiers le protecteur et l'ami. Ceux avec qui celui-ci jouait et vivait; ceux parmi lesquels il aurait pu placer son affection, son honnêteté naturelle l'empêchait de les aimer parce qu'ils étaient des bâtards. Il se jetait alors avec passion dans un vif amour pour son père; celui-là, il pouvait le chérir, l'admirer, et en bon Français et fils dévoué. Mais le poignard de Ravaillac vint brusquement ravir au Dauphin celui qui fut longtemps pour lui le principal, le seul objet de cette admiration et de cette tendresse. Là semble être la vraie cause de la mélancolie persévérante, invincible de Louis XIII. Ses sentiments les plus chers furent presque toujours contrariés. Tout enfant il ne lui fut pas possible d'aimer ceux avec lesquels il vivait. Plus tard le sentiment du devoir l'empêchait de vivre avec Mme d'Hautefort ou Mlle de Lafayette, qu'il chérissait; à moins que cette « frigidité » vis-à-vis d'elles ne provînt des causes dont nous avons parlé, discrètement. Mais que ce fût pour une raison, que ce fût pour une autre, ces amours platoniques le laissèrent contrarié, avec, peut-être, le regret, de tous les instants, de ne pouvoir, ou de ne vouloir préférer, parfois, les plaisirs de la chair aux jouissances éthérées de l'âme. En outre, sa santé d'abord vigoureuse fut singulièrement atteinte, débilitée par le désastreux régime hygiénique alors dans toute sa force : saignées et lavements. En une seule année, son médecin Bouvart le fit saigner quarante-sept fois, lui fit prendre deux cent douze « médecines » — des purgations — et deux cent quinze lavements; ce qui correspond, pour les quinze années pendant lesquelles Bouvard fut en exercice, à 750 saignées, 3.000 médecines, et 3.000 lavements; encore n'est-ce là sans doute qu'un chiffre très modéré, puisque, dans les dernières années, il fallut « recourir plus souvent aux grands et aux petits remèdes ». Quel corps n'eût pas affaibli un pareil traitement et n'est-il pas admissible que l'aggravation de la langueur morale ait eu pour cause l'épuisement physique?

Sa santé, d'ailleurs, et quoi de plus naturel, le préoccupe fort. Donnons seulement deux preuves, entre tant d'autres, de cette préoccupation. Il écrit à Richelieu : *De Saint-Germain, 23 janvier* 1634 : « ... Je me suis trouvé un peu enflé cette après dîné qui sera cause que je prendrai un petit remède ce soir... » *De Châlons,* 16 *septembre* 1635 : « ... J'ai été contraint de prendre encore aujourd'hui médecine, le ventre m'ayant toujours bouffé, depuis que je me suis senti la goutte; quoique j'aie pris quatre petits remèdes, cela n'y faisait rien... »

Lisez l'autopsie de Louis XIII : *Fonds Dupuy*, t. 672, fol. 206. C'est horrible. Il est extraordinaire qu'un homme ait pu vivre, même quarante-deux ans, avec tant de pourriture et tant de gangrène dans le corps !

(**15**) « *On ne saurait quasi compter tous les beaux métiers qu'il apprit...* » Ces « beaux métiers » furent surtout des amusements, des jeux d'enfant et d'adolescent. Il n'y a, pour s'en convaincre, qu'à lire le journal d'Héroard. Il aime, aussi, beaucoup à griffonner et s'essaie à d'informes vignettes qu'il est curieux de retrouver, aujourd'hui, intercalées dans le manuscrit d'Héroard ; caricatures anodines contre les gens de son entourage et que le médecin explique ; en ajoutant de sa main, avec une légende, la désignation de la personne. Louis XIII sera plus tard un artiste de goût, dessinant, faisant de l'aquarelle, ainsi qu'il sera musicien passionné et, même, compositeur intéressant. Il possède un petit carrosse vert, tout petit, qu'on traîne à bras à travers les appartements et dans lequel il se promène. Certaine poupée, qu'il nomme Cupidon, l'amuse : il la malmène. Une fois il entre dans la chambre de sa petite sœur, lui prend sa poupée d'un bras et lui dit de saisir l'autre bras : « Madame téné pa la. » « Et se prennent tous deux à brandiller un peu vivement cette poupone. » Il était rude joueur. Les jouets le divertissent. Il veut acheter, à la foire de Saint-Germain « une de ces fâmes qui batent leu mari ave un

mateau su la tête : Chaq ! Chaq ! Elles le couignent
bien. » Il a du goût pour les quilles; il en joue « à la
pirouette et la tourne fort dextrement. Il était adroit
à tout dès qu'il faisait quelque chose. » Les galets le
ravissent, il les manie vigoureusement, ajustant « loin
six pas ». Mais le palemail, le continuel palemail, où il
se rend matin et soir, par beau temps et par pluie,
occupe une place énorme dans son existence. Il y est
expert. Une fois, il est si furieux de manquer ses coups,
qu'il veut attribuer sa maladresse à des gants neufs
qu'il met pour la première fois. Mais, ce qu'il aime, par-
dessus tout, comme jouets, dès sa première enfance, ce
sont les armes. — Voir le n° 4 à cet Appendice.

Bassompierre parle aussi dans ses *Mémoires* de ce
goût singulier qu'eut toujours Louis XIII pour tant
« d'occupations » minutieuses. « En ce temps-là —
c'était en 1618 et il avait dix-sept ans — le roi s'amusait à force petits exercices, comme de peindre, de
chanter, d'imiter les artifices des eaux de Saint-Germain par de petits canaux de plume, de faire de petites
inventions de chasse, de jouer du tambour, à quoi il
réussissait fort bien... »

Tallemant reproche à Louis XIII d'avoir « envoyé
vendre ses pois verts au marché ». Ce ne fut évidemment qu'une fantaisie passagère; alors que Charle-
magne, le grand empereur d'Occident, faisait vendre
officiellement, et en saison, chaque année, dit le chroniqueur Eginart, et aussi nous apprennent les Capitu-
laires, « tous les légumes de son jardin ».

(16) « *Il mit un air à ce rondeau...* » Mlle de Mont

pensier — nous venons de le voir — nous dit « qu'il
composait la plupart des airs de la musique qu'on
exécutait chez lui trois fois la semaine et qu'il en faisait même quelquefois les paroles ». La musique valait
évidemment beaucoup mieux que la poésie. Tallemant veut bien reconnaître « qu'il ne s'y connaissait
pas mal en musique» — nous en avons pour preuve cette
insignifiante chanson, la seule poésie de Louis XIII
qui nous serait parvenue :

CHANSON D'AMARYLLIS

Tu crois, ô beau soleil
Qu'à ton éclat rien n'est pareil,
En cet aimable temps
Que tu fais le printemps;
Mais quoi ! tu pâlis
Auprès d'Amaryllis.

Or que le ciel est gai
Durant ce gentil mois de mai !
Les roses vont fleurir,
Les lys s'épanouïr,
Mais que sont les lys
Auprès d'Amaryllis ?

De ses nouvelles pleurs
L'aube va ranimer les fleurs.
Mais que fait la beauté
A mon cœur attristé ?
Quand des pleurs je lis
Aux yeux d'Amaryllis !

(**17**) « *A ce compte il ne prenait pas Béringhem pour
un gentilhomme...* », pas plus d'ailleurs que ne le pre-

RICHELIEU
(d'après une gravure du temps)

nait Tallemant, très dédaigneux pour lui dans son *Historiette*. « J'ai ouï conté à bien des gens, écrit-il, que le
roi (Henri IV ayant demandé à M. de Sainte-Marie
comment il faisait pour avoir des armes si luisantes :
« C'est, dit-il, un valet allemand que j'ai qui en a soin. »
Le roi le voulut avoir : c'était Béringhem, et il lui
donna après le soin du cabinet des armes. Depuis, il fit
quelque chose et parvint à être premier valet de chambre.
« ... Cet autre Béringhem et sa femme sont assez asso-
tés de leur noblesse et ils disaient : « Nous voudrions
pour plaisir qu'on nous pût mettre à la taille, pour
avoir lieu de prouver notre noblesse... »

« ... M. le Premier, autrefois, fut un peu de la faveur;
il cabala avec Vauthier et Mme du Fargis. Il commença
à branler dès le voyage de Lyon et fut disgracié au
retour de la Rochelle. Il avait changé de religion. Il alla
en Hollande, et le prince d'Orange, qui aimait tout ce
que le cardinal persécutait, le reçut à bras ouverts, et
lui donna ses chevau-légers à commander. Béringhem
acquit quelque réputation : il revint en France après
la mort du cardinal... ».

(**18**) « *Il était naturellement médisant, il disait : Je
pense que tels et tels sont bien aises de mon édit des
duels.* » Il est possible que Louis XIII ait ainsi parlé;
mais les « seigneurs » que tranquillisèrent les édits sur
le duel furent l'exception. A cette époque, ils étaient
tous courageux, et souvent, d'un courage exclusive-
ment de gloriole; au moindre mot, au moindre geste,
l'épée à la main — comme sous l'Empire, aux armées
de Napoléon Ier. Aux temps des guerres de religion,

15

de Henri IV, de Louis XIII, presque tout le monde se
battait. En ces duels moururent autant de vaillants
capitaines qu'il en mourut à la guerre. Contre ces inutiles combats, Henri IV, dès qu'il eut pacifié le royaume,
rendit plusieurs ordonnances, qui ne purent, malgré
leur rigueur, déraciner cette coutume. Le préjugé l'em-
portait. On se battait, presque toujours par troupes
nombreuses, la seconde épousant la querelle du gentilhomme qui réclamait leurs services, sans même vouloir connaître la cause — presque toujours futile — qui
leur faisait tirer l'épée. Les familles puissantes avaient
des « spadassins qu'elles nourrissaient au sang », comme
le dit Richelieu, en parlant du baron de Luz et de son
duel avec le chevalier de Guise. Les ordonnances
rigoureuses du cardinal, la sévérité avec laquelle il les
fit exécuter, le supplice, comme exemple terrible, de
Montmorency-Boutteville, ralentirent quelque peu la
fureur des duels, sans, toutefois, la pouvoir éteindre
complètement; pas plus d'ailleurs que les ordonnances
de Louis XIV, restées presque impuissantes.

Malgré soi, l'on songe, en rappelant les édits du cardinal contre les duels à cette scène pittoresque et
colorée du second acte de *Marion de Lorme* : cette scène
qui est une date :

GASSÉ

. . . .

Toujours nombre de duels. Le trois, c'était d'Angennes
Contre Arquiem, pour avoir porté du point de Gênes;
Laverdie avec Pons s'est rencontré le dix...
Sourdis avec d'Ailly pour une du théâtre

De Mondori. Le neuf, Nogent avec Lachâtre
Pour avoir mal écrit trois vers de Colletet !
Gorde avec Margaillan, pour l'heure qu'il était;
D'Humières avec Gondi, pour le pas de l'église.
Et puis tous les Brissac contre tous les Soubise,
A propos du pari d'un cheval contre un chien,
Enfin Caussade avec La Tournelle, pour rien,
Pour le plaisir. Caussade a tué La Tournelle.

BRICHANTEAU

Heureux Paris ! les duels ont repris de plus belle !

GASSÉ

C'est la mode.

BRICHANTEAU

Toujours festins, amours, combats,
On ne peut s'amuser et vivre que là-bas,
Mais on s'ennuie, ici, de façon paternelle.
Tu dis donc que Caussade a tué Latournelle?

GASSÉ

Oui ! d'un bon coup d'estoc.

BRICHANTEAU

Refais-nous donc la liste
De tous ces duels. Qu'en dit le roi?

GASSÉ

Le cardinal
Est furieux et veut un prompt remède au mal.
. . . .

APPENDICE

Et lorsque va finir la scène, passe le « crieur » :

LE CRIEUR

« A tous ceux qui verront ces présentes, salut !
« Ayant considéré que chaque roi voulut
« Exterminer le duel par des peines sévères,
« Que malgré les Édits signés des rois nos pères,
« Les duels sont aujourd'hui plus nombreux que jamais;
« Ordonnons et mandons, voulons que désormais
« Les duellistes, félons qui de sujets nous privent,
« Qu'il en survive un seul ou que tous deux survivent,
« Soient, pour être amendés, traduits en notre cour,
« Et, nobles ou vilains, soient pendus haut et court.
« Et pour rendre en tout point, l'édit plus efficace,
« Renonçons pour ce crime à notre droit de grâce,
« C'est notre bon plaisir — Signé : Louis — Plus bas :
« Richelieu... »

(19) « *M. de Schomberg lui dit que Corneille voulait lui dédier* Polyeucte... » On trouve, dans cette préface, l'expression très naturelle de la reconnaissance qu'avait Corneille pour cette reine qui s'était montrée si favorable au *Cid.* Anne d'Autriche, heureuse, en effet, de voir les passions et les caractères de sa chère Espagne reproduits avec tant de puissance, voulut donner au poète une marque éclatante de son contentement. Depuis plus de vingt ans, Pierre Corneille, le père, était maître des Eaux et Forêts en la vicomté de Rouen, et avait, en certaines circonstances difficiles, fait preuve d'énergie singulière. *Le Cid* lui valut une récompense depuis longtemps bien méritée, mais à laquelle la reine eut la délicatesse de songer : il recevait, enfin, ses

« lettres de noblesse » : lettres qui, tout en mentionnant ses services personnels, étaient, au fond, plus particulièrement destinées à son fils. Les contemporains ne s'y trompèrent point. Dans son alerte roman historique, *Cadet la perle*, Léo Claretie nous explique d'ingénieuse façon que cette « querelle du Cid » entre Corneille et Richelieu fut plutôt une querelle politique qu'une querelle littéraire. On sait à quel point Louis XIII fut affecté lorsqu'il apprenait son échec à Fontarabie. Il écrivait à Richelieu le 18 *septembre* 1638 : « ...Je crois que vous savez que nous avons perdu tout le canon et le bagage de l'armée; bref on ne peut appeler ce malheur que la même chose qui arrivait aux Espagnols l'année passée à Leucate. Le bon Dieu fait tout pour le mieux, il se faut remettre à sa volonté. Le déplaisir que j'ai de cette affaire m'a failli faire retomber malade; m'étant, hier, trouvé plus mal qu'à l'ordinaire... »

Pourquoi, surtout, ce « déplaisir »? Parce que le roi voyait toujours en la reine une Espagnole; alors l'alliée naturelle des ennemis de l'extérieur autant que de l'intérieur. Il est certain, en effet, que la défaite de Fontarabie dut réjouir, intimement, Anne d'Autriche et son entourage de courtisans, tous hostiles à Louis XIII.

Dans la préface de *Polyeucte*, que ne voulut point recevoir Louis XIII, est fait allusion à la victoire de Rocroi, dont, mourant, il avait eu la vision :

. . . .

La victoire elle-même accourant à mon roi
Et mettant à ses pieds Thionville et Rocroi
Fait retentir ces vers sur les bords de la Seine;

France, attends tout d'un règne ouvert en triomphant,
Puisque tu vois déjà les ordres de ta reine
Faire un foudre en tes mains des armes d'un enfant.

A propos de cette dédicace que lui voulut faire Corneille, à propos du premier volume de l'*Histoire de France* que lui présenta Mézerai, Tallemant dit qu'on a reconnu Louis XIII « avare en toutes choses ». Il est intéressant de constater que cette avarice, si cependant elle est vraie, eut parfois le mauvais état des routes pour cause réelle. Sont curieuses certaines corrélations.

A cette époque, châteaux ou palais n'étaient guère meublés. A part quelques coffres ou bahuts, ils ne contenaient rien de nécessaire à l'existence. Chacun voyageait avec ce qu'il jugeait utile. Les meubles ordinaires, les tentures, les ustensiles, étaient transportés sur des chariots. Louis XIII avait avec lui de quoi meubler sa chambre, et quelquefois une seconde chambre pour un ami à recevoir. On jugeait volontiers de la qualité des personnages par le nombre des voitures qu'ils traînaient à leur suite. De là cette expression encore usitée, aujourd'hui, « mener un grand train ». Tout ce qui était indispensable pour vivre étant « sur roues », le roi pouvait donc aller, selon son bon plaisir ou les nécessités du moment, d'un château à l'autre, mais ce genre forcé de vie assez simple excluait naturellement toute réception fastueuse. Aussi Louis XIII hésitait-il souvent à « recevoir » ou à donner un dîner : ce qui lui eût été difficile. Lorsqu'il lui est possible d'être somptueux il n'en laisse point passer l'occasion, « Mon cousin, écrit-il au cardinal, 18 novembre 1636, M. le

comte (de Soissons) est arrivé ce matin (à Pont de
Neuilly), auquel j'ai fait la meilleure chère que j'ai
pu... »

(20) « *En Picardie, il vit des avoines fauchées...* »
L'impression que nous donne la vie de ces soldats d'autrefois en campagne est une impression de brutalité,
de cruauté. Ces routiers sans feu ni lieu qui se louaient
à tant par mois pour faire la guerre, que l'on ménageait
parce qu'il n'était pas toujours facile d'en trouver,
étaient de véritables bandits; toujours à la recherche
de rapines qu'ils compliquaient de meurtres et d'in-
cendies, surtout quand ils n'étaient point payés. Alors
« pas d'argent, pas de suisses ». En temps normal,
c'étaient des gens « de sac et de corde » ou des ivrognes,
lâchés dans le sac d'une ville, ou en pleine moisson,
ils n'avaient quasi plus rien d'humain. — Voir, notamment : BONNEMÈRE, *Histoire des Paysans;* — PELLETAN,
Décadence de la monarchie française et *passim*, les
Mémoires des Intendants. — Chefs et soldats vivaient
de la guerre, c'est-à-dire de pilleries et de brigandages. Tous labouraient et cultivaient les champs
de bataille, comme le paysan pour faire un beau
champ de blé. Le maréchal de ¡Biron répondait à son
fils qui lui proposait un infaillible moyen de détruire
d'un seul coup l'armée ennemie : « Et lorsqu'il n'y
aura plus de guerre, à quoi serons-nous bons? » Partout où il y avait soldats, partout il y avait pillage.

   Mais, en ce qui concerne personnellement Louis XIII,
l'anecdote que rapporte Tallemant, si peut-être, étant
données les mœurs soldatesques de l'époque, elle est

vraisemblable, est-elle authentiquement certaine? La
discipline dans son armée lui tenait beaucoup à cœur.
Un jour il aperçoit deux gardes françaises « qui faisaient le diable et pillaient tout dans la maison d'un
paysan; aussitôt, il ordonne « de faire halte et commande à deux valets de pied de se jeter sur les deux
gardes françaises. « Battez-les tout le saôul, s'écrie-t-il
avec emportement, et les assommez de coups ! » Ils le
firent fort et ferme, et s'il se fût trouvé un bourreau, ils
étaient tout pendus. » Puis le roi fait appeler M. de
Canaples, le colonel. « Canaples, lui commanda-t-il de
voix impérieuse, il faut que vous mettiez un meilleur
ordre dans mes gardes qu'il n'y a, et que vous les fassiez
tenir dans leur quartier et suivre leur drapeau. » Le
colonel veut excuser ses hommes, « logés si serrément
qu'il faut qu'ils aillent au village voisin chercher des
vivres pour de l'argent. — Comment, riposte le roi, ils
abandonnent leur drapeau pour aller voler et picorer,
et vous appelez cela chercher des vivres pour de l'argent ! Si vous n'y donnez un meilleur ordre, doréna-
vant, je vous casserai comme faisant vous-même tous
les larcins et voleries ! »

A Guistre-sur-l'Ile, le roi rencontre un valet qui
« traînait » trois vaches volées à un paysan. Il arrête
l'homme et lui demande à qui sont ces vaches. Le valet
dit « qu'elles sont à son maître, La Pierre, gendarme ».
On fait venir La Pierre. « Qui lui a baillé ces vaches? —
Il les achetait. — Combien? — Vingt livres — Qui était
avec lui au moment de l'achat? — Un autre gendarme
de la même compagnie. » On le fait venir, lui aussi, on

le questionne. Il répond qu'il n'était point du tout présent lorsque le prix fut fait. Alors le roi s'adressant à La Pierre : Je vois bien que vous les avez volées. Cherchez par tous les quartiers celui qui vous les a vendues, et me l'emmenez, autrement je vous casserai ! »

Il veille, en même temps, à ce que ses soldats soient aussi confortablement traités que possible. Il mande de *Chantilly, le* 13 *novembre* 1636 : « ...Je désire aussi, lorsque les ennemis sortiront vendredi, que mon armée soit en bataille, et que vous fassiez défense, sur peine de vie, de mettre le feu dans le camp; que vous donniez ordre qu'on porte les meilleures huttes dans les dehors de la place et aux lieux qui seront choisis sur les remparts pour hutter la garnison que j'ordonne y être mise, à cause du mauvais air et que vous fassiez conserver dans Corbie les corps de garde et grands couverts qu'on avait fait pour la cavallerie dans la circonvallation. Je m'assure que vous ferez exécuter bien ponctuellement et avec soin les ordres contenus en cette lettre comme important au bien de mon service... »

(21 et 22) « *L'Éminentissime voyant bien qu'il fallait quelque amusement au roi, jeta les yeux, comme j'ai dit, sur Cinq-Mars... Mais comme c'était un jeune homme fougueux et qui aimait ses plaisirs...* » « Le cardinal ayant donc peur que ces deux dames (Hautefort et Chemerault), l'une par sa beauté, l'autre par son esprit, ne s'emparassent, à la fin, tout à fait de l'esprit du roi (se reporter à notre petite biographie), et qu'elles ne tramassent, dans la suite, quelque dangereux complot

contre lui, tel qu'il en avait appréhendé de la part des
Dames de la Fayette et de Sennecé, résolut en lui-
même de faire tout son possible pour détourner le roi
de l'extrême affection qu'il portait à Mme d'Hautefort
et pour le dégoûter de la compagnie de Mlle de Chemerault, le commerce qu'il entretenait avec ces deux
dames commençant à lui devenir suspect. Il persuada
pour cet effet, à ce monarque, que le bien de l'État
requérait qu'il fît un tour sur les frontières de son
royaume et, par ce moyen, il l'éloigna de la vue de sa
bien-aimée maîtresse; et pour la lui faire oublier entièrement, il introduisit peu à peu, à la faveur de l'absence, et pendant le voyage, Cinq-Mars dans les bonnes
grâces de Sa Majesté. C'était un jeune seigneur, âgé de
dix-neuf à vingt ans, bien fait de sa personne, d'une
humeur enjouée, d'une conversation agréable, et qui
accompagnait toutes ses actions de tant de grâces qu'il
gagnait les cœurs de tout le monde. Ce ne fut pas
néanmoins sans peine, ni sans se donner bien des soins,
que le cardinal installa ce nouveau favori auprès de ce
monarque, parce que son esprit libertin et la vie débauchée qu'il menait ne quadraient point au caractère
de ce prince. A la fin pourtant, à force d'en dire du
bien, de le produire et de le choisir toujours, pour
accompagner le roi à la chasse, et dans ses autres divertissements, joint à cela un certain penchant naturel
que ce prince avait pour lui et qui le forçait à l'aimer
presque malgré lui; il l'insinua si bien dans la faveur
de Sa Majesté, qu'elle n'eut plus des yeux que pour lui
et le prit en telle amitié que celle qu'elle avait eue

autrefois pour ses autres favorites n'en approcha
jamais, Sa nouvelle passion pour son nouveau favori
diminua petit à petit celle qu'il avait pour sa maîtresse
et l'effaça entièrement de son cœur. *Anecdotes du Ministère du Cardinal de Richelieu*, Amsterdam, MDCCXC,
t. II, p. 50-51.

(23) « *Il lui disait cent bagatelles du roi... que le cardinal voulait qu'on lui dît...* ». Dans ces « Anecdotes »
très bien avisées et fort bien informées, nous trouvons
le texte même des instructions que Richelieu donnait
à Cinq-Mars. Elles sont vraiment curieuses :

« ...Qu'il affectât en toutes sortes de rencontres un
extrême attachement pour la personne de ce monarque,
qu'il lui témoignât le même empressement et la même
ardeur qu'il aurait eus pour une maîtresse, qu'il fît
semblant d'être jaloux de toutes les personnes pour
lesquelles il paraîtrait avoir quelque inclination; qu'il
lui fît souvenir des reproches du peu d'amitié qu'il lui
portait, qu'il donnât de fois à autres des marques de
dépit, de ce qu'il ne l'aimait pas autant qu'il l'aimait
lui-même; enfin qu'il dît beaucoup de mal de tous ceux
qui étaient employés dans la conduite des affaires, et
de lui tout le premier. Que le roi se plaisant à acheter
dans tous les lieux où il passait les plus beaux ouvrages
qui s'y faisaient, il devait lui faire des plaintes de son
sort en lui faisant entendre qu'il savait bien à qui
toutes ces belles choses étaient destinées; ainsi qu'il le
suppliait de ne point lui donner des marques si écla-
tantes de sa faveur, à la face de toute la Cour, parce
qu'il ne serait pas si tôt de retour à Paris, que la vue de

Mme d'Hautefort lui ferait perdre son affection et qu'il deviendrait la fable de tous les courtisans qui le railleraient, se moqueraient de lui et le blâmeraient de n'avoir pas su conserver les bonnes grâces de son Maître et de son Souverain. »

(**24 et 25**) « *Nous avons dit comment le roi l'aimait éperdument... M. le Grand avait été amoureux de Marion de Lorme...* » Tallemant en revient ici, par cette anecdote, à ces « étranges amours » dont il parle, mais auxquels, nous l'avons dit (Voir la note, p. 145), on ne doit croire que sous les plus expresses réserves, ou même ne point croire, parce qu'ils sont loin d'être authentiquement prouvés. Et pourtant elle nous semble bien singulière cette plus qu'intimité avec Cinq-Mars. Dans cet amour n'y eut-il, à tout prendre, que du platonisme, comme il y en eut, seulement, dans l'amour pour Mme de La Fayette et Mme d'Hautefort? Voici comment cette « scène du lit » nous est racontée de façon moins scabreuse dans le volume des « Anecdotes ». Elle nous semble, alors, toute naturelle :

« La bonne intelligence du roi avec son favori, après le raccommodement qui s'était fait ne fut pas de longue durée. Le cardinal, qui connut que cette querelle n'était proprement qu'un dépit amoureux tel qu'il en arrive entre un amant et une maîtresse... s'employa si efficacement à les remettre bien ensemble qu'il rétablit ce dernier dans les bonnes grâces de Sa Majesté, mieux qu'il n'y avait jamais été. En effet, ce monarque, qui lui donnait des témoignages si publics de la grande confiance qu'il prenait en lui et de l'extrême affection

qu'il lui portait, qu'on aurait dit qu'il l'avait choisi
pour lui servir de temple, où il voulait renfermer tous
ses désirs, enfin il lui donna des marques de faveur si
distinguées que les sieurs de Barradas et Saint-Simon,
et ses autres favoris n'en avaient jamais reçues de
pareilles. Le roi l'aimait à un point que quand il était
couché et que tout le monde, jusqu'aux officiers de sa
chambre, étaient retirés, il le faisait asseoir au chevet
de son lit, et passait ainsi trois ou quatre heures à s'entretenir avec lui de discours familiers. Cette grande
passion de Sa Majesté pour son favori était trop violente pour qu'elle pût durer longtemps, d'autant plus
que celui-ci étant, de sa nature, inquiet, brusque, peu
endurant, ne savait point se maintenir dans les bonnes
grâces de son souverain et ne pouvait point s'assujettir
à toutes les complaisances qu'il fallait avoir pour lui
plaire et conserver son affection.

« ...Le roi fut, en ce temps-là, quelque jour sans sortir de sa chambre, sous prétexte d'une légère indisposition; mais la véritable raison en était qu'il était alors
fâché et dans une extrême colère contre son favori...
Le cardinal de Richelieu fit encore tout son possible
pour le remettre dans ses bonnes grâces. Mais ce prince
fut sourd, pour cette fois, à toutes les remontrances.
Il ne voulait plus absolument le voir ni le souffrir. Il
était irrité au dernier point contre le jeune Cinq-Mars
de ce que, malgré ses défenses expresses et réitérées, il
ne laissait pas, néanmoins, d'aller en cachette toutes
les nuits voir la belle Marion de Lorme dont il était
toujours passionnément amoureux. En dépit de tous

les obstacles que l'on apportait à sa passion, son amour pour cette belle fille était même si public et avait fait de si grands progrès dans son cœur, que tout le monde disait qu'il l'avait secrètement épousée. Ces bruits avaient été la cause que le roi, outre l'aversion naturelle qu'il avait de voir ses favoris s'engager dans les liens du mariage, surtout avec une créature qui ne passait pas pour une vestale, était encore vivement sollicité par les parents de son favori de rom... cette intrigue. Alors, il lui défendait sévèrement de continuer à la voir davantage, lui disant, de plus, qu'il ne lui pouvait pas causer un plus sensible déplaisir que celui de ne pas rompre avec elle... »

Dans l' « Historiette » d'ailleurs très courte que Tallemant fait de Marion de Lorme, cette belle et célèbre courtisane, il ne parle point de ces amours, si ce n'est, toutefois, en ce passage, et c'est tout.

« Elle avouait qu'elle avait eu une inclination pour huit hommes, et non davantage. Le premier fut Des Barreaux; Riouville, après : il n'est pas pourtant trop beau; ce fut pour elle qu'il se battit contre la Ferté-Senecterre; Miossens à qui elle écrivit par une fantaisie qui lui prit de coucher avec lui; Arnauld, M. le Grand (Cinq-Mars), M. de Chatillon et M. de Brissac. »

De Marion de Lorme, née à Châlons-sur-Marne vers 1611 et morte en 1650, Tallemant nous a laissé ce portrait : « C'était une belle personne, et d'une grande mine, et qui faisait tout de bonne grâce, elle n'avait pas l'esprit vif, mais elle chantait bien et jouait du théorbe. Le nez lui rougissait quelquefois, et pour

cela elle se tenait des matinées entières les pieds dans
l'eau. Elle était magnifique, dépensière et naturellement lascive. »

(26) « *Ils ne s'accordèrent qu'en une chose, c'est à*
haïr le cardinal... » Est-ce bien exact? Du moins dans
les derniers temps de la faveur. Cinq-Mars fut un ambitieux. Le cardinal voulait bien avoir des créatures et
des espions à soi, mais il ne voulait point de maître :
sauf le roi, parce que c'était « le Roi » et encore, avec
combien de sourdes révoltes ! Il avait dû réprimer, assez
brutalement, certaines prétentions du favori; puis,
Cinq-Mars fut perdu, sans rémission, — malgré tout
l'amour que pouvait avoir le roi pour lui, — du jour où
trop ouvertement il attaqua le cardinal. « Je ne veux
à aucun prix, riposta vertement Louis XIII, me défaire de M. de Richelieu. S'il faut que l'un de vous
deux sorte, vous pouvez vous préparer à vous retirer.
Ne vous flattez pas là-dessus ! » Voir MONTGLAT,
Mémoires, p. 128, édit. Michaud. — Un jour que le
maréchal Fabert causait avec le roi du siège de Perpignan, Cinq-Mars, présent à l'entretien, se permit
quelques observations. « Vous avez sans doute passé
la nuit à la tranchée, lui dit le roi, puisque vous en parlez si savamment. Allez ! vous m'êtes insupportable !
Vous voulez que l'on croie que vous passez les nuits à
régler avec moi les affaires de mon royaume, et vous
les passez dans ma garde-robe à lire l'*Arioste* avec mes
valets de chambre. Allez, orgueilleux ! Il y a six mois
que je vous vomis ! » — Le P. LA BARRE, *Vie de Fa-*
bert, t. I, p. 398. — Et encore, avec plus de détails :

TALLEMANT, *Historiette de Richelieu*, t. I, p. 218

Pourtant, à cette époque, Louis XIII ignorait encore
que Cinq-Mars, le trahissant, avait signé avec l'Espagne
ce traité criminel qui le conduisit à l'échafaud, en compagnie de De Thou. lequel, dans cette affaire, ne fut en
réalité que le confident discret de son ami.

(27) « *Ainsi on prit le pauvre M. le Grand.* » On peut
toutefois se demander si l'assertion de Tallemant, lorsque l'on étudie le caractère si complexe de Louis XIII,
ne serait pas, tout au moins, vraisemblable. Le roi
était trop avisé, trop intelligent pour ne point comprendre que, tout en restant le maître, le génie supérieur de Richelieu l'écrasait. Et il semble alors qu'il
ait eu certains moments de révolte ou, si l'on préfère,
de mauvaise humeur. Il lui arriva de rire, et comme
d'approuver, lorsqu'on lui montrait quelques ridicules
et plusieurs « petits côtés » du « tout-puissant ». Survenait alors pour Cinq-Mars le moment qu'il crut être le
« moment psychologique ». Richelieu l'avait rabroué fort
devant son escadron parce qu'il était resté tout un jour
sans charger. Il le traitait encore plus rudement quand
il entrevit qu'il voulait jouer un rôle politique, et ridi-
culisait alors ce qu'il appela « ses prétentions à la
main de la princesse Marie de Mantoue ». Cinq-Mars
écoutait, pour son malheur et aussi parce que dépité, les
inspirations mauvaises de Gaston d'Orléans qui ne
cessait de conspirer et avait mis dans son jeu le duc
de Bouillon. L'ami le plus cher de Cinq-Mars, François-
Auguste de Thou, impliqué par lui dans la confidence,
se trouva maître d'un secret qu'il ne lui fut pas pos-

sible de révéler, sans trahison d'amitié. Les conjurés
n'avaient plus qu'à s'entendre maintenant avec l'Espagne. Fontrailles, homme d'action, qui voulait en
finir par un assassinat, fut expédié au comte-duc
d'Olivarès. Il rapporta de Madrid un traité qui stipu-
lait le rétablissement de la paix entre les deux cou-
ronnes, et la restitution de toutes les conquêtes faites
de part et d'autre. Douze mille hommes et six mille
chevaux partiraient des Pays-Bas et rejoindraient à
Sedan Gaston d'Orléans. Monsieur aurait le commandement en chef. Bouillon et Cinq-Mars serviraient sous
lui comme maréchaux de camp. Richelieu, qui se mé-
fiait, ne quittait plus Louis XIII. Il apprend qu'est
signé le traité. Tout aussitôt il adresse un rapport très
complet au roi qui, malade, était parti de Perpignan et
se trouvait alors à Narbonne. Louis, qui pouvait favo-
riser l'évasion de son ancien favori, ordonne qu'on
ferme les portes de la ville et qu'on l'arrête. Les détails
de cette arrestation varient suivant qui les raconte. Il
serait oiseux de rapprocher tous ces récits pour les opposer les uns aux autres. Tallemant, lui-même, nous rapporte de tout autre manière cette arrestation dans son
Historiette de Richelieu. Voici celui que nous donnent
les *Anecdotes du Ministère du Cardinal de Richelieu* :
« Le roi étant arrivé à Narbonne, le sieur de Chavigny
le fut trouver pour savoir la dernière résolution sur
l'affaire des conjurés. Ce prince lui dit qu'il n'en avait
point changé et ordonna devant lui que les portes de
la ville se tinssent fermées et qu'on arrêtât prisonniers,
la nuit suivante, MM. Cinq-Mars et de Thou, avec

16

quelques autres qu'on soupçonnait d'être d'intelligence avec eux. Ces commissions n'ayant pu être données si secrètement que quelques amis de M. le Grand
n'en eussent connaissance, il en fut averti comme il sortait de table et prit sur-le-champ le parti de pourvoir
à sa sûreté, par une prompte fuite. C'est pourquoi,
dissimulant, avec un visage riant, le trouble et l'agitation que cet avertissement excitait dans son âme, il se
fit, au plus vite, tirer les bottes et témoigna une grande
envie de dormir à tous ceux qui avaient soupé avec lui,
leur disant pour les obliger à se retirer que la petite débauche qu'ils avaient faite ce même soir ensemble était
cause qu'il allait se coucher de si bonne heure...

« ...Il se retirait alors, les portes étant fermées, et ne
pouvant gagner la campagne, chez Mlle Burgos, femme
d'un parfumeur de Narbonne, qui était pour lors absent de sa maison, et l'engageait à force de promesses
et de présents, à le cacher chez elle, sans en rien dire à
son mari...

« ...Pendant que ces magistrats s'empressaient avec
un soin extrême à chercher par tous les coins et recoins
de la ville M. le Grand, le marchand parfumeur, qui
n'avait point couché à sa maison, y étant revenu le lendemain, apprit en arrivant chez lui, de sa femme, qui
avait été intimidée des ordres sévères qu'on avait
publiés par la ville, qu'elle avait donné retraite, dans
sa maison, à un jeune seigneur qui était, selon toutes
les apparences, celui que l'on cherchait avec tant d'exactitude. Aussitôt le parfumeur pria un de ses voisins
d'aller avertir l'archevêque de Narbonne, le lieutenant

général et les conseils que le sieur de Cinq-Mars était
caché dans sa maison, et que cela s'était fait sans sa
participation, n'y étant point lorsqu'il y était venu.
Le sieur de la Ricardelle et les consuls, à cette nouvelle,
accompagnés du major de la Place, et d'une troupe de
soldats, se rendirent dans l'instant même à ce logis, et
montant vite à la chambre, ils le trouvèrent étendu
sur un lit, dont les rideaux étaient tirés tout autour.
Au bruit qu'ils firent en entrant dans cette chambre,
M. le Grand se précipita en bas du lit et parut fort ému
et tout troublé; mais ayant repris aussitôt contenance,
il s'avança fier au devant du sieur de la Ricardelle,
d'une façon à se faire craindre et respecter tout ensemble. Mais ce magistrat ne s'étonna point pour cela et
lui dit hardiement « qu'il avait ordre du roi de l'arrêter
prisonnier », lui demandant son épée et le faisant saisir
en même temps par quelques-uns de sa compagnie.
Une si terrible harangue, suivie d'une si prompte exécution, ne déconcerta point, cependant, le jeune favori.
Il soutint avec assez de fermeté ce crue revers de fortune et demanda seulement, en grâ··, qu'on voulût
bien lui laisser son épée, afin qu'il ne parût pa؟ dans les
rues comme le dernier des criminels... »

Cinq-Mars et de Thou furent décapités à Lyon le
12 septembre 1642, sur la place des Terreaux. Ce même
jour Richelieu écrivait de Lentilly : « Perpignan est
ès-mains du roi, M. le Grand et M. de Thou en l'autre
monde. Ce sont deux effets de la bonté de Dieu pour
l'État et pour le Roi qu'on peut dire bien égaux. »

Deux mois auparavant il recevait la nouvelle qu'était

morte à Cologne Marie de Médicis, mère de Louis XIII.
Depuis sa sortie de France, cette malheureuse femme
avait erré des Pays-Bas en Hollande; de Hollande en
Angleterre; d'Angleterre à Cologne, sollicitant toujours
de son fils, le Roi, et du cardinal, la très humble permission de rentrer en cette France où elle avait été la
Reine. Richelieu n'eut ni remords ni regrets. « J'ai de
la joie d'avoir appris par des lettres, écrivait-il le
22 juillet, qu'elle pardonna de bon cœur à tous ceux
qu'elle tenait ses ennemis. » — Voir Appendice, n° 10,
à l'*Historiette de Henri IV*.

« Alors qu'on le conduisait à l'échafaud, M. de Cinq-
Mars apercevait plusieurs femmes qui pleuraient en le
regardant passer, témoignant ainsi d'une grande compassion pour son infortune. Alors, se tournant vers son
confesseur à qui il fit remarquer l'extrême affliction de
ces femmes, il lui dit d'un air riant : « Mon Père, elles
m'ont toujours aimé. »

De la « Relation de Fontrailles », nous extrayons :
« De Thou battit des mains en apercevant l'échafaud;
Cinq-Mars y monta le premier. Il fit un tour sur l'échafaud comme s'il eût fait une démarche de bonne grâce,
sur un théâtre; puis il s'arrêta et salua tous ceux qui
étaient à sa vue, d'un visage riant. Après s'étant couvert il se mit en une fort belle posture, ayant avancé
un pied et mis la main au côté. Il considéra haut et bas
toute cette grande assemblée d'un visage assuré et qui
ne témoignait aucune peur, et fit encore deux ou trois
belles démarches... »

Ils moururent donc tous deux fort courageusement,

presque théâtralement, en grand apparat, et Louis XIII
n'eut pas lieu de tenir cet odieux propos que lui prête,
gratuitement, sans doute, Tallemant des Reaux : « Je
voudrais bien voir la grimace qu'à cette heure, sur
l'échafaud, fait M. le Grand ! »

Sur cette mort était aussitôt composé ce distique.
Il résume excellemment le pourquoi du procès et du
supplice :

> Morte pari periere duo, sed dispari causa :
>   Fit reus ille, loquens; fit reus ille, tacens.

« Tous deux, ils moururent d'une mort semblable,
mais pour une cause différente. L'un fut criminel parce
qu'il parlait; l'autre fut criminel parce qu'il se taisait. »

Pour le supplice de Cinq-Mars et de Thou, voir notamment le *Récit de Fontrailles* (l'un des plus complets).
Les diverses *Histoires de Louis XIII* : LEVASSOR,
BAZIN, BURY, GRIFFET, etc.; HANOTAUX, *Histoire du
cardinal Richelieu.* — J.-F. BASSERIE, *La conspiration
de Cinq-Mars.* — *Procès Cinq-Mars et de Thou*, dans la
collection Danjou.

(28) « *Après la mort du cardinal 'Richelieu...* » Si
Richelieu fut un génie d'immense envergure, ce fut,
physiquement, un corps lamentable. A ses derniers
jours, ses souffrances furent horribles, outre qu'à ces
souffrances se vinrent ajouter de cruelles tortures morales. Dans le milieu de l'année 1642, il succombait
sous la crainte incessante d'une chute. Plus il était
monté haut, plus la catastrophe d'une disgrâce envi-
sagée apparaissait intolérable.

Peut-être pensait-on dans l'entourage que Louis,
jamais, n'oserait briser Richelieu. Pourquoi pas? Il
l'aurait brisé tout aussi durement que, de nos jours,
Guillaume II, empereur d'Allemagne, tout jeune, brisa
ce colosse réputé inébranlable qu'était Bismarck.

On accusa Richelieu d'avoir, lorsque furent décapités
Cinq-Mars et de Thou, remonté le Rhône, fastueuse-
ment, dans une barque où l'abritait un pavillon somptueux. Hélas ! en ce moment, il ne pouvait faire un mouvement sans de cuisantes douleurs. Il fallait le hisser
en litière jusqu'au premier étage des maisons où, pendant ce voyage, il logea. Pour lui donner passage
étaient faites aux murailles de larges ouvertures. Ré-
tention d'urine et constipation, hémorroïdes, abcès,
plaies dont il eut le corps tout couvert, rhumatisme,
aucun mal ne l'épargna. Il mourut d'une gangrène qui
lui rongeait l'anus, dit un de ses historiens, et de son
cadavre se dégageait une puanteur insoutenable,

> Pour modérer un peu l'odeur puantissime
> Qui sort du cul pourri de l'éminentissime;
> . . . .

d'un abcès au thorax, suivant Guy Patin; d'une pleu-
résie purulente, conclut le Dr Cabanès. Ses hémorroïdes
servirent surtout de textes à maints pamphlets qu'il
est parfois assez difficile de reproduire. De Meaux l'on
a fait venir les reliques de saint Fiacre, qui passaient
pour guérir ces maux. Pourquoi? Ignore-t-on que
même « Monsieur saint Fiacre » ne peut guérir un « fan-
tôme sans corps ».

Que sa vertu ne peut ressusciter les morts...
Que ce cul est déjà le partage des vers,
Et que l'âme d'Armand est le prix des enfers.
Ainsi, tous murmurant, députés et reliques,
Crient qu'on les a pris pour de vrais empiriques;
Qu'on les a fait venir pour soulager un mal
Dont le ciel, juste auteur, punit ce cardinal.
Cet impie est frappé, mais non pas dans le cœur;
Un poltron n'eut jamais cette marque d'honneur,
Son dos. son cul rongé, serviront de victimes
Et d'expiation aux horreurs de ses crimes...

Cf. Dr CABANÈS, *Le Cabinet secret de l'Histoire*, Albin
Michel, éditeur.

(**29**) « *Il témoigna de la joie de recevoir les paquets
lui-même...* » Ne les recevait-il pas toujours? Pour que
Louis XIII et Richelieu fussent informés le plus rapidement possible, des messagers de confiance, presque
toujours les mêmes, allaient de l'un à l'autre, « recevant et portant le paquet ». A peu près tous les jours,
Richelieu envoyait ce « paquet », qui renfermait toutes
les pièces intéressant le roi, ou devant être soumises à
sa décision. Un mémoire, souvent fort étendu, mais
toujours fort étudié, quelque bref, alors, qu'il fût,
résumait le « paquet », proposant des solutions et pro-
voquant des ordres. A cette correspondance « officielle »
s'en joignait une autre « officieuse », toujours très défé-
rente et protocolaire lorsque le cardinal écrivait, souvent très familière et habituellement très intime lorsque
le roi répondait. Louis XIII, grand travailleur, ren-
voyait « le paquet », d'ordinaire, le jour même. Le mémoire résumé du cardinal portait en marge les annota-

tions du roi répondant à chaque demande; puis, aux pièces officielles écrites par les secrétaires, étaient jointes pour Richelieu les lettres intimes. — Voir Ave-nel, *Lettres, papiers d'État et Instructions diplomatiques de Richelieu.*

(30) « *Dans sa dernière maladie, il était étrangement superstitieux.* » Il est en effet possible que sa dernière maladie, laissant entrevoir la mort, l'ait rendu super-stitieux, mais jusqu'alors il avait été fort tolérant en matière religieuse. Exercé dès son enfance à toutes les pratiques de la religion, il redoutait, tant il était, d'abord, peu superstitieux, les cérémonies trop lon-gues. Son horreur pour les sermons provoque des ré-flexions amusantes. Prenons au hasard. La reine-mère vient avertir son fils que le prédicateur de la Cour sera remplacé à l'improviste par un autre prédicateur non préparé. — « Oh ! tant mieux, réplique le roi, ce sera moins long ! » Louis XIII ne fut jamais hostile aux protestants, — ce qui était à l'époque la marque d'un immense « libéralisme » chez un roi « très chrétien », — tant que les protestants voulurent bien ne pas confondre le protestantisme avec la politique d'hostilité contre l'État. Souvent il plaçait à la tête de ses armées autant de protestants que de catholiques. Il n'y eut peut-être pas de règne où les confesseurs eurent moins d'in-fluence. Jésuites, pour la plupart, s'ils essayaient de s'élever au-dessus de leurs attributions, ils étaient immédiatement remplacés. C'est ainsi que le Père Caussin, nommé le 25 mars 1637, qui, dès les débuts, obtenait la confiance du roi, fut, en décembre de cette

même année, exilé à Quimper, parce qu'avec l'appui
de la reine, il avait essayé de tenir tête au cardinal.

(**31 et 32**) « *Il mourut assez constamment.... C'est la
bataille de Rocroi...* » Il est certain que Louis XIII,
comme tous les rois de France qui régnèrent avant
lui, mourut « constamment », c'est-à-dire pieusement
« avec patience », avec « constance ». Il n'en pouvait
être d'autre manière, étant donnés la mentalité religieuse de ces époques, le solennel appareil religieux
dont se compliquait la mort d'un roi et aussi parce
que « le trône et l'autel » se soutenaient étroitement
l'un l'autre, ayant besoin, chacun, de leurs forces réciproques, parfois pour une besogne bien mauvaise !...
Mais en ces appendices spécialement historiques ne
faisons point de polémique...

Alors, toujours est-il que Louis mourut « constamment ». Les détails de cette mort se trouvent dans tous
les historiens que nous avons déjà cités et auxquels,
une nouvelle fois, nous renvoyons. Mais il faut surtout
signaler le *Mémoire fidèle des choses qui se sont passées
à la mort du Roy Louis XIII, roy de France et de Navarre*, faict par DUBOIS, l'un des valets de chambre de
Sa Majesté : Bibliothèque nationale, fonds français,
T. 15644, pièce 4; — *La Gazette de France*, avril 1642
et 1643. — *L'Idée d'une belle mort ou d'une mort chrétienne dans le récit de la fin heureuse de Louis XIII,
surnommé le Juste, roy de France et de Navarre*, tiré des
Mémoires de feu Jacques DINET, son confesseur. —
Bibl. nat., LB²⁶ 3350, p. 19; et *passim*, les *Mémoires*
contemporains, entre autres ceux de MONTGLAT, de

Mᵐᵉ de Motteville, de Mˡˡᵉ de Montpensier, qui dit :

« Au commencement du mois d'avril, peu après la disgrâce du sieur des Noyers, il ne fit que languir et souffrir jusqu'au quatorzième jour de mai [1643] qui fut celui de son décès. Si le pitoyable état où la maladie avait réduit son corps donnait de la compassion, les pieux et généreux sentiments de son âme donnaient de l'édification. Il s'entretenait de la mort avec une résolution toute chrétienne. Il s'y était si bien préparé qu'à la vue de Saint-Denis par les fenêtres de la chambre du château neuf de Saint-Germain, où il s'était mis pour être en plus bel air qu'au vieux, il montrait le chemin de Saint-Denis, par lequel on mènerait le corps ; il faisait remarquer un endroit où il y avait un mauvais pas, qu'il recommandait qu'on évitât de peur que le chariot ne s'embourbât. J'ai même ouï dire que, durant sa maladie, il avait mis en musique le *De profundis* qui fut chanté dans sa chambre, incontinent après sa mort, comme c'est la coutume de faire aussitôt que les rois sont décédés. Il ordonnait avec la même tranquillité d'esprit ce qui serait à faire pour le bien de l'administration de son royaume, lorsqu'il serait mort... »

Vers quatre heures de l'après-midi, ce fut une lourde somnolence. Le Dauphin était amené. On le conduisait près du lit, en lui recommandant de bien regarder son père, afin qu'il pût conserver de lui profond et durable souvenir. Il le regarda longuement, et sortit. Dans la galerie, lorsqu'il la traversait, on lui demanda s'il se souviendrait de son père : « Oh ! oui, répondait l'en-

fant, qui demain allait être Louis XIV, il tenait la
bouche et les yeux ouverts. — Voudriez-vous bien être
roi? — Non ! — Et si votre papa mourait? — Si mon
papa mourait, répondit-il en sanglotant, je me jetterais
dans les fossés du château. » Et comme il avait déjà dit
deux fois la même chose, sa gouvernante le fit étroitement surveiller.

Vers les six heures, le roi se réveillait en sursaut.
Alors, une chose étrange qu'attestent plusieurs indis-
cutables témoignages : Louis se soulève avec effort,
appelle le prince de Condé et lui dit : « Je viens de voir
le duc d'Enghien, votre fils, en venir aux mains avec
les ennemis. Opiniâtre et rude fut ce combat. La victoire a longtemps balancé, mais enfin elle est demeurée
aux nôtres qui sont maîtres du champ de bataille ! »

Le prince de Condé, — lisons-nous dans le récit,
qu'inspira le P. Dinet, — « se contenta de répondre qu'il
y avait beaucoup d'apparence que les deux armées se
choqueraient et qu'il espérait, Dieu aidant, que les
Flamands perdraient la bataille; puis se tournant à
moi, il dit tout bas : « Prenez garde au roi car il baisse
fort et, si je ne me trompe, son cerveau se trouble. » Je
lui fis réponse que le cerveau était la partie la plus
saine qui fût en lui et que les fréquentes évacuations
détournant les fumées qui le pouvaient altérer, ce
n'était pas l'objet de ma crainte, mais quelquefois
qu'il avait des songes de peu de durée et que les paroles
qu'il venait d'ouïr étaient peut-être de cette nature.
Aussi, après la victoire signalée que gagna son fils,
M. le duc d'Enghien, il vint m'aborder plein de joie et

me demander mon sentiment de l'oracle, ou, comme il parlait lui-même, de la prophétie du feu roi. »

C'est neuf jours après la mort de Louis XIII que, le 19 mai, le prince de Condé remportait dans les Ardennes, sur ces fameuses troupes espagnoles, dont parle Bossuet, la victoire de Rocroi : l'une de nos plus retentissantes, de nos plus importantes victoires. Cette vision que le prince de Condé appelait « un songe » jusqu'au jour où, si glorieusement, il se réalisait, fut, pour le roi, son suprême élan d'énergie, son dernier éclair de vie !

(**33**) « *Il leur dit qu'elle gâterait tout, s'il la faisait régente comme la feue reine-mère...* » Le roi, dans les derniers jours de sa vie, était poursuivi par la pensée que la reine serait bientôt régente et que le duc d'Orléans aurait sa grande part dans le gouvernement du royaume. Il n'aimait guère sa femme et savait que son frère avait souvent conspiré contre lui. Alors qu'il venait de recevoir les derniers sacrements, un immense éclat de rire partit de sa garde-robe. Les personnes qui se tenaient dans la chambre s'indignèrent : « Ce ne peut être que la reine et Monsieur », dit le roi. C'étaient bien eux, en effet. L'idée qu'ils se réjouissaient de la belle succession prochaine suffisait à lui donner envie de les déshériter, autant qu'il le croyait pouvoir. Il ne les jugeait d'ailleurs ni l'un ni l'autre capables de continuer l'œuvre de son règne. Il ordonna donc, par une « Déclaration », que la reine aurait la régence et Monsieur la lieutenance générale; mais que les affaires seraient examinées et résolues « par l'avis et autorité

d'un Conseil, à la pluralité des voix ». Le Conseil devait
se composer de sept membres : La reine, M. le prince
de Condé, puis quatre créatures et anciens serviteurs
de Richelieu; le cardinal Mazarin, — épousa-t-il
secrètement Anne d'Autriche? — le chancelier Séguier,
le surintendant des finances Bouthilier, et le secrétaire
d'État Chavigny. Deux partis s'y seraient trouvés en
présence : celui de la reine et des princes; celui de
Louis XIII et de Richelieu. Le second y aurait eu la
majorité. Louis XIII espérait se perpétuer en compagnie de son inséparable cardinal.

Le 21 avril la Déclaration fut enregistrée au Parlement et le 14 mai mourut le roi. Mais cette Déclaration
était un acte inconstitutionnel; les légistes ayant établi
la maxime que la monarchie était « successive », non
« héréditaire », et déférée au plus proche mâle par la loi
fondamentale de l'État. A la minute même où le roi
mourait, le successeur « choisi par Dieu » de toute éter-
nité recevait la plénitude de l'autorité royale. Donc il
n'avait pas d'obligation envers le défunt. Alors aucun
acte de lui ne le liait. Rien ne pouvait, ainsi, être plus
agréable à cette Cour que de faire casser le testament
du roi. Le 18 mai, la reine menait son fils au Palais.
L'enfant, qui avait quatre ans et huit mois, fut porté
à bras sur le trône. Il récita quelques paroles; la mère
fit un petit discours, puis la délibération fut ouverte et
le chancelier, après avoir recueilli les suffrages, prononçait l'arrêt par lequel le Roi donnait à la Reine, sa
mère, « l'administration libre, absolue et entière de son
royaume pendant sa minorité » avec « pouvoir à ladite

dame de choisir des personnes d'autorité et d'expérience en tel nombre qu'elle jugera à propos, sans que, néanmoins, elle soit obligée de suivre la pluralité de voix ». Monsieur fut lieutenant général du royaume et alors s'établissait le gouvernement par l'accord de la Reine, des Princes et du Parlement. — Cf. LAVISSE, *Histoire de France*, t. VII, p. 1-3, Paris, Hachette, 1909. — Sur le mariage secret de Mazarin avec Anne d'Autriche, voir LOISELEUR, *Questions historiques*.

CONRART

Conrart[1] est le fils d'un homme qui était d'une honnête famille de Valenciennes, et qui avait du bien ; il s'était assez bien allié à Paris. Cet homme ne voulut point que son fils étudiât, et est cause que son fils ne sait point le latin. C'était un bourgeois austère qui ne permettait pas à son fils de porter des jarretières ni des roses de souliers et qui lui faisait couper les cheveux au-dessus de l'oreille ; il avait des jarretières et des roses qu'il mettait et ôtait au coin de la rue. Une fois qu'il s'ajustait ainsi, il rencon-

1. VALENTIN CONRART, né à Valenciennes en 1603, mort à Paris, en 1675. C'est dans son « salon » que prit naissance l'Académie française. Ce bel esprit, l'habitué de l'Hôtel de Rambouillet et des Samedis de Mlle de Scudéry, ce compilateur forcené « dont les manuscrits, à la Bibliothèque de l'Arsenal, contiennent des choses curieuses, est surtout immortalisé par ce vers de Boileau, devenu proverbe : *J'imite de Conrart le silence prudent.*

trait son père tête pour tête; il y eut bien du bruit au logis : son père mort, il voulut récompenser le temps perdu.

Son cousin Godeau lui donnait quelque envie de s'appliquer aux belles-lettres (1); mais il n'osa jamais entreprendre le latin; il apprit de l'italien et quelque peu l'espagnol. Se sentant faible des reins pour faire parler de lui, il se mit à prêter de l'argent aux beaux esprits, et à leur être commissionnaire; même il se chargeait de toutes les affaires des gens de réputation de province, cela a été à un tel point que, pour faire parler de lui en Suède, il prêta six mille francs au comte de Tott ¹, qui était ici sans un sou; ce fut en 1622. Je ne sais s'il en a été payé. Ménage connaissait ce cavalier et avait emprunté ces deux mille écus d'un auditeur des comptes, son beau-frère, mais quand chez le notaire celui-ci vit que c'était pour ce Suédois, il remporta son argent et dit que Ménage était fou. Conrart le sut et les lui prêta.

La fantaisie d'être bel esprit et la passion des livres le prirent en même temps. Il en a fait un assez grand amas, et je pense que c'est la seule bibliothèque du monde où il n'y ait pas un livre

1. Alors ambassadeur du roi de Suède en France. — Nous donnerons plus loin l'*Historiette* de MÉNAGE.

LOUIS XIII ET ANNE D'AUTRICHE

Au moment de leurs Fiançailles

grec, ni même un livre latin (2). L'effort qu'il
faisait, la peine qu'il se donnait et la contention
d'esprit avec laquelle il travaillait, lui envoyant
tous les esprits à la tête, il lui vint une grande
quantité de bourgeons; pour cela, car c'était une
vilaine chose, il se rafraîchit tellement, que ses
nerfs débilités (outre qu'il est de race de gout-
teux) furent bien plus susceptibles de cette incommodité qu'ils n'eussent été. Il fut affligé de la
goutte de bonne heure (3); et de bien d'autres
maux, sans en être moins enluminé pour cela; en
sorte que c'est un des hommes du monde qui
souffre le plus. Son ambition a fait une partie de
son mal; car il a cabalé la réputation de toute
sa force; et il a voulu faire par imitation, ou plutôt par singerie, tout ce que les autres faisaient
par génie. A-t-on fait des rondeaux et des énigmes?
Il en a fait. A-t-on fait des paraphrases? En voilà
aussitôt de sa façon; du burlesque, des madrigaux, des satires même, quoiqu'il n'y ait chose au
monde à laquelle il faille tant être né. Son caractère, c'est d'écrire des lettres couramment; pour
cela il s'en acquittera bien, encore y aura-t-il
quelque chose de forcé; mais, s'il faut quelque
chose de soutenu ou de galant, il n'y a personne
au logis. On le verra s'il imprime, car il garde

17

copie de tout ce qu'il fait; il ne sait rien et n'a
que de la routine (4).

Malleville[1] disait qu'il lui semblait que Conrart
allât criant par les rues : « A ma belle amitié!
Qui en veut, qui en veut de ma belle amitié (5)! »
A propos de cela, il demanda à plusieurs de ses
amis des devises sur l'amitié, qu'il fit enluminer
sur du vélin. Mme de Rambouillet lui en donna

---

1. MALLEVILLE, l'un des premiers de l'Académie française.
Voir son Éloge dans Pélisson : *Histoire de l'Académie*, Paris,
MDCCXXX, p. 271. Nous en extrayons : « Il mourut âgé d'un
peu plus de cinquante ans. Il était de petite taille, fort grêle ;
ses cheveux étaient noirs et ses yeux aussi, qu'il avait assez
faibles. Ce qu'on estimait le plus en lui; c'était son esprit et le
génie qu'il avait pour les vers. Il y a un volume de ses poésies
imprimées après sa mort, qui ont toutes de l'esprit, du feu, un
beau tour de vers, beaucoup de délicatesse et de douceur et
marquant sa grande fécondité ; mais dont il y en a peu, ce me
semble, de bien achevées... » Outre ces poésies, mentionnons
encore : *Recueil de lettres d'amour : Épîtres à l'imitation
d'Ovide*.

Est resté célèbre son sonnet : *la Belle Matineuse*, que l'on
rencontre dans quelques *anthologies* :

> Le silence régnait sur la terre et sur l'onde,
> L'air devenait serain et l'Olimpe vermeil
> Et l'amoureux zéphyr affranchi du sommeil
> Ressuscitait les fleurs d'une haleine féconde.
> . . . .

A ce sonnet de MALLEVILLE, on opposait, il est vrai, celui de
VOITURE.

> Des portes du matin l'amante de Céphale
> Ses roses épandaient dans le milieu des airs
> . . . .

une dont le corps était une vestale, dans le temple
de Vesta, qui attisait le feu sacré, et le mot était
Fovebo. Elle la fit en français et M. de Rambouillet
la tourna en latin.

Il voulut faire un discours sur l'histoire, à
l'Académie de la vicomtesse d'Auchy (6). D'Ablancourt [1] fut comme la sage-femme de cette pro
duction ou, pour mieux dire, ce fut lui qui la fit.
Longtemps après, quand il fallut écrire un remerciement à la reine de Suède, qui avait envoyé
son portrait à l'Académie (7), d'Ablancourt la lui
fit. Plusieurs académiciens qui l'eussent admiré
s'ils l'eussent su, y trouvaient cent choses à
redire, à cause qu'ils croyaient que c'était Conrart.
Mézerai disait à Patru [2] : « Que ne vous l'a-t-on

1. PÉROT D'ABLANCOURT, né à Châlons-sur-Marne, en 1606, mort
en 1664 : est surtout connu, même de nos jours, par les traductions qu'il fit, de Lucien, de Tacite, de Xénophon, de César,
d'Arrien et de Cicéron : traductions souvent fantaisistes, mais
de style élégant; ce qui leur valut d'être appelées *les belles
infidèles*. Tallemant dit dans son Historiette : « Je ne parlerai
point de ses traductions ni des libertés qu'il s'y donne : il faut
bien qu'il ait raison puisqu'on lit ces traductions comme des
originaux. » Nommé historiographe du roi, ce mandat ne lui fut
point confirmé dès que l'on sut qu'il était calviniste : « Je ne
veux pas, dit le roi, d'un historien qui soit d'une autre religion
que moi »,ajoutant aussitôt « qu'à l'égard de sa pension, puisque
cet écrivain avait du mérite, il entendait qu'elle lui fût payée ».
2. PATRU, l'un des premiers de l'Académie française. Voir
Pellisson, ouvrage cité, p. 209 et 214. A Patru nous devons les
discours obligatoires de réception : « M. Patru.. ntrant dans

donné à faire? — Voire, répondit Patru, n'est-ce pas à votre secrétaire à faire cela? »

Il est fort propre au métier de secrétaire *in ogni modo*, et, si sa santé le lui avait permis, il aurait recueilli fort exactement tout ce qu'il eût fallu pour l'Académie. A propos d'Académie, c'est lui qui, le premier, y a introduit le désordre et la corruption (8), car, à cause que Bezons [1] avait

la Compagnie, y prononçait un fort beau remerciement, dont on demeura si satisfait qu'on obligea tous ceux qui ont été reçus depuis d'en faire autant... » Est surtout, aujourd'hui, connu par ses plaidoyers, que lisent peut-être, par curiosité, les avocats ; en manuscrit un *Traité des libertés de l'Église;* et diverses autres œuvres sans grande importance.

1. Claude Basin de Bezons, avocat général au grand conseil puis conseiller d'État, remplaçait le chancelier Séguier à l'Académie française quand ce dernier, Richelieu étant mort, en devint le protecteur. Il mourut âgé de 67 ans, le 20 mars 1684. Il laissait trois fils : l'un mourut archevêque de Rouen; l'autre conseiller d'État; le troisième maréchal de France. Son bagage littéraire est plutôt mince : une traduction du *Traité de Prague* et quelques discours. — François-Henri Salomon, avocat général au grand conseil. Fut, à l'Académie, le successeur du poète Bourbon, « fameux en ce siècle pour la poésie latine », écrit Pellisson dans son *Histoire de l'Académie française.* Que reste-t-il aujourd'hui de cette gloire? Ce qui, dans trois cents ans d'ici restera de la gloire actuelle de tant de contemporains célèbres? Salomon fut préféré au grand Corneille « pour cette raison que M. Corneille faisant son séjour en province ne pouvait presque jamais se trouver aux assemblées et faire la fonction d'académicien ». Mais trois ans après, Corneille succédait à Maynard. On a de Salomon, notamment : la *paraphrase* d'un psaume : *discours à M. Grotius* sur l'Histoire du cardinal Bentivoglio, et, écrit en latin, un *Traité sur les jugements et les peines chez les Romains.*

épousé une de ses parentes, il cabala avec M. Chapelain pour le faire recevoir; ensuite Salomon,
collègue de l'autre, à la charge d'avocat-général
du grand conseil, y fut admis et, depuis, rien n'a
été comme il faut. La politique de ces messieurs
était de mettre des gens de qualité dans la Compagnie[1]. M. Chapelain, qui avait fait les statuts,
si statuts se peuvent appeler, a si bien réglé
toutes choses qu'en dépit des gens, quelque sages
qu'ils eussent été, il était impossible qu'on n'y
eût bientôt du désordre.

Pour revenir à l'humeur de notre homme, il
est cabaleur[2] et tyran tout ensemble : mais cabaleur à entretenir les doctes de Hollande et d'Allemagne, lui qui ne sait pas le latin; cabaleur, encore, à se charger d'un million d'affaires; car
comme je veux croire qu'il y a de la bonté et de
l'humeur obligeante, je sais fort bien aussi qu'il

---

1. Déjà le « parti des ducs »!
2. Voir les *appendices* n° 5 et n° 8. Il est certain qu'il y a
dans ce jugement quelque prévention, les deux amis s'étant
brouillés. Toutefois, puisque Tallemant sait rendre, quand il le
faut, justice aux qualités de Conrart, peut-être que, sans adop-
ter ce jugement en son entier, y a-t-il lieu de ne point le complètement rejeter. C'est la moyenne qu'il faut encore prendre.
Que Conrart ait, à l'Académie, quelque peu cabalé, — n'y cabale-
t-on pas encore de nos jours? — qu'il ait un peu voulu la
dominer, c'est croyable. Et, aussi, c'est humain. Conrart, au
fond, n'ignorant point que l'Académie était un peu son œuvre.

y a de la vanité et de la cabale. Chapelain et lui
imposent encore à quelques gens, mais cela se
découd fort; et si celui-ci imprimait comme
l'autre, tout s'en irait à vau-l'eau. L'un après
l'autre ils ont été les correspondants de Balzac.
Pour Conrart, c'est un correcteur général d'im-
primerie. Il a affecté de faire imprimer et de
revoir les épreuves des *Entretiens de Costar et de
Voiture*[1], où il y a, quasi, autant de latin que de
français; et il ne trouvait pas trop bon qu'on lui
dît qu'il se devait décharger de cette impression;
une fois même, friand de louanges et d'épîtres
dédicatoires, il voulut revoir des épreuves toutes
latines, à l'aide d'un écolier de seconde, qui était
son neveu.

Quant à l'humeur tyrannique, après sa femme,
personne n'en sait plus de nouvelles que moi. Il
a toujours affecté d'avoir des jeunes gens sous sa
férule : moi, qui ne suis pas trop endurant, il
me prit en amitié, et je l'aimais tendrement. Mais
dès que Patru et moi, que je connus quasi en
même temps, eûmes trouvé que nous étions bien
le fait l'un de l'autre, il en entra en jalousie et
disait que je faisais de plus longues visites aux

1. Nous donnerons plus loin l'*Historiette* de VOITURE.

autres qu'à lui. C'est un franc pédagogue, et qui fait une lippe, quand il gronde, la plus terrible qu'on saurait voir. En une chose, Chapelain a eu raison ; peut-être l'a-t-il fait par tempérament ; il a toujours vécu en cérémonie avec lui, car, à le voir de près, on sera toujours en querelle. D'Ablancourt en a eu maintes avec lui et, entre autres, une pour ne lui avoir pas écrit *conseiller-secrétaire du roi*, mais seulement *secrétaire du roi*. Je ne prétends pas mettre ici un million de petites particularités qui ne seraient bonnes à rien, et puis ce qui s'est passé sous le sceau de l'amitié ne se doit point révéler.

Dans sa famille il a eu, aussi, bien des démêlés. Son deuxième frère était un sot homme, mais si Conrart n'eût tant point fait l'aîné, à la manière du vieux Testament, il n'aurait pas fait la moitié tant d'extravagances qu'il en a faites. Celui-ci le mit au désespoir. Le jeune frère de sa femme, nommé Muisson, qu'on appelle M. de Barré, était amoureux d'une belle fille qui était de meilleure famille que lui, et qui, par suite, a eu du bien honnêtement. Conrart fit le diable pour empêcher le mariage ; et après, lui et son autre beau-frère, et sa femme même, qui craignaient qu'un vieux garçon riche, aîné de tous, ne prît cette belle en affection, firent assez de choses contre elle qui ne sont pas trop bonnes à dire. Ce vieux garçon mort, par le testament il avait fort avantagé ses deux frères, au préjudice de quatre sœurs qu'il avait : il y eut du bruit. La famille fit l'honneur à Conrart de s'en rapporter à lui. Il demande à Patru comment à son égard il en devait user, lui qui, à cause de sa femme, y avait le même droit que les autres. « Hé! lui dit Patru, vous ne serez pas juge et partie ; vous ne devez rien prendre pour vous ; et c'est à eux à en user après comme ils le trouveront à propos. » Ne vous déplaise, il se donna autant qu'aux autres, et les deux frères, qui croyaient en être quittes à meilleur marché, furent bien surpris de voir qu'outre cela, Conrart s'était mis au rang des autres. Ils en passèrent pourtant par là, et rengaînèrent une tenture de tapisserie et autres choses qu'ils lui avaient destinées. Depuis ce temps, il prit à ce M. de Barré une estime pour Patru, la plus grande du monde, et il a voulu être son ami et le mien ensuite.

Or, Conrart trouvait la belle-sœur de Barré fort jolie ; ailleurs elle n'eût pas laissé de l'être, mais dans cette famille disgraciée, c'était un vrai soleil. Il la voulait traiter de haut en bas ; il voulait qu'elle fût sous sa férule, en être le patron et la mener partout où il lui plairait. Cette femme, qui est plus fine que lui, le laissait dire et en a fait après à sa mode, mais doucement, toutefois, car elle a affaire à l'une des plus sottes familles du monde. Un jour qu'elle était allée par complaisance promener avec lui et Sapho et autres beaux esprits du samedi (9), elle dit par hasard : « J'ai été *norrie*... » : « Il ne faut pas dire cela, lui dit-il d'un ton magistral. il faut dire *nourrie*. » Cela l'effaroucha un peu, et comme elle n'avait déjà aucune inclination de faire le bel esprit, elle ne voulut pas se promener davantage avec toutes ces héroïnes. Quoique cela ne plût guère à Conrart il ne laissa pas de continuer à tâcher de se rendre maître de cet esprit. Une fois, il lui prit fantaisie d'avoir le portrait de sa belle-sœur, car il affecte d'avoir le portrait de ses amies. Un beau matin, il envoie sa femme qui vint à dire à Mme de Barré « que M. *Conrarte* (elle prononce ainsi à la mode

---

1. Conrart, entier dans ses opinions grammaticales, les soutint toujours opiniâtrément. Dans son *Historiette de Pérot d'Ablancourt*, cette anecdote nous est rapportée par Tallemant : « Sur une contestation qu'ils eurent, Conrart et lui, pour l'orthographe de *fistes*, s'il fallait une *s* ou non, après avoir discuté je ne sais combien de jours, un matin, il lui porta le livre qu'il voulait faire imprimer : « Tenez, lui dit-il, mettez *les fissstes et les fussstes* comme vous voudrez. J'ai doublé l'*s* pour faire sentir qu'il la faut siffler. »

de Valenciennes, d'où elle est) n'avait pu dormir
de toute la nuit tant il avait d'impatience d'avoir
son portrait ». Il fallut donc vite lui en faire faire
un par le peintre qu'il nomma, par le plus cher,
et il la laissa fort bien payer. Il exerce encore
quelque sorte de tyrannie sur elle, car il faut
qu'elle aille le voir régulièrement, et elle veut
bien avoir cette complaisance pour son mari ; mais
en son âme elle se moque terriblement de M. le
secrétaire de l'Académie. Regardez un peu quelle
figure de galant ! J'ai vu qu'il se faisait les ongles
en pointe, et au même temps il s'arrachait les
poils du nez devant tout le monde ; il y prétend
pourtant ; il est vrai qu'au prix de Chapelain il
pourrait passer pour tel (10), au moins pour son
ajustement, car il est toujours assez propre.

Rien, que je crois, ne l'a tant fait enrager que
de voir comme je l'ai planté là et que M. Patru
et moi soyons les bons amis de sa belle-sœur.
Voici comment cela arriva : nous n'en étions plus
que sur la grimace, quand il lui prit une vision de
loger dans une maison au Pré-aux-Clercs (11) que
Luillier avait fait accommoder à ma fantaisie et
dont j'avais planté le jardin à ma mode, une
maison que j'aimais tendrement ; son prétexte
était qu'on m'avait ouï dire qu'on m'en délogerait

et que la maison était à vendre ; je le croyais,
mais cela n'était pas ; sur cela, il m'envoie son
beau-frère de Barré, qui y allait à la bonne foi ;
pour sa femme, elle m'a juré depuis que, comme
elle était persuadée que cela manquerait, elle les
avait laissés faire. M. de Barré vient me demander
si je pensais acheter cette maison, et si elle était
à vendre ; je dis que je l'avais ouï dire et que je
ne songeais pas à l'acheter. « Puisque cela est,
dit-il, un de vos bons amis, mais qui ne veut
point être nommé, y pourra penser. — Monsieur,
lui dis-je, j'aime mieux que ce soit un de mes
amis qu'un autre, j'y aurai pourtant du regret. »
Je ne fis semblant de rien, mais je découvris
bientôt que Conrart avait engagé Barré à acheter
cette maison en commun. Sur cela, comme je ne
cherchais qu'une occasion de rompre avec lui, je
pris celle-là ; et après m'être plaint doucement
de la finesse qu'il m'avait faite, et de ce qu'au lieu
de détourner les marchands, il se présentait lui-
même, je ne le vis plus depuis.

Patru, à qui il avait fait quelques petites sottises, ne le voyait plus depuis longtemps. Sans se
butter, il l'alla voir et se réconcilier avec lui.
Pour moi, à qui il en avait fait pour le moins
autant, il m'attendit ; et comme il vit que je n'y

allais pas très chaudement, il me fit le tour que je viens de dire.

N'ayant pu avoir cette maison qui lui eût pu servir de maison des champs et de maison de ville, il en acheta une à Athys, dont Mlle de Scudery parle tant dans la *Clélie* (12) ; là, il se fait mainte belle chose. Un jour qu'il ne l'avait pas encore tout à fait meublée, il trouva dans la salle une fort belle tenture de cuir doré toute tendue. On a su, depuis, que c'était le frère aîné de sa femme, qui, pour ne lui avoir point d'obligation de la nourriture d'un de ses fils, qui avait été chez lui assez longtemps, avait fait cette galanterie, qui est trop fine pour un marchand des Pays-Bas. Mais, il le lui faut pardonner ; ce n'est pas un homme à avoir dans sa vie deux fois de telles pensées ; c'est un grand avare, du reste, et un grand espion de sa pauvre belle-sœur.

Il a fallu que toutes les connaissances de Conrart aient été à sa maison, ou il a bien fait la lippe. Lui qui a affecté autrefois de traiter Mme de Sablé, — nous la retrouverons dans l'*Historiette* de Voiture, — puis Mme de Montausier et Mlle de Rambouillet même, quoiqu'elle se moque de lui, n'a garde de ne les avoir pas traitées à *Carisatis* [1].

1. Voir *Appendice*, n° 12.

Sapho y passe une partie de ses vacations et Mlle Conrart, avec sa figure de pain d'épices, a aussi un nom dans le roman ; cependant les clairvoyants sont persuadés qu'il n'aime point Pellisson, qu'il en est jaloux et qu'il ne trouve nullement bon que Herminius soit le confident de Sapho (13) et l'Apollon du Samedi. Pour Chapelain, il n'est pas persuadé de Pellisson, mais il le sera à cette heure que l'autre est bien avec le surintendant Fouquet [1]. Le bruit court que Conrart s'incommode, mais il n'a point d'enfants ; sans doute la cabale lui a coûté, car il n'a pu refuser de l'argent à bien des gens, et il donnait souvent à manger ; il se trouvera mal d'avoir ouvert sa porte à tant de monde. Montereul, surnommé le fou, de qui il croyait faire un grand personnage,

1. FOUQUET, 1615-1680 (?). C'est le fameux surintendant, dont la fortune colossale, le faste inouï mortifièrent l'orgueil de Louis XIV. Son château de Vaux était plus que magnifique. Il fut le grand Mécène des artistes et des hommes de lettres. C'est après la fête qu'il donnait à Louis XIV, pour l'apaiser, que le roi le faisait arrêter. Son procès fut retentissant et, de nos jours, il reste un des épisodes les plus curieux de cette époque. Il se continua pendant quatre années. Le monarque, en outre, ne lui pardonnait point, d'avoir tenté d'aimer Mlle de La Vallière. Traduit devant une « chambre de justice » pour péculat et rébellion, il fut condamné au bannissement, peine que Louis XIV aggravait en celle de la détention perpétuelle, à Pignerol. Voir LAIR, *Nicolas Fouquet*, Paris, 1890. Paul Lacroix voulut voir en lui le « Masque de fer » : opinion qui n'est plus soutenable.

lui a chanté pouille, et la cabale qui s'est formée chez l'abbé de Villeloin[1], contre Chapelain et lui, qu'ils appellent les tyrans des belles-lettres, lui a déjà donné quelques coups de griffe : voilà ce que c'est que de voir tant de gens et surtout tant de jeunesse.

1. MICHEL DE MAROLES, abbé de Villeloin. Ayant vécu sans éclat, il laissait quelques ouvrages d'un médiocre intérêt : entre autres, ses *Mémoires; livre des peintres et des graveurs; Paris, ou description succincte et, neàmoins, assez ample de cette grande ville.*

APPENDICE

(1) « *Son cousin Godeau lui donnait quelque envie de s'appliquer aux belles-lettres...* » Évêque de Grasse, mais évêque singulier que ce « cousin Godeau ». Il rimait gaillardement et buvait sec, du moins avant qu'il eût la mitre, et se plaisant alors à « changer de femme comme de vin ». Même, évêque, il rimaillait parfois quelques poésies galantes.

« Quelques-uns, raconte un anecdotier du temps, ont prétendu que son mérite l'aurait fait nommer à un évêché plus considérable que celui de Grasse, si M. le cardinal de Richelieu n'avait voulu dire un bon mot en le lui donnant; car M. Godeau lui ayant présenté le *Benedicité* qu'il avait fait en vers, il lui dit : « Monsieur Godeau, vous m'avez donné *Benedicite* et moi je vous donne *Grasse*. »

Voiture lui donnait ce conseil :

> . . . .
> Quittez l'amour, ce n'est pas votre métier,
> Faites des vers, traduisez le pseautier
> Votre façon d'écrire est fort jolie :

Mais gardez-vous de faire de folies
Ou je saurai, ma foi, vous châtier
Comme un galant!

Précisément, vers la fin de sa vie, béatement il
expiait ses fredaines. Sa « raison déraillait » ; il imaginait, outre ses « cantiques », ses « sonnets pieux » et
« ses paraphrases » du psalmiste, de composer des
« prières pour toutes les conditions ». L'une des plus
curieuses est sa « prière pour un procureur et, en un
besoin, pour un avocat ».

De Godeau, — que nous retrouverons bientôt à
l'hôtel de Rambouillet, où il fut « le nain de Julie », —
Tallemant nous laissait une courte, mais amusante
Historiette. « ... Il a toujours été fort éveillé et sa belle
humeur et son esprit servirent à le faire passer partout ;
car pour sa personne c'est une des plus *contemptibles*
qu'on puisse trouver, il est extraordinairement petit et
extraordinairement laid. Quand il était en philosophie,
tous les Allemands de sa pension ne pouvaient vivre
sans lui : il chantait, il rimait, il buvait, et avait toujours le mot pour rire. Il était fort enclin à l'amour ; et
comme il était naturellement volage, il a aimé en plusieurs lieux. Il fut pourtant assez constant pour M\u1d48 de
Saint-Yon ; c'était une belle fille de bon lieu et bien
faite. Elle lui donnait beau jeu, elle se laissait baiser ;
mais quelquefois elle était contrainte de sortir, à
cause des saillies et des folies amoureuses qui prenaient
à notre petit amant... C'est un homme sans façon, bon
ami, mais un peu trop brusque. Il avait fait beaucoup

ANNE D'AUTRICHE
Femme de Louis XIII et mère de Louis XIV

de vers d'amour. Un jour il les demandait à Conrart,
à qui il les avait tous donnés, et les brûla. Il s'en est
pourtant sauvé quelques-uns de galanterie à l'hôtel de
Rambouillet et entre les mains de M. de Montausier;
mais ils ne valent pas ses vers chrétiens; j'entends ceux
qu'il a faits il y a quelques années, car, depuis quelque
temps, tout ce qu'il a fait est fort médiocre... »

(2) « *Je pense que c'est la seule bibliothèque du monde
où il n'y ait pas un livre grec, ni même un livre latin...* »
Et, en effet, puisque, nous dit encore Tallemant, « quelque envie qu'il eût de s'appliquer aux belles-lettres,
il n'osa jamais entreprendre le latin : il apprit de l'italien et quelque peu d'espagnol... »

Jacques Conrart, prévoyant pour son fils un emploi
dans les finances, jugeait alors qu'il était inutile de le
pousser fort avant dans ses études. Il ne recevait donc
point l'éducation qu'avaient, à cette époque, coutume
de recevoir les enfants de sa même condition. Il ne sut
jamais, contrairement presque à l'usage courant, ni
grec, ni latin. Toutefois, l'étroite amitié qui l'unissait
à son cousin Godeau, le succès de cet évêque dans le
monde, par ses poésies, peut-être ses exhortations et
ses conseils le portèrent-ils à s'appliquer aux belles-
lettres. Il comprit en ce moment, tout le tort que lui
avait fait la négligence de son père. Il se mit courageusement au travail; mais n'abordant point les études
classiques, parce qu'il ne les estimait plus de son âge,
il apprit l'italien, l'espagnol et, à force de persévérance,
il se rendit ces deux langues assez familières. Surtout
il s'attachait à bien connaître le français, à l'écrire,

18

sinon élégamment, du moins correctement et purement, ce à quoi il est arrivé.

(3) « *Il fut affligé de la goutte de bonne heure...* ». C'est
à propos de cette goutte que le bel esprit Sarazin, un
habitué des ruelles et des salons, où, alors, « on causait », envoyait cette ballade à Conrart :

Le gouteux sans pareil.

Le gouteux qui sa goute sent
Fait pauvre chère et laide mine.
De tels j'en ai vu plus de cent :
Beaucoup voit qui beaucoup chemine.
Mais d'en voir un que ce mal mine,
Qui sans paraître marmiteux
Comme toi sa goute mâtine,
On ne vit onc un tel gouteux !

Autour de l'un toujours on sent
Vieil oint, emplâtre ou médecine.
L'autre, d'un lamentable accent,
Déteste Bacchus et Cyprine.
Pour trop bien ruer en cuisine
Le tiers de sa goute est honteux ;
Toi seul ris de cette mutine.
On ne vit onc un tel gouteux !

L'on te trouve en hâbit décent
Composant lettre marotine
Pour laquelle Phœbus descend
De la montagne Parnassine
Et le monde à peine imagine
Qu'un homme en tourment si piteux
Puisse faire œuvre divine.
On ne vit onc un tel gouteux !

ENVOI

Prince, tant plus je t'examine
Je chante (et cela n'est douteux),
Que sur terre ni sur marine
On ne vit onc un tel gouteux!

APOSTILLE

Si tu te plais à ces vers ci,
Que pour te plaire je t'envoie,
Crois que j'en aurai de la joie.
Mais s'ils ne te plaisent aussi
Fais d'eux, sans aucune merci,
Ce que les Grecs firent de Troie.

Et, naturellement, Conrart, qui ne pouvait « être en
reste », répondit du tac au tac, par cette autre ballade;
sachant que l'une et l'autre seraient lues et commentées
au *samedi* de Mlle de Scudéry. Elle a pour titre:
De la misère des gouteux.

Le gouteux qui sa goute sent
Fait triste chère et laide mine.
Bien que de lui tu sois absent
Ta rime fort bien le devine.
Quand tu te souviens qu'il clopine,
Dès qu'il veut faire un pas ou deux
Ton esprit alors s'imagine,
C'est pauvre chose qu'un gouteux!

Maint auteur antique et récent,
Bien instruit en toute doctrine,
Soutient que la goute descend
De copulation divine;

Et que de Bacchus et Cyprine
Naquit cet enfant maupiteux,
Mais, nonobstant cette origine,
C'est pauvre chose qu'un gouteux!

Pour moi qui, des fois, plus de cent,
Ai passé par cette étamine,
Que me sert-il d'être innocent
Puisqu'au pied je porte une épine
Qui me rend tout lieu raboteux,
Et que l'on dit, quand je chemine
C'est pauvre chose qu'un gouteux!

ENVOI

Prince, il n'est herbe ni racine
Qui m'empêche d'être boiteux;
Et sans ta rime sarazine,
C'est pauvre chose qu'un gouteux!

APOSTILLE

Depuis que j'ai lu ta balade
Je ne suis quasi plus malade;
Par là tu peux voir à quel prix
Je mets les vers que tu m'écris,
Quant à ceux-cy que je t'envoie,
Tu n'en recevras point de joie
Je le confesse et le maintiens!
Fais en donc avec justice
Ce que tu voulais que je fisse
A tort, et sans cause, des tiens.

« Maître Claude, argentier de l'Hôtel de Rambouillet,
lui donnait, une fois, un remède pas ordinaire pour
guérir la goutte. Mais laissons parler Tallemant, *Historiette de Maître Claude* :

« Au commencement qu'il connut M. Conrart, il ouït dire à l'Hôtel de Rambouillet qu'il avait la goutte. Le soir même il va trouver Monsieur et Madame : « J'ai appris, leur dit-il, que ce pauvre M. Conrart a les gouttes : c'est dommage. Je sais ma foi par Dieu ! c'était son juron, un remède infaillible pour le guérir ; il y a plus de trente rois qui le voudraient savoir, je le lui dirai pour l'amour de lui. — Eh bien, maître Claude, dit Mme de Rambouillet, allez-vous-en demain, savoir de ses nouvelles, de ma part et de votre part à vous ; vous lui direz votre recette. — Ah ! madame, reprit-il, ce sera de votre part. — Non, dit-elle, de la vôtre, il faut qu'il vous en ait l'obligation. » Il y va, et après avoir fait les compliments de son maître et de sa maîtresse, il lui dit : « Monsieur, je vous dis, à cette heure, de ma part, que je vous veux guérir de vos gouttes : mon remède est infaillible, ma foi par Dièu ! il n'y en a point de tel. — Hé ! dites-le-moi donc, maître Claude, dit M. Conrart. — Pour l'amour de vous, je vous le dirai, je ne l'enseignerai pour rien à un autre : non, ma foi par Dieu ! Ayez une douzaine de cochets et les élevez au coin de votre feu. Quand ils seront en état d'être chaponnés, prenez le gras, chaponnnez-le vous-même, et, en lui tirant ce que vous savez du corps, dites : *je te donne mes gouttes, puissent-elles ne jamais me revenir!* Puis recousez bien la plaie, vous verrez nsensiblement ce pauvre chapon devenir entrepris de ses jambes ; elles lui enfleront et vous vous sentirez allégé à mesure. »

Colbert avait demandé à Chapelain de lui faire con-

naître les hommes de lettres qui pouvaient contribuer
à la gloire littéraire du règne de Louis XIV. Dans le
mémoire qu'il adressait au ministre, à cette occasion
(1662), Chapelain disait : « La goutte de vingt années a
tellement estropié M. Conrart, qu'il ne saurait plus tenir
la plume ; et depuis dix-huit mois son mal s'est accru de
façon qu'il a plus besoin de penser à mourir qu'à écrire. »
Conrart avait, alors, cinquante-neuf ans. Il était suppléé
dans ses fonctions de « secrétaire perpétuel de l'Académie » par l'historien Mézerai, qui, enfin, lui succéda.

(4) « *S'il faut quelque chose de soutenu ou de galant il
n'y a personne au logis. On le verra s'il imprime, car il
garde copie de tout ce qu'il a fait : il ne sait rien et n'a que
la routine...* »

Cette phrase de Tallemant explique le vers de Boileau :

J'imite de Conrart le silence prudent...

Conrart a beaucoup écrit et peu fait imprimer. Chapelain, l'auteur malheureux de la fameuse « *Pucelle* »,
parle de Conrart plus avantageusement que n'en parle
Tallemant ; mais peut-être n'est-ce là qu'une apparence ;
car, en réalité, les deux opinions ne s'éloignent point
sensiblement l'une de l'autre.

« C'est, dit-il, un homme d'une vertu singulière et
d'un jugement très net en tout ; ce qui le fait consulter
par les plus excellents écrivains français ; et ceux-ci se
trouvent bien de ses remarques. Personne n'écrit en
prose plus purement que lui, et quoique ses lettres ne
s'élèvent pas jusqu'à l'éloquence, néanmoins l'élégance,
la pureté et l'ordre y reluisent de telle sorte qu'elles

sont égales en beautés et en agréments aux meilleures
que nous ayons. »

Balzac loue Conrart plutôt en flatteur qu'en ami; et
il est justement suspect autant par la banalité avec laquelle il distribuait les éloges aux plus plats écrivail-
leurs, que par son avidité à les rechercher pour lui-
même. « Il monte sur des échasses pour les louer et vous
diriez qu'il va se rompre le cou à tout bout de champ,
tant il fait de rudes cascades. » Tallemant, dans son
Historiette de Balzac, nous rapporte cette anecdote qui
caractérise merveilleusement son style guindé :

« La reine de Suède — nous allons la retrouver
quelques pages plus loin — dit à Chanut, notre résident,
qu'elle le priait de s'informer quels auteurs il fallait lire
pour bien savoir notre langue et que Balzac ne la con-
tentait point; qu'il n'était pas naturel, qu'il était toujours guindé et toujours dans la fleurette. Il le sut et lui
écrivit pour lui dire que ce qu'on avait dit était faux... »

Mais revenons à Conrart avec ce quatrain, poétiquement exagéré, du chevalier d'Aceily :

Du grec et du latin peu de chose il apprit :
Mais il peut s'égaler aux plus savantes plumes;
Par la grâce du ciel il trouve en son esprit
Ce qu'un autre avec soin cherche en mille volumes.

Le poète Linière, lui, exagérait d'une autre façon
en cette épigramme :

Conrart comment as-tu pu faire
Pour acquérir tant de renom,
Toi qui n'as, pauvre secrétaire,
Mis en lumière que ton nom?

La vérité est que Conrart, —à peine mentionné dans nos principaux *Cours de littérature* contemporains, quand toutefois, il l'est à propos des origines de notre Académie française, — fut un écrivain correct, exact, élégant même; mais de cette élégance sans force, sans chaleur et qui se paye du seul arrangement des mots. Il eut plus d'esprit que de talent, plus de goût que d'esprit. Il jugeait sainement et ses remarques sur les œuvres littéraires de son époque furent toujours frappées au coin du bon sens. Aussi, était-il souvent consulté. Tallemant est même obligé de reconnaître que « tandis que Camusat suivit le conseil de Conrart et de Chapelain, il n'imprima guère de méchantes choses »; et, à ce propos, l'inépuisable cancanier raconte ce singulier quiproquo qui, d'ores et déjà, mettait en lumière toute l'excellence d'un traducteur en français :

« Camusat, croyant avoir trouvé dans Lesfargues un homme qu'il était possible d'opposer à du Ryer qui traduisait Cicéron pour d'autres libraires, lui donna six cents livres par an. Mais, parce qu'il voyait que l'approbation de ceux de l'Académie était nécessaire à son nouveau venu, il obligea ce galant homme, qui prétendait, disait-il, jeter de la poudre aux yeux de tout le monde, à visiter quelques académiciens et à se mettre le ventre à terre devant eux. Lesfargues allait, entre autres, voir M. Conrart, de six heures et sept heures du matin. Conrart était encore au lit. On lui dit que c'était de la part de Camusat. Or, Camusat lui avait promis de lui envoyer un faiseur de lunettes; et parce qu'il lui avait dit que c'était un homme fort bi-

zarre, il prend sa robe de chambre et le fait entrer. Lesfargues vient, et faisant une révérence très profonde,
il lui dit : « Monsieur, je suis ce traducteur dont M. Camusat vous a parlé. »

Le véritable honneur de Conrart, c'est, bien plus que
ses lettres, ses madrigaux, ses épîtres; plus que la
renommée dont il jouissait parmi ses contemporains,
la part énorme, influente qu'il prit au grand travail,
de transformation qui devait, presque changer, en tout
cas fixer définitivement, et avec éclat, la langue française. Personne, certes, n'y apporta plus de zèle et d'intelligence, une sagacité plus ingénieuse, une connaissance plus profonde des ressources et du génie de notre
langue. « Nous avons vu Conrart, dit le pseudonyme
Vigneul-Marville, avec le bon sens naturel tout seul,
donner des leçons à l'Académie française dont il était
un des membres et faire passer à sa coupelle des ouvrages sur lesquels des savants tout hérissés de latin et
de grec auraient sué sans y trouver de quoi mordre... »

Si, toutefois, en ne publiant presque rien de ses écrits,
Conrart gardait un silence prudent, il n'en reste pas
moins vrai que ses manuscrits, arrivés jusqu'à nous,
et presque tous conservés à la Bibliothèque de l'Arsenal, abondent en renseignements divers des plus intéressants, — par exemple, ceux desquels furent extraits
ses *Mémoires*, — sans compter ses œuvres diverses,
entre autres : *Épîtres, ballades, préfaces, psaumes retou-
chés sur la version de Clément Marot, lettres, fables,
madrigaux.* Car ce n'est pas seulement « un assez grand
amas de livres » qu'il avait fait, dirons-nous pour parler

comme Tallemant; il gardait soigneusement copie de
ses lettres, faisait transcrire les ouvrages qu'on lui
communiquait, recueillait avec sollicitude les manuscrits que les auteurs lui confiaient. Tallemant a donc
raison d'ajouter : « Il garde copie de tout. » — Voir,
précédant *Mémoires de Conrart*, de la collection
Michaud et Poujoulat, t. 28, une excellente *Notice*
signée MOREAU.

(5) « *Qui en veut, de ma belle amitié!...* » Ici Tallemant
semble être injuste pour Conrart, son ami, tout d'abord,
et avec lequel, finalement, il s'était quelque peu brouillé.
D'où, quelquefois, la partialité de cette *Historiette*.

La vie de Conrart se trouve mêlée à celle de tous les
écrivains de son temps. Il fut l'ami de Balzac, de Chapelain, de Godeau, de Racan, de Gombauld, de Scudéry et surtout de sa sœur, de Pellisson, et de tant d'autres, tous célèbres alors et dont quelques-uns font
encore assez bonne figure devant la postérité. Sans
doute, il y eut un petit orgueil dans toutes ces amitiés,
qu'il allait, parfois, quêtant et sollicitant, mais, tout
de même, il fut obligeant et bon. Donnons-en ce témoignage, entre plusieurs que nous pourrions produire.
Mairet, encore un « nom » de l'époque, étant venu lui
faire aveu de sa misère, il s'employait pour lui, tout
aussitôt, avec tant de zèle et d'activité qu'il obtint du
cardinal qu'une pension de deux cents écus serait ser-
vie au pauvre poète.

De Conrart, l'abbé d'Olivet nous a laissé cet éloge,
dans son *Histoire de l'Académie :* « Il avait souveraine-
ment les vertus de la société. Il gouvernait son bien

sans être avare ni prodigue; il savait tirer d'une médiocre fortune plus d'agrément pour lui et ses amis que la fortune la plus opulente en produit aux autres. Il était touché des malheurs d'autrui et trouvait moyen d'y subvenir par des voies qu'on n'apercevait point. Il avait le cœur très sensible à l'amitié; et lorsqu'une fois on avait la sienne, c'était pour toujours. S'il y avait des défauts à cet égard, c'était de trop excuser. Peu de personnes ont eu, comme lui, la confiance et le secret de ce qu'il y avait de plus grand dans tous les états du royaume en hommes et en femmes. On le consultait sur les plus grandes affaires, et comme il connaissait le monde parfaitement, on avait dans ses lumières une ressource assurée... »

Évidemment, c'est excessif. Mais entre cette exagération de d'Olivet et les petites injustices de Tallemant, il nous faut prendre une moyenne; or, cette moyenne est encore très honorable pour Conrart.

(6) « *A l'académie de la vicomtesse d'Auchy* .» Charlotte Jouvenel des Ursins, mariée à Eustache de Conflans, vicomte d'Auchy, ou d'Ochy. Nous la rencontrerons plus tard, comme maîtresse de Malherbe : ne la conservons, maintenant, que comme femme « tenant bureau d'esprit ». Elle s'était formé une petite cour de poètes, de savants et se ridiculisa par ses prétentions littéraires, voire même théologiques, ayant fait paraître sous son nom des *Homélies sur l'épître de saint Paul aux Hébreux* [1].

1. La première *Académie des Beaux esprits* avait été créée par Charles IX et le privilège en avait été accordé, le 4 décembre 1570,

Tallemant, dans son *Historiette de la vicomtesse
d'Auchy*, s'est agréablement moqué de la dame. « Parce
qu'elle était fort vaine, dit-il, tous les auteurs et, principalement, les poètes étaient autorisés à lui en conter.
Lingendes fit des vers sur sa voix, mais il ne faut
prendre cela que poétiquement, car elle n'a jamais eu
la réputation de bien chanter... Non contente d'être
chantée par les autres elle voulut se chanter elle-même,
et passer, dans les siècles à venir, pour une personne
savante. En ce beau dessein, elle achète d'un docteur
en théologie, nommé Maucors, des *Homélies* sur les
épîtres de Saint Paul, qu'elle fit imprimer soigneusement avec son portrait. Elle en eut tant de joie qu'elle
donna presque tous les exemplaires pour rien à son
libraire qui y trouva fort bien son compte, car la nou-
veauté de voir une dame de la cour commenter le plus
obscur des apôtres faisait que tout le monde achetait
ce livre...

« Quand le Père Campanelle vint à Paris, elle fit tant
que ce Père fut quelques jours chez elle à Saint-Cloud,
et cela, parce que c'était un homme de réputation.
Cependant elle ne l'entendait point; peut-être s'imagi-

à Baïf et à Mauduit; puis sont venues les « Assemblées » de la
Reine Marguerite, de Mlle de Gournay, de la vicomtesse d'Auchy;
celle de Collet, de Chauvon le graveur, de Conrart d'où sortit en
1635 l'*Académie française*, les « conférences » du bureau d'adresses
fondées par Renaudot. Sur toutes ces académies voir: *Histoire de
l'Académie française*, par PELLISSON et D'OLIVET, t. I, p. 216 et
suivantes. Voir aussi MAGNE, *Le plaisant abbé de Boisrobert*,
ouvrage intéressant, amusant (la *librairie du Mercure de France*)
dont la thèse principale est que le véritable fondateur de l'Académie aurait été Boisrobert.

nait-elle l'entendre, car, à cause que sa maison était
originaire d'Italie, elle croyait devoir en entendre la
langue et, sur ce fondement, elle allait au sermon italien. Jamais personne n'a été si avide de lectures, de
comédies, de lettres, de harangues, de discours, de
sermons même, quoique ce soit tout ce qu'on peut que
de les entendre dans la chaire. Elle prêtait son logis
avec un extrême plaisir pour de telles assemblées.
Enfin, pour s'en donner au cœur-joie et se rassasier de
ces viandes creuses, elle s'avisa de faire une certaine
académie où, tour à tour, chacun lirait quelque ouvrage.
L'abbé de Cérizy, pour contrecarrer Bois-Robert, fit
cette Académie, croyant qu'elle subsisterait comme
celle du cardinal. Au commencement, c'était une vraie
cohue. J'y fus une fois par curiosité. Pagan, parent de
M. de Luynes, y lut une harangue où, voulant s'excuser
de ce qu'il s'était plus adonné aux armes qu'aux lettres,
il parla comme aurait fait feu César, et traita fort les
autres de haut en bas. Hubert, l'aîné, avocat au Conseil, dit assez plaisamment : « Cet homme a déclaré
qu'il ne savait point le latin, je trouve pourtant qu'il
n'a pas trop mal traduit le *Miles gloriosus* de Plaute.
Or, le bon, c'est qu'on disait que Pagan n'avait pas
fait cette harangue et que c'était Montelon, petit-fils
du garde des sceaux. Cet homme était un des plus
grands galimatias du monde...

« Il y avait plus d'un conte pour rire à cette véné-
rable académie. Le comte de Bruslon, le bonhomme
qui était un comte pour rire, en la manière la plus désa
vantageuse, se mit aussi à haranguer, à son tour, et

ayant trouvé Mardochée en son chemin, il décrivit si prolixement la broderie du hoqueton, du héraut qui allait devant lui, que jamais il n'y eut tant de choses dans le bouclier d'Achille.... Maugars, célèbre joueur de viole, mais qui était un fou de bel esprit, avait été, au commencement, à cette académie, et en fit des contes au cardinal de Richelieu à qui il était. Pour se venger de lui, on lui fit refuser la porte. Il était enragé de cela, et un jour qu'il jouait chez la comtesse de Tonnerre, la vicomtesse d'Auchy y vint. Il quitte aussitôt ce qu'il avait commencé, et quoiqu'il ne chantât pas autrement, tant qu'elle fut là, il ne fit que chanter et jouer sur sa viole une chanson dont la reprise est :

> Requinquez-vous, ma vieille,
> Requinquez-vous donc !

« Pour achever l'histoire de l'Académie de la vicomtesse d'Auchy, je dirai que l'Esclache, qui montre la philosophie en français, y parlait souvent. Cela fit envie à un nommé Saint-Ange qui prouvait, à ce qu'il disait, la Trinité par raison naturelle et qui sifflait de jeunes enfants sur la philosophie et la théologie, et les en faisait répondre en français, de s'introduire aussi chez la vicomtesse. Plusieurs personnes, hommes et femmes, allèrent entendre ses perroquets. Mais M. de Paris, — cardinal de Retz. oncle et prédécesseur du coadjuteur célèbre, — ayant par hasard quelque affaire avec la vicomtesse, s'y rencontrait un jour que Saint-Ange et ses petits disciples babillaient. L'Esclache, un peu jaloux, se prit de paroles avec cet homme; cela ne plut guère à l'archevêque, à qui quelqu'un fit remarquer, car de lui-même je suis sûr qu'il n'eût rien vu, qu'en disputant on avait avancé quelques erreurs touchant la religion. Il dit donc, en s'en allant, à la vicomtesse, qu'il lui conseillait de laisser la théologie à la Sorbonne et de se contenter d'autres conférences; et la vicomtesse lui ayant témoigné que cela la surprenait, M. de Paris, après l'avoir fort prié de cesser ces disputes, voyant qu'il ne la pouvait mettre à la raison, fut contraint de défendre à l'avenir de telles assemblées. Il fallut donc se contenter de petites compagnies particulières... »

Sur cette Académie régna Malherbe. N'était-ce point chose toute naturelle, la maîtresse du lieu étant la dame de ses pensées : « dame » qu'il malmenait souvent de façon brutale. Mais surtout, il régenta; cet éplucheur forcené de syllabes prétendant ne reconnaître en toutes choses d'autre supériorité que la sienne. A ces réunions il apportait sa « superbe » et son acrimonie. Lui présent, on ne pouvait parler que de ses vers. Il remplissait et fatiguait « l'Académie » de son absorbante individualité. Il bégayait presque et, pourtant, avait la manie de la déclamation. Alors, outre qu'on ne l'entendait point, « à cause de l'empêchement de sa langue, il crachait au moins six fois en récitant une stance de quatre vers, ce qui fit dire, un jour, au cavalier Marin — venu d'Italie pour « lancer » son poème : *Adonis* — qu'il n'avait jamais vu d'homme plus humide, ni de poète plus sec ». — Voir l'*Historiette* de MALHERBE.

(**7**) « *La reine de Suède qui avait envoyé son portrait à l'Académie...* » La reine Christine de Suède, fille de Gustave-Adolphe et d'Éléonore-Marie de Brandebourg. Une des femmes les plus déconcertantes de son époque et, aussi, des plus érudites. Être hybride qui certaine, ment attirait mais n'engendrait pas l'admiration. « Quand la nature, dit Vigneul-Marville, forma Christine, elle chancela dans son ouvrage. D'abord elle voulait en faire une femme, puis un homme et, enfin, retournant à ses premières idées, elle fit une femme, mais un peu extraordinaire. Sa figure hommasse, son air cavalier, le mépris qu'elle faisait des femmes et l'affectation qu'elle avait pour les sciences, la distinguaient du reste de son sexe... mais, aussi, d'autres qualités d'humeur et d'inclination la rapprochaient de ce sexe... »

Ayant abdiqué le 6 juin 1654 et fait profession de catholicisme à Insprück, octobre 1655, elle entreprit de visiter l'Europe, pour s'instruire : c'est en 1656 et 1657 qu'elle arrivait en France. Elle y fut accueillie comme une souveraine, et les *Mémoires* contemporains, entre autres Montglat, Mlle de Montpensier, Mme de Motteville, se sont fait les échos, fort curieux à écouter encore aujourd'hui, de cette réception triomphale.

« Il arriva, écrit Mademoiselle, que le roi trouvait bon que je visse la reine de Suède. J'envoyai à l'instant un gentilhomme à Fontainebleau lui faire compliment et lui demander comment elle me traiterait... On m'apporta sa réponse à sept heures du soir. Je m'habillai et m'en allai... Elle était dans une belle chambre à l'ita-

lienne qui est chez Anselin; elle y allait voir un ballet.
Ainsi, elle était entourée d'un nombre infini de gens.
Il y avait des bancs à l'entour de sa place : de sorte
qu'elle ne pouvait faire que deux pas pour venir au-
devant de moi. J'avais tant ouï parler de la manière
bizarre de son habillement que je mourais de peur de
rire quand je la verrais. Comme on cria gare et qu'on me
fit place, je l'aperçus : elle me surprit et ne fut pas
d'une manière à me faire rire. Elle avait une jupe grise
avec de la dentelle d'or et d'argent, un justaucorps de
camelot, couleur de feu, avec de la dentelle de même
que la jupe; au cou, un mouchoir de point de Gênes
noué avec un ruban en couleur de feu; une perruque
blonde, et derrière un rond comme les femmes en portent, et un chapeau avec des plumes noires, qu'elle
tenait. Elle est blanche, a les yeux bleus : dans des moments, elle les a doux, et dans d'autres, fort rudes; la
bouche assez agréable quoique grande; les dents belles,
le nez grand et aquilin; elle est fort petite; son justaucorps cache sa mauvaise taille. A tout prendre, elle me
parut un joli petit garçon... Après le ballet, nous
allâmes à la comédie.... Elle jurait Dieu, se couchait
dans sa chaise, jetait ses jambes d'un côté et d'autre,
les passait sur les bras de sa chaise; elle faisait des postures que je n'avais jamais vu faire qu'à Trivelin et à
Jodelet, qui sont deux bouffons; l'un italien, l'autre
français. Elle répétait les vers qui lui plaisaient, elle
parla sur beaucoup de matières; et ce qu'elle dit, elle
le dit assez agréablement. Il lui prenait des rêveries
profondes; elle faisait de grands soupirs; puis, tout

19

d'un coup elle revenait comme une personne qui
s'éveille en sursaut; elle est tout à fait extraordinaire...»

Mme de Motteville, qui, elle aussi, nous en parle longuement, fait remarquer qu'elle avait les mains très
sales. A peine, sans doute, se les lavait-elles tous les
huit jours : mais c'était coutume assez courante de
l'époque. Toutes ces belles dames du temps, qui nous
apparaissent, aujourd'hui, à travers je ne sais quel
prisme poétique, tous ces beaux seigneurs élégants et
galamment ajustés, étaient alors d'une saleté repoussante; et d'une saleté non moins repoussante aussi,
certains coins des appartements, même ceux où l'on
« tenait salon ».

Cette « reine gothique » n'était pas toujours, on le
devine, d'un tact raffiné.

« ...La reine de Suède, continue Mademoiselle, alla
à Compiègne; le temps qu'elle y fut, on tâcha de lui
donner tous les divertissements possibles : elle eut les
comédiens français et italiens, et les vingt-quatre vio-
lons du roi. Elle eut aussi toutes sortes de musiques et
de chasses. Elle se plaisait fort à la cour; comme elle
n'y plaisait pas tant, on lui fit dire qu'elle y avait été
assez longtemps, et cela fort honnêtement. Il se trouve
que les Jésuites de Compiègne firent jouer une tragédie
par leurs écoliers; on les convia d'y aller, ce qu'elle fit et
Leurs Majestés aussi. Elle se moqua fort de ces pauvres
pères, les tourna en ridicule au dernier point et fit les
postures que je lui avais vu faire à Essonne, dont la
reine fut fort surprise. Elle avait entendu parler de
l'amour du roi pour Mlle de Mancini; de sorte que, pour

faire sa cour, elle allait toujours se mettre entre elle et
le roi, leur disant qu'il fallait se marier ensemble;
qu'elle voulait être la confidente, et elle disait au roi :
« Si j'étais à votre place, j'épouserais une personne que
j'aimerais. » Je crois que ces discours ne plurent ni à la
reine, ni au cardinal et qu'ils contribuèrent à hâter son
départ... A Mme de Thianges elle proposa de s'en aller
à Rome avec elle et que c'était une sottise de s'amuser
à son mari; que le meilleur ne valait rien et qu'il était
fort à propos de le quitter. Elle pesta contre le mariage
et me conseilla de ne me jamais marier; elle trouvait
abominable d'avoir des enfants... »

Dans ses *Mémoires,* Valentin Conrart nous raconte la
visite que Christine de Suède faisait à l'Académie française : visite dont elle voulut, nous dit Tallemant, perpétuer le souvenir en envoyant son portrait à l'Académie.

« ...Sa Majesté arriva chez Mgr le chancelier qui la
fut recevoir à son carrosse avec tous les académiciens
en corps; et l'ayant conduite dans son antichambre
au bout de la salle du Conseil, où était une table longue,
couverte du tapis de velours vert à frange d'or qui sert
lorsque le Conseil des Finances se tient. La reine de
Suède se mit dans une chaise à bras au bout de cette
table du côté des fenêtres; Mgr le chancelier à sa
gauche, du côté de la cheminée, sur une chaise à dos
et sans bras, laissant quelque espace vide entre Sa Majesté et lui; M. le directeur étant de l'autre côté de la
table, vis-à-vis de Mgr le chancelier, mais un peu plus
bas et plus éloigné de la table, debout, et tous les académiciens aussi.

« Il lui fit un compliment qui ne contenait qu'une
excuse de ce que l'Académie, se trouvant surprise de
l'honneur que Sa Majesté lui faisait sans en avoir eu
avis que le matin, elle ne s'était pas préparée à lui
témoigner sa joie et sa reconnaissance d'une si glorieuse
faveur, selon le mérite de cette grâce et le devoir de la
compagnie en une si heureuse rencontre, il était obligé
de dire à Sa Majesté que l'Académie française n'avait
jamais reçu de plus grand honneur que celui qu'il lui
plaisait de lui faire. A quoi la reine répondit qu'elle
croyait qu'on pardonnerait à la curiosité d'une fille
qui avait souhaité de se trouver en la compagnie de
tant d'honnêtes gens, pour qui elle avait toujours eu
une estime et une affection particulières.

« Ensuite, on proposa si les académiciens seraient
assis ou debout : ce qui sembla surprendre la reine, qui
s'attendait qu'on ne serait point assis. Mais, Mgr le
chancelier ayant demandé avis à quelques-uns sur cette
difficulté, on lui dit que Henri IV, lorsqu'il faisait faire
des assemblées de gens de lettres, au bois de Vincennes,
où il se trouvait souvent, faisait asseoir les assistants;
qu'on en usait toujours ainsi en pareille rencontre; et
que la reine de Suède, même, lorsqu'elle était à Rome,
avait été de l'académie des Humoristes qui ne s'étaient
point tenus debout. Si bien qu'il fut résolu que les académiciens seraient assis, comme ils le furent durant
la séance, sur des chaises à dos; mais Mgr le chancelier,
et eux, toujours découverts.

« On fit excuse d'abord à Sa Majesté de ce que la
compagnie n'était pas plus nombreuse, parce qu'on

n'avait pas eu le temps de faire avertir tous les académiciens de s'y trouver; que le secrétaire se trouvait
absent par son indisposition, et MM. Gombauld et
Chapelain aussi, avec plusieurs autres. Elle demanda
qui était le secrétaire, on lui dit que c'était M. Conrart,
duquel elle eut la bonté de parler obligeamment, comme
le connaissant de réputation, et de ces deux autres
messieurs absents, aussi, à qui elle donna de grandes
louanges. En suite de cela, M. le Directeur lui dit que
si on avait pu prévoir la visite de Sa Majesté, on aurait
préparé quelque lecture pour la divertir agréablement;
mais que dans la surprise où se trouvait la compagnie,
on se servirait de ce que l'occasion pourrait fournir;
et que, comme il avait fait depuis peu un *Traité de la
Douleur* qui doit entrer dans le troisième volume des
caractères des passions, qu'il était près de donner au
public, si Sa Majesté lui commandait de lui en lire
quelque chose, il croyait que ce serait un sujet assez
propre pour lui faire connaître la douleur de la compagnie de ne se pouvoir pas mieux acquitter de ce qui
était dû à une si grande reine, et de ce qu'elle devait
être sitôt privée de sa vue par le prompt départ de Sa
Majesté.

« Cette lecture étant achevée, à laquelle la reine
donna beaucoup d'attention, Mgr le chancelier demanda
si quelqu'un avait des vers pour entretenir Sa Majesté.
Sur quoi M. Cotin en ayant récité quelques-uns du
poète Lucrèce, qu'il avait mis en français, la reine
témoigna y prendre grand plaisir. M. l'abbé de Bois-
Robert récita aussi quelques madrigaux qu'il avait

faits depuis peu sur la maladie de Mme d'Olonne, et M. l'abbé Tallemant, un sonnet sur la mort d'une dame. Après cela, M. de la Chambre demandant encore quelque chose, M. Pellisson lut une petite ode d'amour qu'il a faite à l'imitation de Catulle, et d'autres vers sur un saphir qu'il avait perdu et qu'il retrouva depuis, qui plut aussi extrêmement à Sa Majesté, à laquelle on lut un cahier entier du *Dictionnaire*, contenant l'explication du mot *jeu* pour lui faire connaître quelque chose du travail présent de la compagnie; et cela étant achevé, la reine se leva et fut reconduite à son carrosse...

« ...Quand on commença à lire le cahier du *Dictionnaire*, Mgr le chancelier dit à la reine de Suède qu'on allait lire le mot de *jeu*, lequel ne déplairait pas à Sa Majesté, et que, sans doute, le mot de *mélancolie* lui aurait été moins agréable. A quoi elle ne répondit rien. Dans la suite de cette lecture, cette façon de parler s'étant rencontrée : *ce sont des jeux de princes qui ne plaisent qu'à ceux qui les font*, la reine de Suède rougit et parut émue; voyant qu'on avait les yeux sur elle, elle s'efforça de rire, mais d'une manière qui faisait connaître que c'était plutôt un rire de dépit que de joie... »

Peut-être songea-t-elle alors à son amant Monaldeschi qu'elle faisait, ou laissait assassiner sous ses yeux mêmes à Fontainebleau par Sentinelli, son nouvel amant, parce que Monaldeschi aurait été infidèle ou aurait trahi quelques secrets d'État. Ce crime épouvantable, à froid, indigna la France, mais elle ne put que s'indigner platoniquement. Christine étant reine, jouissait du droit fictif d'exterritorialité. Elle mourut

à Rome. Au Vatican furent déposées ses nombreuses
et précieuses collections d'art, de livres, de manuscrits;
ses *Mémoires* qu'elle laissait inachevés et quelques
autres de ses œuvres diverses, notamment ses *Sentences
et Maximes,* écrites en français.

Il est tout naturel qu'en France la reine de Suède
ait eu « son portrait » comme tous les personnages en
vue de cette époque. — Voir l'Appendice n° 12, de cette
Historiette, sur cette « rage » des portraits. Voici celui
de Christine, reine de Suède.

« Clorinde, reine des Scythes, est une prétieuse dont
l'esprit fait voir que les femmes sont capables des
choses les plus difficiles, et que la science est aussi bien
à leur sexe qu'au nôtre. Elle sait huit ou neuf sortes de
langues; et son mépris pour la couronne l'a fait connaître pour la plus hardie princesse du monde. Elle
reçut beaucoup d'honneur en Grèce — en France — et
fut régalée du grand Alexandre — Louis XIV — d'une
manière si splendide, qu'elle vit bien qu'il était non
seulement le plus vaillant, mais encore le plus généreux
prince de la terre. Son entrée dans la grande ville
d'Athènes — Paris — n'est pas une des choses les
moins remarquables de sa vie, et l'avantage d'avoir
été reçue par Marcelle — Son Altesse de Guise — est si
grand qu'il était plus digne d'envie que la couronne
même qu'elle avait par le droit de sa naissance. Alexandre choisit ce prince, entre tous de sa cour, comme le
plus galant de son empire et comme le plus ami des
lettres, jugeant bien qu'il était presque le seul qui fût
capable de cet illustre emploi. En effet, ce choix était

si juste que Clorinde et Marcelle ensemble pouvaient
se vanter de n'avoir point de semblables. Elle était
extraordinairement savante, il n'ignorait rien; elle parlait avec un poids et une délicatesse de reine; les plus
délicats et les plus accomplis de la cour d'Alexandre
regardaient Marcelle comme le modèle le plus parfait
qu'ils pussent imiter, soit pour le langage, soit pour les
actions. Cette princesse trouva dans Athènes plus de
charmes que dans toutes les autres villes par où elle
avait passé. Elle vit que c'était véritablement le séjour
des lettres et le pays natal des sciences; que ce qu'on
apprenait en Scythie, on ne le savait que par rapport,
et que toutes les sciences n'y étaient que dans un faux
jour. Deux choses lui donnèrent de l'admiration et de
la surprise dans cette grande ville : l'une, le nombre
incroyable de ses citoyens; l'autre, la prodigieuse
quantité d'élégies, de poèmes et de sonnets qui lui
furent présentés à son arrivée. » — SAUMAIZE, *Dictionnaire des précieuses*, t. I, p. 49.

(8) « *A propos d'Académie, c'est lui qui, le premier, y a
introduit le désordre et la corruption...* » Voilà certainement une accusation bien grosse et sans doute injuste.
Il n'en reste pas moins vrai, nous le répétons, — voir
l'Appendice nº 4, — que le glorieux honneur de Conrart est d'avoir, en quelque sorte, « fondé » l'Académie
française. A cette heure, un énorme travail politique,
moral, intellectuel, se faisait, ouvertement ou incon-
sciemment, au sein même de la société française, et la
langue, qui se pliait au mouvement général de la civi-
lisation quasi renaissante, prenait cette marque de

netteté, de régularité élégante, de dignité un peu
froide, de délicatesse un peu fière qui caractérise
surtout le xviiᵉ siècle dans sa littérature, autour de
laquelle, tout d'abord, gravitèrent : l'académie de la
vicomtesse d'Auchy — pourquoi pas, bien qu'en pense
Tallemant? — l'Hôtel de la marquise de Rambouillet;
les samedis de Mˡˡᵉ de Scudéry, où déjà le ton est en
baisse avec la qualité plus bourgeoise des habitués; les
Mercuriales de Ménage où dogmatise gravement le
maître de la maison; « l'Assemblée » où le paralytique
Scarron ricane et bouffonne, contournant son esprit à
l'image de son corps; le salon de Mᵐᵉ de la Sablière,
cette généreuse amie de La Fontaine qui, d'ailleurs,
l'immortalisa dans ses vers :

> Iris je vous louerais, il n'est que trop aisé;
> Mais vous avez cent fois notre encens refusé,
> En cela peu semblable au reste des mortelles
> Qui veulent tous les jours des louanges nouvelles.

Celui de Mᵐᵉ de Sablé, où naquit le goût des *Maximes*,
et d'où sortit — comme nous le verrons à l'*Historiette* de
Voiture — l'admirable petit livre de son hôte et ami
La Rochefoucauld. C'est encore le salon de la Grande
Mademoiselle, cousine germaine de Louis XIV, dont
Segrais est le soleil, où fleurissent les « portraits » qui
rivalisent avec ceux du *Grand Cyrus*, où sont repré-
sentés, imités en leurs costumes d'après le roman, dont
la vogue est inouïe, les platoniques amoureux de l'*Astrée*. C'est enfin chez la célèbre courtisane, Ninon de
Lenclos, à l'Hôtel des Tournelles, où régna surtout

Saint-Évremond. Si bien que, tout compte fait, l'Hôtel
de Rambouillet, et ces autres foyers intellectuels
secondaires, qu'une mode plus ou moins capricieuse et
dans « l'ambiance » attisait, eurent, nous insistons, sur
le mouvement intellectuel, tout au moins en la première moitié du siècle, des influences fécondes. — Voir
*Historiette de M*me *de Rambouillet*, Appendice 1.

Ces salons littéraires, ces bureaux d'esprit se dou-
blaient de ce que l'on appelait alors les *cabinets de
curiosités* : ce sont aujourd'hui nos « collections de bi-
belots » et même nos musées. Rarement il y eut tant de
passion, qu'en ce siècle, pour les ouvrages magnifiques,
statues, tableaux, meubles, bijoux, bronzes, médailles,
portraits, dessins, gravures, beaux livres. Georges de
Scudéry, amateur bien connu, dépensait pour son
« cabinet » fort au delà de ses ressources. C'étaient
encore l'abbé de Marolles, — sa riche collection d'estampes servit de « fonds premier» au Cabinet des estampes de la Bibliothèque nationale; — les présidents
Lambert et Bretonnier, dans leurs somptueux hôtels
de l'Ile-Saint-Louis; Jabac « le fournisseur de Mazarin »;
Gaignères dont « le fonds » est parmi les plus importants
de la Bibliothèque nationale; Chatelou, « l'amateur le
plus éclairé qu'ait eu la France », l'ami particulier du
Poussin; Tréville, le Tréville de M`me` de Longueville;
Saint-Simon, l'ancien favori de Louis XIII, le père du
fameux duc, fameux par ses extraordinaires *Mémoires*;
le duc de Richelieu, le petit-neveu du grand Cardinal;
et que d'autres encore !

Les dames se piquaient, elles aussi, « d'avoir cette

noble élégance », et, dans *Le livre commode*, on trouve
une liste de *Dames curieuses*, parmi lesquelles les
femmes de la plus titrée noblesse de France : duchesses
de Sully, de Lude, d'Orval, de Châtillon, de Bouillon,
celle-ci nièce de Mazarin et protectrice de La Fontaine;
maréchales d'Humières et d'Estrées; « nous en passons
et des meilleures ! »

Mlle de Scudéry ne nous aurait pas complètement
peint les mœurs de « la bonne société » d'alors si, dans
son *Cyrus*, elle n'avait introduit une « visite »; elles
étaient divertissements choisis et marques de bon goût
à l'un des cabinets les plus courus. « ...Outre que
toutes les salles étaient meublées très magnifiquement,
— nous sommes chez la duchesse de Chaulnes, — il y
avait encore une galerie et trois cabinets, tous pleins
de choses rares, riches et précieuses. Ce n'étaient toutefois pas seulement des statues ou des tableaux, que
l'on y voyait; mais c'était une abondance prodigieuse
de tables, de cabinets (petits meubles à garder de petits
objets précieux) et de vases d'or et d'argent garnis de
pierreries d'un prix inestimable. Il y avait aussi de
grandes figures d'or, des vases d'agathe et d'albâtre
oriental enrichis de diamants... »

La reine de Suède ne manquait pas, autant pour
sacrifier au goût du jour que pour s'instruire, d'aller
visiter le cabinet du comte de Béthune, particulièrement riche en médailles, en tableaux, en manuscrits
curieux sur l'histoire de France : encore un des « fonds »
de notre Bibliothèque nationale. Le gazetier Loret a
consigné dans sa *Muse historique* cette visite qui fut

« retentissante »; d'autant plus retentissante que la
reine voulut, d'un bloc, acheter tout le cabinet !

> L'illustre reine de Suède
> Qui, comme chacun sait, possède
> Un esprit haut et généreux,
> Des belles-lettres amoureux,
> Ayant appris des fois plus d'une   .
> Que le sieur comte de Béthune,
> Dans son cabinet de Paris,
> Avait d'excellents manuscrits
> Comme aussi plusieurs antiquailles,
> Savoir : quantité de médailles,
> Reliefs, portraits, crayons, tableaux
> Des plus rares et des plus beaux
> A fait proposer audit comte
> . . . .
>
> S'il voulait vendre sa boutique
> Ou pour parler plus net,
> Les pièces de son cabinet.
> . . . .

Et le comte refusa,

> Aimant mieux ses portraits et livres
> Que d'avoir trois cent mille livres.
> . . . .

— Voir DE BROC, *La France sous l'ancien régime*
p. 447-452. — Paris, Plon, 1889; VICTOR COUSIN, *La
Société française au XVIIe siècle, d'après le grand Cyrus*,
t. II, p. 289-294, Paris, Didier, 1873.

Mais revenons à l'Académie française.

On les a si souvent racontés qu'il n'est personne qui

ne les connaisse, ces humbles débuts de l'Académie
française. Aux environs de 1629, alors qu'était dans
tout son éclat l'Hôtel de Rambouillet, quelques bourgeois de Paris, une ou deux fois la semaine, se réunissaient chez Valentin Conrart, « secrétaire du roi », au
coin de la rue des Vieilles-Étuves et de la rue Saint-
Martin. « Là ils s'entretenaient familièrement, comme
ils eussent fait en une visite ordinaire, de belles-lettres,
des bruits de cour et de ville, et, si quelqu'un de la
compagnie avait fait un ouvrage, il le communiquait
volontiers à tous les autres qui en disaient librement
leur avis... » Ils s'appelaient Godeau, Chapelain, Gom-
baud, Giry, Habert, de Cerizy, Molleville, Serizay,
tous lettrés, gens de plus de goût que ne le laisseraient
croire quelques-uns de leurs ouvrages, aujourd'hui
bien vieillots et bien fades : ainsi d'ailleurs le veut,
pour toutes les œuvres qui ne sont point les chefs-
d'œuvre fondamentaux des littératures, l'inexorable
temps.

Depuis quatre ou cinq ans, ils se réunissaient « avec
un plaisir extrême et un profit incroyable ». Richelieu,
par une indiscrétion de son familier Bois-Robert, —
l'*Historiette* de Bois-Robert dans Tallemant est fort
attrayante, — apprit qu'existait cette société. Défiance
de despote qui n'aime rien laisser « en dehors de ses
prises », ou, simplement, parce que l'idée lui semblait
heureuse, il fit demander à « ces bourgeois avisés et
lettrés » s'ils ne voulaient pas « former un corps et
s'assembler régulièrement sous une autorité publique ».

L'année 1634 venait de commencer. Ceux qui

devaient être les futurs académiciens hésitèrent ; surtout
ceux d'entre eux qui se trouvaient « appartenir — selon
l'expression d'alors — aux ennemis du Cardinal ».
Toutefois la véritable résistance était difficile et, d'ailleurs, si l'indépendance des premiers jours avait son
prix, la protection du puissant ministre pouvait apporter tant d'autres et de si précieux avantages qu'en-
traînés par Bois-Robert et surtout Chapelain, — nous
en parlerons tout à l'heure — ils acceptèrent les offres
de Richelieu. Le cardinal aussitôt les invitait, d'abord,
à vouloir bien augmenter leur nombre qui, déjà porté
de neuf à douze, l'était de douze à vingt-huit, et après,
à délibérer sans retard « sur la forme, les statuts et la
nature d'occupations qu'ils donneraient à leur compagnie ». Pendant toute l'année 1634 durèrent les délibé-
rations. Enfin, celles-ci terminées, furent « délivrées,
le 29 janvier 1635, les lettres patentes qui constituaient
l'*Académie française;* puis le 22 février de cette même
année, furent « autorisées » par le Cardinal, en sa qualité de « protecteur », les statuts en cinquante articles.

Les « lettres patentes », rédigées par Conrart, attri-
buaient à l'Académie, pour principale occupation, « le
perfectionnement de la langue française », et les « statuts » précisaient les « moyens qu'elle y emploierait ».
— Voir le texte officiel des lettres patentes et des statuts dans : *Histoire de l'Académie française*, par PEL-
LISSON et Abbé D'OLIVET, deux volumes, Paris. Au
nombre de ces « moyens » furent proposés et admis :
la composition d'un dictionnaire — le fameux dictionnaire criblé de plus d'épigrammes, justes ou immé-

rités, qu'il n'est gros ! — une grammaire et une rhéto-
rique. Ce furent ces mêmes lettres patentes qui fixè-
rent à quarante le nombre invariable des académiciens.

On voit alors quel était, dès son origine, le caractère
tout spécial de cette institution. Il s'agissait « de tirer
la langue française comme du milieu des autres langues
pour lui donner cette universalité, cette prééminence
et, pour cela, cette perfection, ce rayonnement que la
latine et la grecque avaient eues dans le monde ancien ». A cause de maintes raisons politiques et littéraires, le moment était favorable, l'ambition était justifiée. Toutefois, de divers côtés, les contemporains
s'y méprirent, et le Parlement, même, refusa, tout
d'abord, d'enregistrer les lettres de fondation; comme
s'il avait craint que l'académie ne lui fût bientôt une
rivale. C'est du moins ce que semble indiquer le soin
excessif qu'il prit dans son arrêt, 9 juillet 1637, de
limiter étroitement les attributions de l'Académie, « à
ce qui regarderait l'ornement, l'embellissement et
l'augmentation de la langue ». — Voir sur ces origines
un substantiel article d'ADHÉMAR LECLER dans la *Grande
Encyclopédie*, t. I, p. 185, et Paul MESNARD, *Histoire de
l'Académie française depuis sa fondation jusqu'en* 1850.
Celle de PELLISSON, continuée par l'abbé D'OLIVET,
bien que fort intéressante encore, a beaucoup vieilli :
elle a été rééditée et mise au point par Livet. Voir
aussi : MAGNE, *Le plaisant abbé de Bois-Robert* (*Mercure de France*).

Les quarante premiers académiciens furent : P. Bar-
din, De Porchères, Cauvigny-Colombey, J. Baudoin,

Du Chastelet, *Séguier*, *Voiture*, L'Étoile, P. Habert, *Faret*, Sirmond, de Sérizay, de Méziriac, *Maynard*, *Vaugelas*, *Balzac*, de Mauléon, *Malleville*, *Baro*, Laugier-Porchères, Habert, *Bois-Robert*, M. de la Chambre, *Gomberville*, Servien, Bautru de Séran, *Racan*, *Chapelain*, *Colletet*, Louis Giry, De Hay du Chastelet, *Conrart* (qui fut le premier secrétaire perpétuel), *Gombauld*, *Saint-Amand*, *Godeau*, des Marets, Boissat, de Silhon, De Bourzeys, Montmor. Que de gloire éclipsée, que de noms « semés » en route; comme l'auront été, dans deux siècles, ceux de nos quarante d'aujourd'hui ! Et pourtant, après deux cent soixante-quinze années, dix-sept noms — nous les avons soulignés — qui survivent ou tout au moins sont connus même de ceux qui n'étudient point plus spécialement le xviie siècle, n'est-ce pas énorme?

(9) « *Sapho et autres beaux esprits du samedi...* » Sapho, c'est Mlle Madeleine de Scudéry, le plus célèbre « bas bleu » de cette première moitié du xviie siècle, l'auteur de ces interminables romans, *Artamène* ou *le grand Cyrus*, *Clélie*, *l'illustre Bassa*, que personne ne lit, aujourd'hui; roman à « clefs » et à « portraits » qui, de leur temps, eurent peut-être plus de vogue que n'en ont aujourd'hui tels romans de Daudet et de Zola. Le samedi est son « jour de réception »; car elle aussi, bien qu'elle soit l'une des étoiles de la « chambre bleue » à l'Hôtel de Rambouillet, tient « bureau d'esprit » dans sa maison de la rue de Beauce, proche le Temple. Madeleine n'est point jolie : grande fille sèche à figure oblongue; peau noire et rude, disent les contemporains,

LOUIS XIII

(d'après une gravure du Cabinet des Estampes)

yeux noirs, mais, hélas ! aussi ongles noirs. Tallemant
ajoute : « La plupart des dames de la cabale de Mlle de
Scudéry, qu'on appela depuis le *samedi*, n'étaient pas
autrement jolies : mon frère l'abbé fit cette épigramme
contre elles :

> Ces dames ont l'esprit très pur,
> Ont de la douceur à revendre,
> Pour elles on a le cœur tendre;
> Et jamais on n'eut rien de dur.

De toutes ces précieuses, Saint-Évremond, plus réaliste, disait : « Voulez-vous savoir en quoi elles font
consister leur plus grand mérite? C'est à aimer tendrement leurs amants sans jouissance et à jouir solidement de leurs maris, avec aversion ! » Sauf, toutefois,
Mlle de Scudéry qui fut une « chaste ».

Un de ces *samedis* est resté célèbre dans l'histoire de
cette littérature de second plan : il s'appelle la *journée
des Madrigaux*. A cette époque s'était beaucoup haussé
le ton de ces petites assemblées fort modestes à l'origine. Il y avait procès-verbal; et ce procès-verbal nous
montre qu'on ne songeait plus seulement à se divertir.
« Mlle de Scudéry, dit Tallemant, avait pris le samedi
pour demeurer au logis afin de recevoir ses amis et ses
amies. » Mais, si le jour était immuablement resté le
même, l'assemblée de la fin de 1653 ne se tenait plus
chaque fois chez « Sapho ». C'était surtout chez Mlle Boquet, l'*Agelaste* des Précieuses.

« Donc, le 20 décembre 1653, chez Mlle Boquet, on se

20

trouvait réunis. Mais Mme Arragonais n'ayant pu venir
à cause d'une petite indisposition, comme elle demeurait tout proche, la plus grande partie de la « compagnie » allait chez elle pour y terminer le samedi. Il y
avait là Mme Arragonais et sa fille, Mme d'Aligre, qui
faisaient les honneurs de leur hôtel; Pellisson, Sarrazin,
Doneville, Izarn et, naturellement, Mlle de Scudéry.
Mlle Robineau était absente, ayant alors des affaires
fâcheuses pour les taxes que l'on avait mises sur les
rentes de son père. Chapelain manquait aussi et Conrart était retenu chez lui par la goutte, mais « le chroniqueur », ainsi l'on appelait Pellisson, suppose qu'il
était présent, grâce à certain génie familier qui lui portait les vers, aussitôt faits, et rapportait ses réponses;
« invention poétique, dit Conrart lui-même dans une
note, pour bien marquer la vérité, qui est que les vers
de Théodamas, — nous savons qu'ainsi était désigné
Conrart dans ce monde quintessencié, — bien qu'ils
eussent été faits presque impromptus et aussi vite que
les autres, ne furent pourtant pas faits dans cette assemblée où M. Conrart ne se pouvait trouver à cause qu'il
avait la goutte ».

« Pour bien entendre ce qui se fit ce soir-là chez
Mme Arragonais, il faut savoir qu'un de ces samedis
précédents, Théodamas-Conrart donnait à Mlle Sapho-
Scudéry, en se retirant, « je ne sais quoi » enveloppé
d'un papier parfumé, à la charge qu'elle ne le regarderait que quand il serait parti. Or, ce je ne sais quoi était
un « cachet de cristal gravé du chiffre de Sapho et du
sien mêlés ensemble ». L'attention était délicate; elle

paraissait être surtout une déclaration peu déguisée.
Le lendemain, Mlle de Scudéry s'empressait de remercier Conrart par un madrigal qui, sous un air gracieux
et flatteur, marquait une douce réserve :

> *Pour mériter un cachet si joli,*
> *Si bien gravé, si brillant, si poli,*
> *Il faudrait avoir, ce me semble,*
> *Quelque joli secret ensemble.*
> *Car enfin les jolis cachets*
> *Demandent de jolis secrets,*
> *Ou du moins de jolis billets.*
> *Mais, comme je n'en sais point faire,*
> *Que je n'ai rien qu'il faille taire,*
> *Ni qui mérite aucun mystère,*
> *Il faut vous dire seulement*
> *Que vous donnez si galamment*
> *Qu'on ne peut se défendre*
> *De vous donner son cœur ou de le laisser prendre.*

« Ce madrigal, dit notre chronique, attirait une épître
fort galante de Théodamas, l'épître, un autre madrigal
de Sapho, et ce madrigal, un autre de Théodamas qui
voulut avoir le dernier. Dès lors, on commençait à
comprendre qu'un bon madrigal et un beau cachet de
cristal étaient deux choses qui ne rimaient pas mal; et
Théodamas voulant plaire à la princesse Philoxène —
Mme *Arragonais* — s'avisa de lui envoyer un cachet de
même matière que celui de Sapho, avec un madrigal,
la conjurant d'y répondre par un autre... Philoxène
savait faire des vers, quand il lui plaisait; mais en cette
occasion elle jugea qu'il était plus digne d'une grande

princesse comme elle de ne répondre que par secrétaire. Elle voulut employer Acante — *Pellisson* — qui
se rencontra le premier sur ses pas, et qui s'en excusa,
disant que le prince Agathirse — *Raincy* — y serait infiniment plus propre, soit pour la satisfaction de la
princesse, soit pour celle de Théodamas. Il promit
pourtant à Philoxène qu'il serait son pis aller et que
si Agathirse ne voulait pas faire de beaux vers pour
elle, il essayerait d'en faire de méchants. Agathirse
imaginait, le lendemain, un madrigal, non pas pour répondre à celui de Théodamas, mais, tout au contraire,
pour s'excuser d'y répondre... Incontinent après il
s'enfuyait au pays de Neustrie — *en Normandie* —
de peur qu'on ne lui en réclamât davantage.

« Les choses en étaient là, ce samedi 20 décembre
1653, lorsque la « Compagnie » passa de chez Mlle Boquet chez Mme Arragonais. Celle-ci somma Pellisson
de tenir sa parole et, alors, de lui donner le madrigal
qu'il avait promis au cas où Raincy ne lui en ferait
pas un. Pellisson réclame un jour de répit. Elle refuse
ce délai et s'adresse successivement à tous les assistants
pour obtenir le madrigal dont elle a besoin. Chacun
propose le sien. D'où cette multitude de madrigaux,
bons et mauvais, qui fit donner à cette séance, dans le
procès-verbal, le titre de : *La journée des madrigaux,
fragment des chroniques du samedi...*

« Sarrazin est le premier qui, venant au secours de
Mme Arragonais, lui offre deux madrigaux qu'il improvise sur-le-champ; mais ni l'un ni l'autre ne valent
grand'chose. Pellisson improvise aussitôt son madrigal,

et en fait hommage à Mme Arragonais, s'excusant de n'avoir pu mieux faire :

> *Votre très humble pis-aller,*
> *Incomparable Philoxène,*
> *Voudrait savoir fort bien parler*
> *Afin de vous tirer de peine;*
> *Mais, s'il faut ne vous rien celer,*
> *Sa faible et languissante veine*
> *Ne saurait jamais bien couler*
> *Si ce n'est que quelque Chimène*
> *Voulût un peu le cajoler...*

. . . .

Voici le madrigal qu'il propose à Mme Arragonais d'envoyer à Conrart (les mots soulignés étant empruntés au madrigal que Conrart avait adressé à Mme Arragonais en lui dédiant le cachet de cristal) :

> *Si j'avais un* SECRET, *si j'avais rien de* DOUX
> *Pour qui serait-ce que pour vous,*
> *Dont le* MADRIGAL *aimable*
> *En vaut bien un* TRÈS FAVORABLE ?
> *Voilà pour votre madrigal.*
> *Quant au beau cachet de cristal*
> *Mon cœur, de sa nature,*
> *Est d'une matière aussi pure,*
> *Mais elle n'est pas aussi dure.*

Izarn, pressé de rimer à son tour, répond en vers qu'il lui faut un délai d'une quinzaine, et proteste qu'à l'avenir il aura toujours des impromptus dans sa poche. Donneville s'excuse sur la fièvre qui le tient encore et envoie quelques jours après son contingent de madri-

gaux. Puis, il se fait comme un assaut de vers entre
Sarrazin et Pellisson, à qui louerait le mieux Mme Arragonais et sa fille appelée ici *Thélamire*. Enfin Sapho
qui semblait ne devoir que juger des coups et donner
le prix, avec les autres dames, sentit je ne sais quelle
émotion dans son courage qui ne lui permettait pas de
rester seulement juge et spectatrice. Alors elle se mêle
aux combattants et voici le madrigal, pour Philoxène,
à Théodamas :

> *Pour employer votre aimable cachet*
> *A garder un joli secret,*
> *Il faut donc que je vous atteste*
> *Et que même je vous proteste*
> *Que j'ai le cœur sensible et doux.*
> *Mais, pour faire aujourd'hui plus qu'on ne me demande,*
> *Je vous déclare hautement*
> *Qu'il n'est point de faveur si grande*
> *Que vous n'obteniez aisément*
> *Soit comme ami, soit comme amant;*
> *Car j'aime mieux être moins prude*
> *Que d'avoir de l'ingratitude.*

Conrart, ou plutôt son génie familier, répond, à
l'instant :

> *Sapho, j'admire votre adresse;*
> *Par un mouvement de tendresse,*
> *Vous me témoignez aujourd'hui*
> *Vos bontés sous le nom d'autrui.*
> *Mon cœur rend donc grâces au vôtre*
> *De ce qu'il a pour lui des sentiments si doux,*
> *Et de ce qu'il pense pour nous*
> *Ce que vous dites pour un autre.*

Sapho réplique : la soirée se prolonge en reparties plus ou moins piquantes et se termine par un dernier madrigal de Conrart remerciant Mme Arragonais de lui avoir répondu comme il l'avait désiré, mais se plaignant qu'elle eût fait confidence à tout le monde de leurs secrets, et chacun se retira fort content de cette journée, « ne portant pas envie, conclut le malicieux chroniqueur, aux grands exploits de la victoire de Tybarra, — la bataille de Rocroi, gagnée par Condé sur les Espagnols, dans les Ardennes, — ni même aux divertissements des dix journées de Boccace ». Ce fut le plus retentissant de tous les « samedis ».

Cette poésie galante ne veut pas être prise au sérieux et ne soutiendrait pas à présent la publicité; mais il faut bien se dire qu'elle ne lui était pas destinée. Ce n'est qu'un simple badinage, agréable, spirituel, — d'un esprit qui naturellement a perdu tout son piquant, aujourd'hui; — mais une « société » qui s'amusait de cette façon, n'était pas, vraiment, une société banale. — Voir Cousin, *La société française au* XVIIe *siècle, d'après le Grand Cyrus*, Paris, Didier, 1873.

Ces Précieuses, tant qu'elles ne furent point ces Précieuses ridicules, spirituellement flagellées par Molière, eurent, sur la société d'alors, une très heureuse influence, que nous étudierons avec l'*Historiette de Mme de Rambouillet*; mais l'enflure de leurs qualités les perdit. « La réputation de Mlle de Scudéry ne s'est pas prolongée au delà de son temps, écrit excellemment M. V. Cousin, *Société française au* XVIIe *siècle*, t. II, ch. xv. Elle n'y a survécu que par l'opinion défavorable que l'on se

forme généralement de son esprit et de son caractère.
Elle apparaît le plus souvent comme un type suranné
d'affectation et de mauvais goût. Son salon, son entourage, sa société subirent, il faut l'avouer, les effets de la
décadence et des exagérations auxquelles peu de choses
échappent ici-bas. Emportée par ses propres tendances
vers des défauts qu'elle ne sut pas éviter, elle fut victime de ses imitateurs, et engendrait ainsi, sans le vouloir, une école contre laquelle durent s'armer les légis-
lateurs de la langue et du goût. »

(10 et 11) « *Luillier ...au prix de Chapelain, il pourrait
passer pour tel...*» — Tallemant nous dit leurs *Historiettes*, car ils comptèrent parmi les personnages les
plus marquants de cette époque. « Luillier, écrit-il, fut
d'abord trésorier de France à Paris, et vendit sa charge
pour assister des Barreaux; ils en mangèrent une bonne
partie ensemble... Il était vêtu comme un simple bourgeois, allait toujours à pied et avait pourtant dix-huit
mille livres de rentes. Ayant des lettres, il savait et
disait des choses plaisantes. Il était un peu cynique; il
disait : « Ne me venez point voir un tel jour, c'est mon
jour de bordel. Il y mena son fils et lui fit perdre son
pucelage en sa présence... »

Chapelain est un savant, est un polyglotte. Il rédi-
geait les *Sentiments de l'Académie française sur le Cid*,
à suite d'une « querelle littéraire » qui fit alors énorme
tapage; et, tout aussi bien, querelle politique. Richelieu voulait autant combattre l'influence espagnole que
sauvegarder ses prétentions à la grande poésie. Il y eut
les *Observations* parfois ridicules de Scudéry, la *Lettre*

apologétique, de Corneille; puis des brochures et des pamphlets, et encore des brochures et des pamphlets, et aussi la *Satyre* de Mairet, contre le *Cid.* L'Académie jugerait. Les amis de Richelieu espéraient qu'elle n'oserait pas « tromper les désirs de son fondateur » ; tâche périlleuse, tandis que Corneille hardiment chargeait de sa défense Bois-Robert, un des protégés, un des obligés du Cardinal. A son honneur, l'Académie fut presque impartiale. Désapprouvant le sujet, elle reconnaissait les grandes beautés de la pièce. Mais, lorsque parurent les *Sentiments,* déjà la querelle était apaisée.

Chapelain, l'une des victimes de Boileau, annonçait pendant vingt ans qu'il écrivait sur *la Pucelle* un poème épique, et pendant vingt ans, M. de Longueville lui compta, chaque année, 2000 livres pour qu'il lui fût possible de travailler à loisir, sans soucis, sans qu'il s'embarrassât de courir après plusieurs petits bénéfices, ne fussent-ils que de cent francs ». On s'attendait à je ne sais quel chef-d'œuvre plus superbe que l'*Iliade* ou l'*Énéide.* Les treize premiers chants de *La Pucelle* parurent : ce fut un effondrement. Tallemant écrit : « Je suis épouvanté d'un si grand *parturient montes...* D'abord la curiosité fit bien vendre le livre. La grande réputation de l'auteur y fit courir bien du monde; mais ce ne fut qu'un feu de paille.... Chapelain en appela de son siècle à la postérité; mais je me trompe fort si la postérité a beaucoup les oreilles rompues de cet ouvrage... » Et même il arriva ce qui fort souvent arrive : malgré tout le tapage fait autour d'eux sur une chose, certains ne la connaissent pas. N'est-elle point

amusante, cette anecdote de Tallemant : « Le duc de
Bourbon — le père du grand Condé — savait si peu
qui étaient les beaux esprits qu'un jour, ayant trouvé
Mme de Longueville, sa fille, à table, M. Chapelain
dînait avec elle, elle se leva, il lui voulait dire quelque
chose; après il lui demanda : « Qui est ce petit noireau?
— C'est M. Chapelain, dit-elle — Qui est-il? — C'est lui
qui fait *la Pucelle*. — Ah ! dit-il, c'est donc un sta-
tuaire ! »

On avait dit de cette *Pucelle* :

. . . .
Dans mille ans on parlera d'elle
Ou l'on ne parlera de rien.

De son carquois, le malin Linières sortit cette
flèche :

Depuis vingt ans on parle d'elle;
Dans dix mois on n'en dira rien.

Chapelain, pour en revenir à cette phrase de notre
Historiette : « Regardez un peu quelle figure de galant
(la figure de Conrart); j'ai vu qu'il se faisait les ongles
en pointe, et au même temps il s'arrachait les poils du
nez devant tout le monde ! Il y prétend pourtant. Il est
vrai qu'au prix de Chapelain, il pourrait passer pour tel,
au moins pour son ajustement; car il est toujours assez
propre... » Chapelain fut l'un des hommes du Paris
d'alors les plus râpés, fripés, cassés, minables, les plus
« fagotés en auteur », les plus caricature de la tête aux
pieds.

« Il fut introduit à l'Hôtel de Rambouillet, en 1627, vers le siège de la Rochelle. Mme de Rambouillet m'a dit qu'il avait un habit comme on en portait il y a dix ans; il était de satin colombin doublé de panne verte, et passementé de petits passements colombin et vert, à œil de perdrix. Il avait toujours les plus ridicules bottes du monde et les plus ridicules bas à bottes. Il y avait du réseau au lieu de dentelles. Depuis il ne laissa d'être aussi mal bâti en habit noir; je pense qu'il n'a jamais rien eu de neuf. Le marquis de Pisani, en je ne sais quels vers qu'on a perdus, disait :

> J'avais des bas de Vaugelas
> Et des bottes de Chapelain.

« Quelque vieille que soit sa perruque et son chapeau il en a pourtant encore une plus vieille pour la chambre et un chapeau encore plus vieux. Je lui ai vu du crêpe, à la mort de sa mère, qui, à force d'être porté, était devenu feuille morte; on lui a vu un justaucorps de taffetas noir moucheté, je pense que c'était d'un vieux cotillon de sa sœur, avec qui il demeure. On meurt de froid dans sa chambre, il ne fait quasi point de feu. Feu Luillier disait de lui qu'il était vêtu comme un maquereau, et La Mothe Le Vayer comme un opérateur; laid de visage, petit avec cela et crachotant toujours. Souvent je lui ai vu à l'Hôtel de Rambouillet des mouchoirs si noirs que cela faisait mal au cœur. Je n'ai jamais tant ri sous cape que de le voir cajoler Pelloquin, une belle fille, qui était à Mme de Montausier, et qui avait bien la mine de se moquer de lui; car il avait un

manteau si usé qu'on voyait la corde de cent pas ; par
malheur, c'était encore à une fenêtre, où le soleil donnait, et elle voyait la corde grosse comme les doigts... »

Mᵐᵉ de Rambouillet se trouva bien de ne l'avoir
point condamné sur la mine. Chapelain méritait l'estime et l'amitié. Il était plein de cœur, extrêmement
instruit, passionné pour les choses de l'intelligence.
Un sens critique très aiguisé lui valait une autorité
universelle. Il entretenait une correspondance énorme
avec toute l'Europe savante ; il était consulté par tous
comme un oracle. Puis, peu à peu, son extérieur s'était
amendé. Vêtu de noir comme Vadius et Trissotin au
théâtre français ; mais transformation qui s'accom-
plissait sans qu'il cessât, un seul jour, « d'être râpé ». —
Voir dans COUSIN, *La Société française au* XVIIᵉ *siècle*,
de jolies pages sur Chapelain. — Th. GAUTIER, *Les gro-
tesques.* — Abbé FABRE, *Les ennemis de Chapelain :
Chapelain et nos deux académies.* — BOUGOIN, *Les maîtres de la critique au* XVIIᵉ *siècle.* — GOUGET, *Bibliothèque française*, t. XVII.

(12) « *Il en a acheté une à Athys dont* Mˡˡᵉ *de Scudéry
parle dans sa Clélie...* » C'est la maison appelée Carisatis dans cet interminable roman, célèbre par la fameuse « *carte du Tendre*, où, sous des noms imaginés,
les héros et les héroïnes sont en « portraits » — oh ! la
fureur des portraits, à cette époque ! — les personnages
contemporains les plus marquants : soit dans *Clélie*,
soit dans *Le grand Cyrus.* Par exemple : le comte de
Cossé sera Abradate ; le duc de Châtillon, Hidaspe ;
M. de Rohan, Féraulas ; le comte de Brancas, Anaxaris ;

l'archiduc Léopold, le roi de Lydie; le prince de Ligne,
Pactias; le comte de Fuensaldagne, le roi du Pont;
Mme de Sablé, la princesse de Salmis; Callicrate, Voiture; Cléomire, la marquise de Rambouillet; le mage
de Sidon, Godeau; Aristée, Chapelain; Megabate et
Philonide, marquis et marquise de Montausier; Théodamas, Conrart. A chacun, ensuite, de se reconnaître
ou d'être reconnu plus ou moins. Puis les villes, même,
pourvu qu'un événement célèbre les eût mises en relief,
n'échappaient point au « portrait ». Thybarra, c'est Lens
où Condé remportait une victoire; le fort des Sauromates,
c'est Rocroy, où la victoire du même Condé fut plus
retentissante encore. Ces récits romanesques serrent
assez étroitement l'histoire sincère. Le grand Cyrus est
tout naturellement le prince d'Enghien, depuis, le
grand Condé : ses généraux seront Mazare, Hidaspe,
Crésus, le roi d'Hircanie... Gassion, Sirot, le maréchal
de l'Hopital, La Ferté Seneterre...; les chefs ennemis
Thomiros, Octomassade, Aripide... Francisco de Mélos,
duc d'Albukerque, le général Beck...

Donc, Carisatis est la maison de Conrart, au petit
village d'Athis, près Paris; et tous les témoignages des
contemporains s'accordent à nous montrer Conrart
tirant vanité d'y recevoir tous ses amis — et amies —
les plus en relief. Quel est aujourd'hui l'emplacement
véritable de cette maison?

« Carisatis, nous dit Mlle de Scudéry, —*Clélie*, IIe partie, Liv. II, p. 796, — a touché mon cœur, et par sa
propre beauté et même par le rare mérite de celui qui
l'habite; car Théodamas à qui appartient Carisatis est

un homme extraordinaire, soit qu'on considère la grandeur de son esprit ou la solidité de son jugement, sa capacité, sa politesse, sa probité, sa galanterie, sa générosité. Cependant ce n'est pas un de ces lieux dont la beauté paraît par l'opposition de ceux qui les environnent; car, dès qu'on sort d'Agrigente (Paris), on ne voit que de beaux objets; le chemin en est aisé à tenir, parce qu'il s'en faut peu que la rivière ne conduise toujours ceux qui font cet agréable voyage. Il y a diversité dans tous les endroits où l'on passe, et le seul plaisir de la belle vue, peut faire sembler ce chemin fort court pour peu qu'on ait de disposition à rêver. Ce qu'il y a même de singulier, c'est qu'encore qu'on ne s'aperçoive pas qu'il va toujours en montant, et qu'on ne reçoive aucune incommodité, il se trouve toutefois, lorsqu'on est arrivé à Carisatis, qu'on est sur une montagne. C'est pourtant une montagne, au haut de laquelle est une grande et fertile plaine, et qui n'a rien des montagnes ordinaires que la commodité de découvrir toutes les beautés de la campagne voisine. Imaginez-vous qu'on trouve, en arrivant à Carisatis, une cour d'une grandeur proportionnelle à celle du bâtiment que l'on voit à gauche en entrant, et dont la symétrie plaît infiniment aux yeux; car pour la face qu'on en a en aspect, c'est une balustrade au delà de laquelle est une espèce de vestibule rustique dont les colonnes sont des cyprès, Ce vestibule est borné par un rang de grands arbres qui semblent n'être là qu'afin qu'on ne trouve pas, d'abord, cette admirable vue qui fait les délices de ce lieu-là. Aussi, n'est-ce pas d'ordinaire par cet endroit qu'on mène ceux qu'on veut qui soient agréablement surpris par le plus bel objet de la nature. Car, il faut que vous vous imaginiez que sur le haut de cette montagne dont je vous ai parlé, il y a un grand parterre en terrasse, le long duquel règne une allée haute, bordée des plus beaux arbres du monde. L'on monte à cette allée par deux perrons magnifiques; et l'on trouve, entre ces perrons, deux balcons à balustrade de marbre, d'où l'on découvre tant de choses différentes, que je crains d'être accusé de mensonge, ou du moins d'exagération, si je vous en représente seulement une partie. On voit une grande ceinture de montagnes éloignées, qui sont couronnées des derniers rangs d'arbres d'une célèbre forêt — la forêt de Sénart — et qui, sans contraindre la vue, l'arrêtent et la bordent agréablement. Mais on ne voit ces montagnes et cette forêt qu'après avoir vu une grande et belle rivière, — la Seine, — qui, pour se montrer de meilleure grâce, s'il est permis de parler ainsi, en une description qu'on fait en prose, se cache dans les herbes de deux admirables prairies. Mais, comme si ce n'était pas assez que de voir cette grande et belle rivière, il y en a encore une petite qui, n'osant, ce semble, paraître si près de l'autre, ne présente qu'un petit ruisseau, qu'elle cache et montre à diverses fois — l'Orge; — car tantôt le détour qu'il fait le dérobe aux yeux, et tantôt on le voit briller à travers des saules et couler dans un petit vallon qu'on dirait être fait exprès pour des dames modestes qui voudraient se baigner à l'ombre. Ce beau vallon est au pied d'un coteau si charmant et si délicieux à voir qu'il m'est impossible de le

mettre dans votre imagination comme il l'est dans la
mienne. Car, il a mille agréables inégalités : on y voit
des bosquets, des petites maisons rustiques, un village
à demi caché, des pelouses, des bruyères, un petit temple, et mille autres choses que je ne dis pas. Mais ce qui
me plaît encore infiniment, c'est que, de ce côté-là, entre
a grande et la petite rivière, on voit divers grands
carrés de prairies enfermées de saules, comme si
c'étaient diverses salles à faire des assemblées de bergers et de bergères pour des jeux rustiques et pour des
fêtes champêtres. Ce paysage est même si étendu du
côté du parterre qu'on y voit de tout ce que l'industrie
de l'agriculture a fait trouver aux hommes pour la
commodité de la vie. Et, il s'y forme une nuance différente, ou par les fleurs des prairies ou par la diversité
des couleurs des terres cultivées ou non cultivées, qui
fait le plus bel objet du monde. De plus, ce paysage est,
pour ainsi dire, un paysage animé; et il a aussi la tranquillité d'une solitude, sans être affreux comme les déserts; car la grande rivière a des bateaux de toute sorte;
la petite a quelquefois des bergers qui s'y baignent, et
toutes les prairies sont semées de troupeaux et de pas-
teurs qui les gardent. Ce n'est pourtant pas encore
toute la beauté de *Carisatis*; car derrière cette haute
allée où l'on découvre tant de choses, est un beau ver-
ger, et un bois si agréable qu'on ne le saurait trop louer.
Il n'est toutefois pas d'une grande étendue, car il n'a
que huit allées principales au milieu desquelles est une
grande figure de Vénus; mais il a tant de petits sentiers
et de petites routes solitaires, et elles se croisent tant

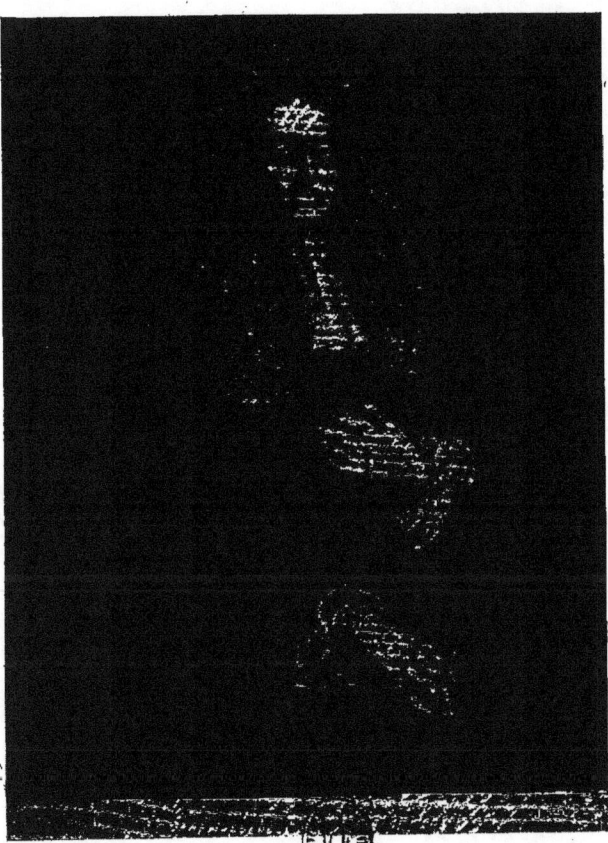

CONRART
1603-1675
l'un des fondateurs de l'Académie Française

de fois qu'on s'y peut perdre et lasser sans qu'on s'imagine avoir passé par le même lieu... Il y a encore une chose particulière; c'est qu'on peut dire que d'une même situation on a diverses vues; car les huit grandes allées de cet aimable bois ont des objets si différents qu'ils ne se ressemblent point. Il y en a qui ont des vues tout à fait bornées; il y en a une qui par-dessus un grand balcon, en a une fort étendue; il y en a une autre d'où l'on voit un coin de parterre, un bout de la maison, et une touffe de bois d'une maison voisine. Il y en a même une d'où l'on voit une partie du coteau et de la plaine; et il y en a où l'on ne voit pas même le ciel. Enfin, il y a une si charmante diversité en ce lieu-là que je ne crois pas qu'il y en ait un plus aimable au monde... »

Conrart nous a conservé, dans ses manuscrits, une invitation vraiment gracieuse qu'il fait à Sapho. Comme il avait un colombier, il entretenait des pigeons qui « étaient en commerce galant » avec la pigeonne de Sapho : cette Mignonne dont nous parle Pellisson. Puis dans ces bois que Mlle de Scudéry vient de nous décrire avec toute sa nonpareille virtuosité de précieuse, abondaient les fauvettes; et voilà qu'un jour ces fauvettes la prient de vouloir bien venir un moment « régner sur elles ». en même temps que « de beaux esprits, de belles dames, et un hermite » seront heureux et glorieux de la recevoir à Carisatis,

Belle reine de notre espèce,
Comme à notre dame et maîtresse
Nous nous donnons la liberté
D'écrire à Votre Majesté.

21

C'est sans doute trop d'avantage
Pour des fauvettes de village
Qui *n'ont* jamais sorti des bois
D'oser mêler leurs faibles voix
A celles des plus grands poètes.
Mais aussi les pauvres fauvettes
Qui sont vos très humbles sujettes
Seraient-elles seules müettes
Tandis qu'en cent climats divers
Tout retentit de ces beaux vers.

. . . .

Voir *Manuscrits de Conrart*, t. V et XIII, bibliothèque de l'Arsenal ; — COUSIN, *la Société française au* xviie *siè cle.*

(**13**) « *Il ne trouve nullement bon qu'Herminius soit le confident de Sapho...* » Herminius, c'est Pellisson, et Sapho, nous le savons déjà c'est Madeleine de Scudéry, qui, sous ce nom, fait, elle-même son « portrait ».

M{ile} de Scudéry représente excellemment la société polie du xviie siècle : elle a connu, parcouru ce siècle tout entier. Née au Havre en 1608, c'est en 1701 qu'elle mourait à Paris. Elle fut élevée par sa mère, une femme supérieure, puis, orpheline, par un de ses oncles, qui « lui trouvant le plus heureux naturel, une imagination vive, une instinctive curiosité pour tout ce qui était naturel et beau, lui fit donner une éducation la plus soignée possible ». De Normandie où habitait cet oncle elle venait s'établir à Paris chez son frère Georges, et s'associait à ses travaux pour payer sa part de dépenses dans le modeste ménage. Mais autant le frère est hâbleur, remuant, vantard :

Et poëte et guerrier
Il aura du laurier

disait-il de lui très complaisamment,

Et poëte et gascon
Il aura du bâton.

lui fut-il répondu, autant la sœur est douce, tout de
même avec une petite pointe d'orgueil; elle aussi, éru-
dite et fine d'esprit. Georges d'ailleurs exploita le
talent de sa précieuse collaboratrice. Il la tenait à la
tâche, l'enfermant, ou chassant les visiteurs qui auraient pu la distraire. « Elle eut, ajoute Tallemant, une
patience étrange et j'ai peine à concevoir comment elle
a pu faire tout ce qu'elle a fait. » Cf. TALLEMANT DES
RÉAUX, *Georges Scudéry et sa sœur.* — CONRART, *Mémoires.*

Ce n'est pas d'un seul bloc qu'elle se « peignit » sous
les traits de Sapho, mais à plusieurs reprises; et assez
longuement. Nous ne pouvons alors montrer que quelques détails du « portrait », où, d'ailleurs, elle ne s'est
point malmenée trop fort :

« ...Sapho est fille d'un homme de qualité qui était
d'un sang si noble qu'il n'y avait point de famille où
l'on pût voir une plus longue suite d'aïeux ni une généalogie moins douteuse. De plus, Sapho a encore
l'avantage que son père et sa mère avaient tous deux,
beaucoup d'esprit et beaucoup de vertu; mais elle eut
le malheur de les perdre de si bonne heure qu'elle ne

put recevoir d'eux que les premières indications du bien. Ils la laissèrent sous la conduite d'une parente qui avait toutes les qualités nécessaires pour bien élever une jeune personne... »

Cette jeune personne a grandi; elle est laide, nous le disions tout à l'heure, très laide même, sa peau tire sur le noir et elle ne l'ignore point. Comment va-t-elle se peindre? Madeleine a beaucoup d'esprit, beaucoup de doigté. Le portrait alors sera fort ingénieusement agréable sans trop être une offense à la vérité :

« ...Je vous dirai donc qu'encore que vous m'entendiez parler de Sapho comme de la plus charmante personne de toute la Grèce, il ne faut pourtant pas vous imaginer que sa beauté soit une de ces grandes beautés en qui l'envie même ne saurait trouver aucun défaut; mais il faut néanmoins que vous compreniez qu'encore que la sienne ne soit pas de celles que je dis, elle est pourtant capable d'inspirer de plus grandes passions que les plus grandes beautés de la terre. Mais, enfin, pour vous dépeindre Sapho, il faut que je vous dise qu'encore qu'elle se dise petite, lorsqu'elle veut médire d'elle-même, elle est pourtant de taille médiocre, mais si noble et si bien faite qu'on ne peut y rien désirer. Pour le teint, elle ne l'a pas de la dernière blancheur, il a toutefois un si bel éclat qu'on peut dire qu'elle l'a beau... »

Puis, suivent « les yeux si vifs et amoureux si pleins d'esprit » — et c'était vrai — « qu'on ne peut en détacher le regard... le visage ovale, la bouche petite, incarnate » et, enfin, « les mains si admirables que ce sont mains à prendre les cœurs... ou dignes de cueillir les plus belles fleurs du Parnasse... »

Le seul cœur que ces mains purent « prendre » fut celui de Pellisson, aussi laid comme homme qu'elle était peu jolie comme femme !

Heureusement — et ici le portrait se continue, — « que les charmes de son esprit surpassent de beaucoup ceux de sa beauté. En effet, elle l'a d'une si vaste étendue qu'on peut dire que ce qu'elle ne comprend pas ne peut être compris de personne; et elle a une telle disposition à apprendre facilement tout ce qu'elle veut savoir que, sans que l'on ait presque jamais ouï dire que Sapho ait rien appris, elle sait pourtant toutes choses... ».

D'abord, « elle est née avec une inclination à faire des vers.... Elle écrit aussi tout à fait bien en prose... il y a un certain tour amoureux à tout ce qui part de son esprit que nulle autre qu'elle ne saurait avoir ». Et suit une longue énumération de fastidieux éloges. A sa louange il faut dire qu'au milieu de toutes les adula tions, de tous les empressements qui l'entourèrent, car la beauté de l'esprit a parfois de plus grands triomphes que la beauté du corps, elle resta toujours si pure, de mœurs tellement innocentes — écrirai-je virginales? — qu'elle pouvait, achevant son portrait, faire dire à l'un de ses amis : « Pour moi qui connais Sapho dès le ber- ceau, qui connais de plus tous ceux qui l'ont vue ou qui la voient et qui suis frère d'une fille qui sait tout le secret de son cœur, je vous proteste que je suis forte- ment persuadé que, quoique Sapho ait été aimée presque de tous ceux qui l'ont vue, elle n'a pourtant encore point eu d'amour... »

Elle ne s'en irrita pas moins, toutefois, de ce que Furetière eût écrit dans sa *Nouvelle allégorique* : « Surtout il y vint Sapho, illustre *pucelle du marais,* aussi fameuse que celle d'Orléans, pour le moins... »

Voir le tome VII des *Mémoires de Mlle de Montpensier,* édition de Londres, entièrement composé de « portraits ».

— Voir aussi et surtout SAUMAIZE, *Dictionnaire des Précieuses.*

La mode de changer son nom pour celui d'un héros ou d'une héroïne de roman remontait à *l'Astrée.* Les poètes de l'époque antérieure à ce roman, Ronsard, Desportes, ou de l'époque contemporaine comme Malherbe, — voir *Historiette* de Malherbe, — Regnier, avaient bien célébré leurs maîtresses sous des noms d'emprunt; mais c'était depuis le succès de *l'Astrée* que les femmes elles-mêmes avaient pris des noms empruntés aux romans en vogue. *Le Berger extravagant,* de Sorel, nous fournit, à ce sujet, des renseignements curieux. « J'étais, dit Lysis, d'une compagnie où les garçons et les filles prenaient tous des noms du Livre de *l'Astrée* et notre entretien était une pastorale perpétuelle. » Dès le début du roman, Lysis explique comment il a pris ce nom :

« Mon propre nom était Louys, mais je l'ai quitté pour m'en donner un de berger. Je voulais en avoir un qui se rapprochât un peu de ce premier afin d'être toujours reconnu, et tantôt j'ai voulu me nommer Ludovic, tantôt Lysidor; mais enfin j'ai trouvé plus à propos de

me faire appeler Lysis, nom qui sonne je ne sais quoi
d'amoureux et de doux. Pour Charite, à n'en point
mentir, son vrai nom est Catherine, je l'ouïs encore hier
ainsi appeler par une nymphe; mais tu sais l'artifice
des amants. Nous disons *Francine* au lieu de Françoise;
Dianne au lieu d'Anne; *Hyanthe* au lieu de Jeanne;
Heleine, au lieu de Magdelaine; *Armide*, au lieu de
Marie; *Élise*, au lieu d'Élisabeth. Ces noms anciens
sonnent mieux que les nouveaux dedans la bouche des
poètes... »

Les poètes conservèrent cette coutume. *Arthénice*,
imaginé par Malherbe, désignait Catherine de Vivonne,
marquise de Rambouillet. Toutefois, ces noms n'étaient
pas une propriété. Ce même nom d'Arthénice est
donné par Racan à Mme de Termes, et par Cotin à
Mme de la Moussaye, Catherine de Champagne, tandis
que dans le *Cyrus* et dans *Clélie*, Mme de Rambouillet
se reconnaît sous le nom de *Cléomire*.

Dans les *Nouvelles Françaises ou les Divertissements
de la Princesse Aurélie*. on trouve une intéressante
protestation contre ces noms conventionnels :

« Je m'étonne, dit la *princesse Aurélie*, — Mlle de
Montpensier, — que tant de gens d'esprit qui nous ont
imaginé de si honnêtes Scythes et des Parthes si généreux n'aient pas même le plaisir d'imaginer des chevaliers ou des princes français aussi accomplis... La belle
Frontenie — *Mme de Frontenac* — repartit que les noms
donneraient bien de la peine à qui voudrait l'entreprendre, que, naturellement, les Français aimaient
mieux un nom d'Artabaze, d'Ephidamante, ou d'Oros-

mane, qu'un nom de Rohan, de Lorraine, ou de Mont_
morency... *Gélonde* — la comtesse de Fiesque —
réplique que les Espagnols n'ont pas laissé d'en user
autrement avec succès ; que les nouvelles qu'ils ont faites
n'en étaient pas plus désagréables pour avoir des héros
qui ont nom Richard ou Laurens... »

La conclusion fut que chacune des dames présentes
raconterait une *Nouvelle* dont les aventures se passe-
raient dans le monde moderne et dont les héros por-
teraient des noms véritables. — Cf. Livet, *Précieux
et Précieuses*, Paris, Didier. — Voir aussi : *Description
de l'île de portraiture et de la ville des portraits*, par
Charles Sorel, « satire contre quantité de personnes
qui n'étaient plus occupées qu'à faire par écrit les portraits des uns des autres ». — Et Tallemant, dans une
note datée de 1658, écrivait, en parlant de tous ces portraits qu'avait mis à la mode Mlle de Scudéry, dans
des romans : « Elle est cause de cette sotte manie de
faire des portraits qui commençait à ennuyer furieuse-
ment les gens. »

LE PETIT PÈRE ANDRÉ[1]

Le père André, augustin, vulgairement appelé
le *petit père André*, était de la famille des Boul-

1. ANDRÉ BOULLANGER, dit le *petit père André* (1578-1657). —
Entre les Menot et les Maillard dont il n'a pas toujours l'éloquence triviale, qu'enfle le terrible souffle populacier, et les
prédicateurs raffinés ou grandioses du siècle de Louis XIV, le
petit père André a sa place très originale. Il veut se faire comprendre en appelant *un chat un chat et Rollet un fripon.*
  Il eût été fort inutile, croyons-nous, de rapprocher entre eux
tous les mots que l'on prête abondamment au petit père André,
en même temps qu'à tant d'autres; et aussi ses prédications :
par exemple l'anecdote du bonnet, qu'a vulgarisée l'image d'Épi-
nal. Notre appendice eût alors dégénéré trop facilement en un
Andréana. Contentons-nous alors de la simple, mais amusante
Historiette de Tallemant :
  « Tout goguenard que vous le croyez, il n'a pas toujours fait
rire ceux qui l'écoutaient : il a dit des vérités qui ont renvoyé
des évêques dans leurs diocèses et qui ont fait rougir plus
d'une coquette. Il a trouvé l'art de mordre en riant... Il a,
toute sa vie, fait profession d'une satyre ingénue qui gourman-
dait mieux le vice que vos apostrophes vagues que personne
ne prend pour soi. Demandez aux jésuites s'ils sont satisfaits
du panégyrique de leur fondateur... » GUÉRET, *La guerre des
auteurs anciens et modernes.* Paris, 1671, p. 154.

langer, de Paris, qui est d'une bonne famille de
la robe. Il a prêché une infinité de Carêmes et
d'Avents ; mais il a toujours prêché en bateleur,
non qu'il eût dessein de faire rire ; mais il était
bouffon naturellement, et avait même quelque
chose de Tabarin [1] dans la mine. Il parlait en
conversation comme il prêchait.

Il y tâchait si peu que quand il avait dit des
gaillardises il se donnait la discipline ; mais il y
était né et ne se pouvait tenir. Comme il prêchait un Avent au faubourg Saint-Germain, feu
M. de Paris, à propos de je ne sais quelle cabale
de moines dont il était des principaux, et aussi
pour le scandale que ses bouffonneries donnaient,
l'envoya quérir et le retint en prison à l'archevêché. M. de Metz [2] s'en formalisa, disant que
M[r] l'archevêque ne pouvait faire arrêter un
religieux qui prêchait dans un faubourg qui
dépendait de l'abbaye de Saint-Germain ; et,
effectivement, il le fit délivrer ; mais ce fut à
condition qu'il prêcherait plus sagement. Il

1. TABARIN, l'immortel bateleur de la place Dauphine, le
glorieux ancêtre de nos pitres actuels, mais dont jamais l'esprit
et la verve ne furent dépassés ; on a recueilli, en un joyeux
volume : *les Fantaisies de Tabarin*.

2. M. DE METZ était alors un personnage puissant : Henri de
Bourbon, duc de Verneuil, fils naturel de Henri IV et d'Henriette d'Entraigues, abbé de Saint-Germain-des-Prés.

remonte donc en chaire mais de sa vie il n'a été
si empêché. Il avait si peur de dire quelque chose
qui ne fût pas bien, qu'il ne dit rien qui vaille
et fut contraint de finir assez brusquement. Il
était bon religieux et fort suivi par toutes sortes
de gens ; par quelques-uns pour rire, et par le
reste à cause qu'il les touchait. Effectivement,
il avait du talent pour la prédication. On a fait
plusieurs contes de lui dont j'ai recueilli les
meilleurs.

Il disait que « Christophe pensa jeter le petit
Jésus à l'eau, tant il le trouvait pesant [1] ; mais on

---

1. « ... Il dormait une nuit dans sa cabane lorsqu'il entendit
une voix d'enfant qui l'appelait et lui disait : « Christophe,
viens et fais-moi traverser le fleuve. » Aussitôt Christophe s'élan-
çait hors de sa cabane ; mais il ne trouvait personne. Et de
nouveau, lorsqu'il rentra chez lui, la même voix l'appela. Cette
fois encore, étant sorti, il ne trouva personne. Enfin, sur un
troisième appel, il vit un enfant qui le pria de l'aider à traverser le fleuve. Mais voilà que, peu à peu, l'eau enflait et que
l'enfant devenait lourd comme un poids de plomb ; et sans
cesse l'eau devenait plus haute et l'enfant plus lourd ; de telle
sorte que Christophe crut bien qu'il allait périr. Il parvint
cependant jusqu'à l'autre rive. Et, ayant déposé l'enfant, il lui
dit : « Ah ! mon petit, tu m'as mis en grand danger et tu as tant
pesé sur moi que si j'avais porté le monde entier, je n'aurais
pas eu les épaules si chargées. » Et l'enfant lui répondit : « Ne
t'en étonne pas, Christophe, car, non seulement tu as porté
sur tes épaules le monde entier, mais aussi Celui qui a créé le
monde ! Je suis le Christ ton maître, celui que tu sers en faisant ce que tu fais. Et, en signe de la vérité de mes paroles,
quand tu auras franchi le fleuve, plante dans la terre ton bâton
près de la cabane, tu le verras, demain matin, chargé de fleurs

ne saurait noyer qui a à être pendu. » Il fit,
une fois, de gros bras potelés à la Samaritaine et
il lui faisait dire par Notre Seigneur : « Je te
donnerai bien d'une autre eau et que tu trou-
veras bien meilleure. »

Pendant un carême à Saint-André-des-Arts
il se plaignait toujours que les dames venaient
trop tard. « Quand on vous vient réveiller, leur
disait-il, mon Dieu ! dites-vous, quelle misère
de se lever si tôt ! Vous disputez avec votre chevet.
Une telle, dites-vous à votre fille de chambre, je
gage que la cloche n'a pas sonné : vous êtes toujours si hâtée ! il n'est point si tard que vous
dites. Hé ! si j'étais là, que je vous ferais bien lever
le cul ! »

Parlant de saint Luc[1], il disait que c'était le

et de fruits. » Sur quoi l'enfant disparut, et Christophe, ayant
planté son bâton, le retrouva, dès le matin suivant, transformé
en un beau palmier plein de feuilles et de dattes... » *Légende
dorée,* traduction Wyzewa. — Perrin, 1902.

1. SAINT LUC, l'évangéliste, né à Antioche, mort vers l'an
70 après J.-C., aurait été médecin. Fut le compagnon des
voyages de saint Paul jusqu'à la mort de cet apôtre. On ne
sait rien d'absolument certain sur sa vie. D'après une tradition,
saint Luc, habile peintre, aurait fait un portrait de la Vierge,
qui, donné plus tard à l'impératrice Pulchérie, était offert par
elle à l'église de Constantinople. Les peintres l'ont choisi
comme patron. — Cette magnifique suite de tableaux — vingt-
quatre — consacrés à Marie de Médicis, est aujourd'hui au
Louvre. Voir notre *Appendice à l'Historiette de Henri IV.*

peintre de la *Reine-Mère*, à meilleur titre que
Rubens qui a peint la galerie de Luxembourg;
car il est le peintre de la Reine-Mère-de-Dieu. »

Il prêchait sur ces paroles : *J'ai acheté une
métairie, je vais la voir.* « Vous êtes un sot, disait-il,
vous la deviez aller voir avant que de l'acheter. »

A la fête de la Madelaine il se mit à décrire les
galants de la Madelaine, il les habilla à la mode :
« Enfin, dit-il, ils étaient faits comme ces deux
grands veaux que voilà devant ma chaire. » Tout
le monde se leva pour voir deux godelureaux
qui eux se gardèrent bien de se lever. Un jour il
lui prit une vision, après avoir bien harangué
contre la débauche de cette pauvre pécheresse,
de dire : « J'en vois là-bas une toute semblable à
la Madelaine ; mais, parce qu'elle ne s'amende
point, je la veux noter et lui jeter mon mouchoir
à la tête. » En disant cela, il prend son mouchoir
et fait semblant de le vouloir jeter : toutes les
femmes baissèrent la tête. « Ah ! dit-il, je croyais
qu'il n'y en eût qu'une ! En voilà plus de cent ! »
Il remit une fois à prêcher cette octave, à cause
de la fête de Notre-Dame, qui était le lendemian,
et continuant la suite de l'Évangile : « Voilà,
dit-il, la Madelaine qui entre, et moi, je sors ».
Et il s'en alla. Il disait qu'il y avait des *Made-*

lains aussi bien que des *Madelaines*. « Notre
père saint Augustin, a été longtemps un grand
Madelain. » Puis, décrivant les parfums de la
Madelaine : « Elle avait de l'eau d'ange : de l'eau
d'ange [1]? C'était de l'eau d'ange noir, de l'eau de
diable, de l'eau de Satan ! »

Cela me fait souvenir d'un conte qu'on fait d'un
prédicateur du temps de François Ier. « La Madeleine, disait-il, n'était pas une petite garce comme
celles qui se pourraient donner à vous et à moi ;
c'était une grande garce comme Mme d'Étampes [2]. »

1. *L'eau d'ange* était une eau de senteur à base d'iris de Florence. Si la Madeleine, de l'Évangile, fut une grande pécheresse,
et il lui « fut pardonné parce qu'elle avait beaucoup aimé »,
saint Augustin fut un *Madelain* en ce sens qu'avant sa conversion, il eut une vie toute de plaisirs et de débauches. Voir ses
Confessions.

2. Anne de Pisseleux, demoiselle d'Heilly, plus tard duchesse
d'Étampes, était, en 1523, une blonde et pâle jeune fille de dix-
sept printemps, distinguée, charmante, mince et gracieuse
demoiselle d'honneur de Louise de Savoie. François Ier la
remarquait dans l'élégante petite troupe des filles d'honneur
de sa mère. Il dissimulait tout d'abord son amour qu'il laissait
éclater, surtout, à son retour de Madrid, après la captivité.
Cet amour dura vingt-quatre années, jusqu'à la mort du roi
qui trouvait en elle une maîtresse aussi captivante par son
esprit que par sa beauté. En cette courte notice nous n'avons
pas à juger son rôle, diversement apprécié, d'ailleurs, entre
François Ier et Charles-Quint, pas plus que nous ne raconte-
rons ses luttes contre Benvenuto Cellini qu'elle n'aimait point
et qui, sans doute, à cause d'elle, revenait en Italie, quittant la
cour de France où l'avait appelé François Ier. Arrivant au trône,
Henri II, obéissant à Diane de Poitiers, la disgraciait ; et elle

Cette Mme d'Étampes lui fit défendre la chaire
Quelques années après, ayant été rétabli, le jour
de la Madelaine : « Messieurs, une fois, pour avoir
fait des comparaisons je m'en suis mal trouvé
Vous vous imaginerez la Madelaine, comme il
vous plaira. Passons la première partie de sa vie
et venons à la seconde. »

Le père André comparait une fois les femmes à
un pommier qui était sur un grand chemin.« Les
passants ont envie de ses pommes : les uns en
cueillent, les autres en abattent. Il y en a même
qui montent dessus et vous les secouent comme
tous les diables. »

Il disait aux dames : « Vous vous plaignez de
jeûner, cela vous maigrit, dites-vous. Tenez, tenez,
dit-il en montrant un gros bras ; je jeûne tous les
jours et voilà le plus petit de mes membres ! »

« Toutes les femmes sont des médisantes,
disait-il. Je gage qu'il n'y en a pas une qui ne la
soit ; s'il y en a quelqu'une qui ne la soit pas,
qu'elle se lève ! » Puis, il s'arrête. « Hé bien !
continue-t-il, vous voyez que pas une n'ose se
lever ! »

allait mourir obscurément, en quelque coin de province. *Sic
transit !*... — Voir GAILLY DE TAURINES, *Benvenuto Cellini à Paris*,
Daragon, éd., Paris.

Un avocat s'alla confesser à lui, et lui dit fort peu de choses. Il lui ordonna pour faire pénitence d'aller l'après-dînée à son sermon. L'avocat y fut. L'évangile du jour était *Dæmonium mutum*, etc. « Savez-vous, dit-il, ce que c'est que *Dæmonium mutum* : Je m'en vais vous le dire. C'est un avocat au pied d'un confesseur. Au barreau ils jasent assez ; devant un confesseur, au diable le mot, vous n'en sauriez rien tirer ! »

Il en voulait au curé de Saint-Séverin. Il fit tomber le discours sur la bergerie, et qu'il fallait de bons chiens pour la garder : « Vous autres, dit-il, aux paroissiens, vous avez un bon chien de curé ! »

Pour montrer que l'honneur étant plutôt *in honorante quam in honorato*, à celui qui honorait qu'à celui qui était honoré par lui : « Par exemple, disait-il, quand je rencontre mon cousin, le président Boullanger, que voilà, il me fait le pied de veau, et le pied de veau lui demeure. »

Pour cajoler M. Talon, l'avocat général qui l'écoutait, il dit, en parlant de Cicéron : « Cicéron, Messieurs, c'était un grand avocat général. »

Dans l'opinion qu'ils ont de l'Eucharistie, on

ne pouvait pas dire une plus grande sottise que celle qu'il dit une fois, prêchant sur le Saint-Sacrement. « En voilà assez, dit-il, car les médecins disent : *Omnis saturatio mala, panis autem pessima.* » Toute réplétion est mauvaise ; mais surtout celle du pain [1].

Un jour qu'il prêchait contre le luxe et contre les modes : « Vous voilà, dit-il, vous autres, poudrés comme des meuniers, et quand vous arriverez en enfer, les diables crieront : « *A l'anneau! à l'anneau!* » Pour faire entendre cela, il faut savoir qu'il y a dix ans, ou environ, qu'un meunier, à la Grève gagea de passer dans un de ces anneaux de fer qui sont attachés au pavé pour retenir les bateaux. Il fut pris par le milieu du ventre qui s'enfla aussitôt des deux côtés ; le fer s'échauffa, c'était en été. Il brûlait ; il fallut l'arroser, tandis qu'on limait l'anneau, et on n'osa le limer sans la permission du prévôt des marchands. Tout cela fut si long qu'il lui fallut un confesseur. On en fit des tailles-douces aux almanachs, et un an durant, dès qu'on voyait un meunier, on criait : « *A l'anneau! à l'anneau! meunier.* » On fit aussi un almanach de la farine

---

1. L'axiome de l'école serait plutôt celui-ci : *perdicis autem pessima*, c'est-à-dire : *de la perdrix.*

des jeunes gens et des mouches des femmes, avec
une chanson que voici :

> Dieu ! que la mouche a d'efficace [1] !
> Que cet animal est charmant !
> Le plus parfait ajustement
> Sans elle n'aurait point de grâce :
> Si vous n'avez une mouche sur le nez,
> Adieu galants, adieu fleurettes ;
> Si vous n'avez une mouche sur le nez,
> Adieu galants enfarinés !

1. On ne saurait croire combien à cette époque toutes les
belles dames, princesses ou bourgeoises, eurent l'extraordinaire passion des mouches. Au XVIᵉ siècle, on soignait les maux
de dents en appliquant sur les tempes de mignons emplâtres
étendus sur taffetas ou sur velours. Vite, les coquettes de
remarquer combien ces petites taches noires faisaient ressortir
la blancheur de la peau. D'où l'usage des mouches. Elles com-
mençaient à faire fureur au temps de Henri IV ; et de cette
époque date la chanson que rapporte Tallemant. Les prêtres
combattirent cette mode, disant aux « coquettes qui se cou-
vraient de mouches qu'elles en avaient bien d'avantage dans
leurs cervelles ». Mais prières, ironies, menaces furent inutiles ;
tellement inutiles que le clergé, lui aussi, se « mettait à la mode ».
Une mazarinade de 1649 dit que « *la colère de Dieu frappera
les abbés frisés, poudrés, le visage couvert de mouches* ». Même
dans les couvents, les religieuses en pointillaient leurs figures.
— Voir, notamment, *Mémoires de Mᵐᵉ la Duchesse de Mazarin*
et d'assez nombreuses poésies, ou *Civilités* de l'époque,
citées par Franklin : *Vie privée d'autrefois ; les soins de la toilette*. Chaque mouche avait son nom et sa place : la *passion-
née* près de l'œil ; la *baiseuse*, au coin de la bouche ; la *coquette*,
sur les lèvres ; l'*effrontée*, sur le nez ; la *majestueuse*, sur le
front ; la *galante*, au milieu de la joue ; l'*enjouée*, sur le pli de
la joue ; la *discrète*, sur la lèvre inférieure ; la *voleuse*, sur un
bouton. La « bonne faiseuse de mouches » demeurait rue Saint-

Vous auriez beau être frisée
Par anneau tombant sur le sein,
Sans un amoureux assassin
Vous ne seriez guère prisée.
Si, etc.

Portez-en à l'œil, à la *temple*,
Ayez-en le front chamarré,
Et sans craindre votre curé,
Portez-en jusque dans le temple.
Si, etc.

Mais surtout soyez curieuse
Et difficile au dernier point,
Et gardez de n'en porter point
Que de chez la bonne faiseuse.
Si, etc.

LES ENFARINÉS

Houspillons des modes nouvelles,
Singes des galants de la cour,
Venez farcer à votre tour
Car le théâtre vous appelle.

Denis, « *A la perle des mouches* ». Sous Louis XIV, toutes les
femmes avaient dans leur poche une « boîte à mouches » : petit
coffret d'or, d'argent, d'ivoire ou d'écaille, avec un petit miroir.
Ces mouches en taffetas gommé étaient de toutes formes :
rondes, carrées, ovales, ou découpées en cœur, en soleil, en
croissant, et même en petits animaux ; si bien que l'on pouvait
se coller sur le visage toute une petite ménagerie en miniature.
Se rappeler la fable de La Fontaine : *La mouche et la fourmi.*

> Je rehausse d'un teint la blancheur naturelle,
> Et la dernière main que met à sa beauté
> Une femme allant en conquête,
> C'est un ajustement des mouches emprunté...

Si vous n'êtes enfarinés [1]
Adieu l'amour de la coquette,
Si vous n'êtes enfarinés
Vous n'aurez qu'un pied de nez.

Enfarinez bien votre tête
Et les collets de vos manteaux,
Vous en serez cent fois plus beaux
Et ferez bien plus de conquêtes.
Si, etc.

1. « L'usage de se poudrer date également du xviᵉ siècle. Henri III allait par les rues fardé comme une vieille coquette; le visage empâté de blanc et de rouge, les cheveux couverts de poudre... L'Estoile parle en 1593 de religieuses qui se montrèrent publiquement « masquées, fardées et poudrées ». Cette fois, c'en était fait, en dépit de l'Église et des prédicateurs. Il est alors convenu :

Qu'une dame ne peut jamais être prisée
Si sa perruque n'est mignonnement frisée...

« La poudre la plus recherchée était l'*argentine*; mais on en faisait de toutes les couleurs, et l'engouement était si grand que les filles pauvres n'osant montrer leurs cheveux tels que les avait faits la nature les saupoudraient de poudre de bois pourri. La veuve cessait de se poudrer, et ce sacrifice modifiait tout l'aspect de la toilette, car l'élégante ou le petit-maître ne se bornaient point à poudrer leur tête : les vêtements devaient participer à la distribution... Louis XIV eut toujours une forte répugnance pour ces cheveux enfarinés, cette vieillesse avant l'âge : il ne se soumit que fort tard à cette mode inutilement ridiculisée ou maltraitée par les satiriques, pendant deux longs siècles, puisque la Révolution eut grand'peine à détrôner la poudre. L'élégant Robespierre était toujours soigneusement poudré et Bonaparte n'abandonnait cette mode qu'après sa campagne d'Italie. » — FRANKLIN : *La vie privée d'autrefois : les soins de la toilette.* pp. 97-104.

Quand on vous voit passer, on crie :
Meunier, à l'anneau! à l'anneau!
Il ne faut pas faire le veau,
Ni vous fâcher que l'on en rie!
Si, etc.

Il commença une fois ainsi : « Foin du pape, foin du roi, foin de la reine, foin de M. le cardinal, foin de vous, foin de moi : *omnis caro fœnum*. Il faisait ainsi parler les soldats d'Holopherne, après qu'ils eurent vu Judith : « Camarades, qui est-ce qui, en voyant de si belles femmes, n'aurait envie d'enfoncer la barricade? »

Je l'ai ouï prêcher sur la Transfiguration : « Cela se fit, dit-il, sur une montagne. Je ne sais ce que ces montagnes ont fait à Dieu, mais quand il parle à Moïse, c'est sur une montagne ; il ne lui montra, pourtant, que son derrière, et parla à lui, comme une demoiselle masquée. Quand il donna sa loi, c'est encore sur une montagne ; le sacrifice d'Abraham, aussi sur une montagne, le sacrifice de Notre-Seigneur, encore sur une montagne. Il ne fait rien de miraculeux que sur ces montagnes, aussi la Transfiguration n'était-ce pas une affaire de vallon? »

Voyant des gens jusque sur l'autel, il dit en

entrant en chaire : « Voilà la prophétie accom-
plie : *Super altare tuum, vitulos!*

Il prêchait en un couvent des Carmes sur l'église
desquels le tonnerre était tombé sans en blesser
un seul. « Ah! dit-il, regardez quelle bénédiction
de Dieu! si le tonnerre fût tombé dans la cuisine,
il n'en fût réchappé pas un! » On dit : *carme,
en cuisine.*

A la fête de Pâques il faisait une objection.
« Mais un mari et une femme qui couchent
ensemble, un si bon jour, que feront-ils? A cela,
il faut répondre par une comparaison. Si le jour
de Pâques un débiteur vous apporte de l'argent,
il est bonne fête; mais les gens ne sont pas toujours en humeur de payer; je suis d'avis qu'on le
reçoive. Faites l'application, mesdames. » A propos de romans il disait : « J'ai beau les faire quitter
à ces femmes, dès que j'ai tourné le cul elles ont
le nez dedans. »

En parlant de la Samaritaine il disait que
« Notre-Seigneur était un *crieur d'eau-de-vie.*

« Paradis, disait-il, est fait comme une ville;
mais c'est une ville comme la Rochelle, qui ne
se prend point sans moufles. »

Parlant de David, il dit que quand il alla en
Paradis, Dieu dit, le voyant venir de loin : « Qui

est-ce ? » et puis, quand il fut près : « Ah ! c'est
mon bon serviteur David ! Bras dessus, bras dessous, camarades comme cochons. »

Le jour de l'Ascension, décrivant la réception
qu'on fit à Jésus-Christ au ciel, il dit que Dieu
dit à David : « Tenez la musique toute prête, voici
mon fils qui vient. »

Une fois, il fit des lettres patentes du roi de
Ninive : « Nous, Ninus, etc., à tous manants et
habitants de notre bonne ville de Ninive, savoir
faisons, que, sur l'avis à nous donné par notre
amé | et féal maître Jonas, que Dieu, etc., avons
ordonné et ordonnons que... etc.; et parce que
ledit maître Jonas est prophète dudit Dieu... etc. »
Il y avait six fois, *ledit Jonas et ledit Dieu.*

En carême il comparait un jour la charité à
l'échelle de Jacob, et disait que ce n'était pas une
échelle de chêne ou de hêtre, mais que le premier
échelon était *hareng;* le deuxième, *morue;* et
ainsi de suite; il dit toutes les viandes de carême
qu'il faut, ajouta-t-il « envoyer au couvent des
Augustins [1]. » Il disait encore que le Paradis est

---

1. Lorsque les bouchers vendaient, malgré la défense, de la
viande en temps de carême, cette viande était saisie, — sans
préjudice parfois de peines corporelles très graves pour les
bouchers, — puis envoyée aux Augustins, chargés de la distri-
buer aux malades.

une grande ville. « Il y a la rue des Martyrs, la grande rue des Confesseurs; mais il n'y a point de rue des Vierges; ce n'est qu'un petit cul-de-sac bien étroit, bien étroit! »

Prêchant chez des religieuses, qui l'avaient fort pressé de leur donner sermon, il leur dit : « Eh bien ! me voilà! A cause que je suis *Boullanger*, vous croyez que j'ai toujours du pain cuit; mais vous ne songez pas combien j'ai de choses à faire. » Il se mit à leur conter toutes ses occupations. Après il comparait une fille qui entrait en religion à un peloton. « Une novice, dit-il, c'est comme un morceau de beurre ou de papier, sur lequel on commence à dévider les premières aiguilles; mais quelque bien qu'on fasse, il reste toujours un petit trou qu'on ne saurait boucher. »

A Poitiers, les Jésuites le prièrent de prêcher par saint Ignace; il voulut leur donner sur les doigts. Il fit un dialogue entre Dieu et le saint : « Je ne sais où vous mettre, disait Jésus-Christ, les déserts sont habités par saint Benoît et saint Bruno. » Il faisait une énumération des lieux occupés par les principaux ordres. « Mettez-vous seulement, dit saint Ignace, en lieu où il y ait à prendre et laissez-nous faire du reste. » En sortant il dit à un de ses amis : « Je n'ai voulu prêcher céans qu'après dîner, car je savais bien qu'autrement on m'y aurait fait méchante chère. »

Une autre fois, à Paris, il en donna encore aux Jésuites en pareille occasion. « Le christianisme, dit-il, est comme une grande salade ; les nations en sont les herbes ; le sel, les docteurs ; le vinaigre, les macérations ; et l'huile, les bons pères Jésuites. Y a-t-il rien de plus doux qu'un bon père Jésuite ? Allez à confesse à un autre, il vous dira : « Vous êtes damné si vous continuez. » Un Jésuite adoucira tout [1]. Puis l'huile, pour

1. Ce qu'on reprochait surtout aux Jésuites, — du moins les « intransigeants » et le parti janséniste, — c'était de vouloir rendre la religion trop facile, trop douce, et, pour mieux s'insinuer puis se faire populaire, de trop mettre en pratique le fameux :

Il est avec le ciel des accommodements.

Tous les confesseurs de Louis XIV furent des Jésuites. Et il le fallait bien pour ce roi qui désirait avoir le repos de la conscience tout en mêlant la piété, au moins les pratiques extérieures religieuses, aux scandales des adultères, des maîtresses avec lesquelles il vivait publiquement, et de ses bâtards légitimés. Ces gens pratiques qu'étaient les Jésuites, puissants par la confession et par leurs richesses, surtout soutenus par Rome, qui les craignait, comme d'ailleurs elle n'a jamais cessé de les craindre, arrivèrent à triompher. Mais tout le siècle entier fut agité par leurs querelles, qui nous valurent les *Provinciales*. Les détails de ces longues controverses entre Jésuites et Jansénistes nous semblent aujourd'hui bien étroits, bien

peu qu'il en tombe sur un habit, s'y étend, et fait
insensiblement une grande tache ; mettez un bon
père Jésuite dans une province ; elle en sera enfin
toute pleine. » Les Jésuites se plaignirent à lui-
même de ce qu'il avait dit. « J'en suis bien fâché,
mes pères, leur dit-il, mais je me suis laissé
emporter ; je ne saurais que vous dire ; dans
quatre jours c'est la fête de notre père saint
Augustin ; venez prêcher chez nous, et dites
tout ce qu'il vous plaira ; je ne m'en fâcherai
point. »

Un jour il sut que Mme de la Trimouille était à
son sermon, *incognito* : il parlait de l'enfant prodigue. Il se mit à lui faire un train tout semblable à celui de la duchesse. « Il avait, dit-il,
six beaux chevaux gris pommelés, un beau
carrosse de velours rouge avec des passements
d'or, une belle housse dessus, bien des armoiries,

désuets ; et personne ne s'en veut plus charger la mémoire.
Mais les grands esprits qui combattirent cette religion facile
des Jésuites, les femmes remarquables, ou robustes dans leur
foi, telle Angélique Arnaud, abbesse de Port-Royal, nous en
imposent encore par l'intensité de leur vie morale, la gravité
de leur pensée, leur courage tranquille. « Ces messieurs de
Port-Royal » sont d'immenses figures de doctrinaires qui
dominent la corruption de leur temps. Lire entre tant d'autres
références, qui se comptent par milliers, une œuvre fort agréable, et d'érudition ingénieuse : CH. GAILLY DE TAURINES : *Père
et fille* (*Philippe de Champagne et sœur Catherine de Sainte-
Suzanne à Port-Royal*). Paris, Hachette, 1909.

bien des pages, bien des laquais, vêtus de jaune,
passementés de noir et de blanc. »

Un catholique, disait-il une fois, fait six
fois plus de besogne qu'un huguenot va lentement, comme ses psaumes : *Lève le cœur, ouvre
l'oreille...* mais un catholique chante : *Appelez
Robinette, qu'elle s'en vienne ici-bas...* » Et, en
disant cela, il faisait comme s'il eût limé. J'ai ouï
dire que ce conte vient de Sedan ou du Moulin
ayant dit à un arquebusier qui chantait *Appelez
Robinette*, qu'il ferait bien mieux de chanter des
psaumes; l'arquebusier lui dit : « Voyez comme
ma lime va vite en chantant *Robinette*, et comme
elle va lentement en chantant *Lève le cœur, ouvre
l'oreille...* »

On dit encore qu'un artisan lui dit : *qui au
conseil des malins n'a été*, empêchait sa lime,
d'aller et qu'il faisait beaucoup plus d'ouvrage
avec *Jean Foutaquin pour du pain et pour des
poires, Jean Foutaquin pour des poires et pour du
pain.*

Parlant d'*Hosanna* il dit : « Que les enfants
étaient montés sur un arbre ; je ne saurais vous
en dire le nom, je vous le dirai tantôt. » Son sermon fait : « Messieurs, leur dit-il, cet arbre était
un sycomore. »

L'Évangile, dit-il une fois, est une douce loi :
« Jésus-Christ nous l'a dit; il faut croire. » Deux
Jésuites entrent là-dessus. « Tenez, leur dit-il,
voilà deux des camarades de Jésus, demandez-
leur plutôt, s'il n'est pas vrai [1]. » Cela me fait
souvenir d'un nommé Dufour qui, dans les guerres
des Huguenots, ayant trouvé des Jésuites à cheval
leur demanda qui ils étaient. « Nous sommes,
dirent-ils, de la Compagnie de Jésus. — Je le
connais, dit-il; brave capitaine, mais d'infanterie;
à pied! à pied! Mes pères! » Et il leur ôta leurs
chevaux.

Prêchant sur la patience de Dieu : « Dieu, dit-il,
attend longtemps avant que de frapper; il
menace, mais il ne frappe pas; c'est comme ce
chasseur que vous voyez sur cette tapisserie. Il
y a peut-être cent ans qu'il présente l'épieu à
ce cerf, cependant, il ne le frappe pas; et il n'y
a que quatre doigts entre deux. »

Il disait que jamais personne n'avait tant prié
Dieu que saint Joseph, car le petit Jésus le servait comme apprenti. Il lui disait : « Donnez-moi,
je vous prie, ceci; donnez-moi, je vous prie, cela;
apportez-moi, je vous prie, cette tarière... »
« Dieu veut la paix, disait-il, du temps du
cardinal de Richelieu; oui, Dieu veut la paix, le

Roi la veut, la Reine la veut, mais le *diable* ne la veut pas. »

Il disait que la paix de l'Europe était tout comme une paix d'épaule de mouton; vous ne voyez point la paix; ainsi tant qu'il y aura à ronger à l'Europe, vous ne verrez point la paix.

FIN DU TOME PREMIER

TABLE DES MATIÈRES

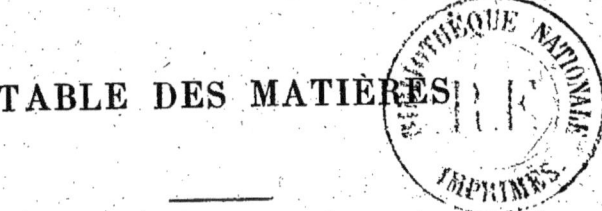

___

IMPRIMÉ

PAR

PHILIPPE RENOUARD

19 rue des Saints-Pères

PARIS